네가 있던 나날, 그 후

君といた日の続き

네가 있던 나날, 그 후

쓰지도 유메 장편소설

이현주 옮김

차례

일러두기

- 각주는 옮긴이 주입니다.
- 본문 중 고딕체는 원서에 방점이 찍힌 부분입니다.
- 본문 중 외래어는 국립국어원 외래어표기법을 따랐으나 책, 영화, TV 프로그램 등은 국내에 번역된 작품명을 사용했습니다.

제1장

길 잃은 아이

오랜 장맛비가 잦아든 날, 길에 '놓여 있던' 한 여자아이를 발견했다.

'놓여 있다.' 사람에게 쓰기에는 불편하고 부당한 말 같지만, 아이는 그 표현에 꼭 맞는 모습으로 길가에 웅크리고 앉아 있었다.

음울한 구름이 지루할 정도로 오래도록 하늘을 덮고 있던 7월 중순, 더위와 습기에 지쳐 장마가 끝나기만을 애타게 바라던 때였다. 유즈루는 오전에 장을 보면서 빠뜨린 물건을 사기 위해 덜그럭거리는 낡은 빌라 문을 열고 회색빛 거리로 나선 참이었다. 그리고 빌라 복도에 세워둔 비닐우산을 집어 들다가 "어라?" 하고 하늘을 올려다보았다. 마침 비가 그친 듯했다.

'묘한 타이밍에 운이 좋네.'

유즈루는 비에 젖은 철제 계단을 조심스레 내려가 대로변 드럭스토어가 있는 왼쪽 모퉁이를 따라 돌았다. 그리고 순간 깜짝 놀라 걸음을 멈췄다.

도로의 실선 바로 안쪽, 유즈루의 무릎 정도 높이에 노란색 모자가 불쑥 나타났기 때문이다. 유즈루는 몇 번 눈을 깜빡인 후에야 겨우 노란 모자의 정체를 알아차렸다. 아마도 초등학교 모자인 듯한 노란 모자를 쓴 작은 여자아이가 도로 옆 코인 주차장 울타리에 기대 주저앉아 있었다.

처음 유즈루 눈에 모자만 보인 이유는 아이가 고개를 푹 숙이고 있어서 얼굴이 모자챙에 가려진 탓이었다. 아이는 가느다란 손가락으로 아스팔트에 고인 물웅덩이를 힘없이 휘젓고 있었다.

'초등학생이 대낮에 이런 곳에서 뭘 하는 걸까?'

유즈루는 혹시 다른 아이들이 근처에 있나 주위를 둘러봤다. 그러나 눈에 들어오는 거라곤 우산을 지팡이 삼아 걷는 등 굽은 노인과 맞은편 단독주택 구역의 우거진 초록빛 나무들뿐이었다.

유즈루는 그냥 갈까 하고 잠시 망설이다가 역시 못 본 척할 수 없어서 허리를 숙여 말을 걸었다.

"얘, 괜찮니?"

그 말에 아이가 움찔 어깨를 떨며 유즈루를 올려다봤다.

"이런 데 앉아 있으면 옷이 다 젖어."

유즈루는 그렇게 말하다가 또 한 번 깜짝 놀랐다. 아이가 이미 흠뻑 젖어 있었기 때문이다. 토끼 그림이 그려진 흰 반팔 티셔츠는 몸에 달라붙을 정도로 푹 젖어 있고, 무릎 길이의 레몬색 치마에는 진흙이 잔뜩 묻어 있었다. 가느다란 다리 여기저기에는 빨간 찰과상이 눈에 띄었다. 그리고 손에는 계절에 어울리지 않는 두툼한 베이지색 트레이닝 재킷를 들고 있었는데, 그것 또한 눈이 찌푸려질 만큼 더러웠다. 노란 모자와 양갈래로 땋은 머리도 푹 젖어 있었다. 그러고 보니 아이는 우산도 가지고 있지 않았다. 조금 전에 비가 꽤 많이 내렸던 걸까? 어쩌면 우산 없이 가랑비 속을 오래 걸었는지도 모른다.

작은 체격으로 보아 여자아이는 채 열 살이나 되었을까 싶었다. 요즘 아이들답지 않게 피부가 꽤 그을렸고, 가지런한 앞머리 아래 커다란 눈으로 유즈루를 올려다보고 있었지만 얼굴에 비해 지나치게 큰 마스크를 쓰고 있어서 표정은 알 수 없었다. 머리에 쓴 노란 모자부터 흰색 운동화까지 빗물과 흙탕물 때문에 온통 꾀죄죄했지만 유독 마스크만 새것으로 보였다.

책가방이 없는 걸 보니 하굣길도 아닌 듯했다. 이 근처로 야외 수업을 왔다가 교사나 반 아이들과 떨어져 길을 잃은 걸까? 아니, 그건 너무 순진한 생각 같다. 더러운 옷이나 여기저기 난 찰과상을 보면 누군가에게 괴롭힘을 당하고 책가방을 빼앗겼을 수도 있다. 길 잃은 미아인가? 아니면 학교폭력을 당한 걸까? 어느 쪽이든 그냥 못 본 척 지나갈 수 있는 상황은 아니었다. 적어도 유즈루는 그랬다. 절뚝이며 횡단보도를 건너는 노인이나 유모차 때문에 문 앞에서 쩔쩔매는 젊은 엄마도 그냥 지나치지 못하는 성격인데, 하물며 자신이 사는 집 앞에서 상처를 입고 쪼그려 앉아 있는 어린아이를 방치하다니 있을 수 없는 일이었다.

"저기, 너 이름이 뭐니? 어느 초등학교 다녀?"

유즈루가 다가가 묻자 아이의 눈동자가 겁먹은 듯 흔들렸다.

아이는 잠시 머뭇거리나 싶더니 갑자기 벌떡 일어나 달아났다.

"아, 잠깐만!"

당황하여 뒤를 쫓으려고 했으나 아이는 놀랄 만큼 발이 빨랐다. 운동과는 담을 쌓은 중년 남성이 따라갈 수 있는 속도가 아니었다.

아이의 등이 순식간에 멀어졌다. 주위도 둘러보지 않고 무작정 달려가다가 혹시 찻길로 들어가면 어쩌나 조마조마한 마음으로 지켜보는데, 아이가 갑자기 넘어지고 말았다. 빗길에 미끄러진 것 같았다. 그냥 도망가게 둘까 고민하던 유즈루는 그 모습을 보고 서둘러 아이 곁으로 달려갔다.

"다친 데는 없니?"

걱정스러운 목소리로 물었지만 아이는 엎드려 땅을 짚은 채로 유즈루를 노려봤다.

"왜 남의 이름을 물어봐요?"

"어?"

"아저씨 이름은 뭔데요? 남의 이름을 알고 싶으면 자기 이름을 먼저 말하는 게 예의예요!"

예상치 못한 날카로운 반응에 유즈루는 그만 멈칫했다. 이름을 물은 이유는 길을 잃었다면 파출소에 데려다줘야겠다고 생각해서였다. 그리고 학교 이름을 물어본 이유는 학교폭력을 당했다면 어느 학교로 전화를 해야 하는지 알기 위해서였다. 학교나 이름을 물은 정도로 이렇게 격한 거부반응을 보일 줄은 몰랐다. 모르는 사람이 이름을 물어보면 함부로 대답하지 말라고 평소 부모나

교사에게 단단히 주의를 받아서일까. 그랬다면 갑자기 개인정보를 물은 게 실수였을지 모른다. 도와주려고 한 행동을 의도와는 다르게 받아들였을지도.

'하긴 이 아이의 눈에 나는 낯선 중년 아저씨인데…….'

사려 깊지 못했다는 생각에 유즈루는 경계심을 잔뜩 품은 아이에게 덧붙이듯 변명했다.

"미안해. 이름을 물어본 건 혹시 네가 길을 잃었나 해서 도와주려고 그런 거야."

"아저씨가 왜요?"

반쯤 몸을 일으킨 아이가 날카로운 목소리로 되물었다. 아무래도 다시 달아나려는 속셈인 듯했는데 이대로 또 무작정 달리다가 자동차나 자전거에 부딪히면 큰일이었다.

"내 이름은 도모나가 유즈루야. 바로 저 빌라에 살아. 뭐 사려고 나왔다가 네가 찻길에 주저앉아 있어서 도와주려고 말을 건 거야."

유즈루는 간략하게 자신을 소개한 뒤 아이의 대답을 기다렸다. 아이는 한동안 고개를 숙인 채 말이 없었다. 수상한 사람인 줄 알았던 아저씨가 순순히 정체를 밝히자 맥이 빠졌나? 어쨌든 이제 자기 이름을 밝히려나 기다리고 있는데, 고개를 든 아이가 불안한 목소리로 물었다.

"저기, 음…… 여기가, 어……."

아이는 이내 다시 고개를 숙였다. 끝말을 듣지 못해 "뭐라고?" 하고 되묻자 아이는 어깨를 떨며 다시 한번 또박또박 물었다.

"여기가 어디예요?"

그제야 유즈루는 '길을 잃었구나.' 하고 내심 안도했다. 학교폭력이 아니라니 다행이다. 온몸이 흠뻑 젖은 건 우산 없이 돌아다녀서였고 더러운 옷이나 다리의 찰과상은 비에 젖은 길에서 넘어지면서 생긴 것 같다.

유즈루가 제일 가까운 역 이름을 알려주자 아이는 말없이 고개를 갸웃거렸다. 대답을 듣고도 개운치 않은 얼굴이었다.

'이 근처 초등학교에 다니는 아이가 아닌가?'

그러고 보니 이 근처에서 저런 노란색 모자를 쓴 초등학생을 본 기억이 없었다. 매일 출근하던 시절보다 평일 낮에도 집에 있는 요즘 동네 초등학생들을 볼 기회가 많았다. 이 근처에 교복을 입거나 모자를 쓰는 초등학교가 있었나? 딸 미쿠가 2년 전까지 다닌 요코하마 시내의 초등학교도 교복이나 모자는 없었다. 가끔 역이나 전철에서 국립 혹은 사립 초등학교에 다니는 아이들을 본 적이 있지만 그 애들이 쓴 모자도 대개 감색이나 흰색이었다.

그렇다면 이 아이는 여기서 멀리 떨어진 도시에서 온 걸까? 들고 있는 짐이 없으니 소풍이나 현장 학습을 나온 것도 아닐 터였다. 어딘지도 모르는 낯선 곳에서 부모를 놓치고 빗속을 혼자 헤매다가 지쳐서 길에 주저앉은 걸까? 아무래도 이 추리가 가장 그럴듯하다.

"여기는 요코하마시야. 요코하마 역까지는 전철로 10분 정도면 갈 수 있어."

초등학생도 충분히 알아들을 수 있게 천천히 말했다. 이번에는 제대로 알아들었는지 "요코하마……." 하는 중얼거림이 돌아왔다.

그러나 다음 순간, 아이는 겁먹고 흔들리는 눈동자로 유즈루를 쳐다보더니 힘껏 고개를 저었다.

"아니야!"

"뭐?"

"나도 요코하마에 가본 적 있어요. 여기는 요코하마가 아니에요. 뭔가, 이상해요."

그 말에 유즈루는 맥 빠지는 웃음을 지었다. 하긴 이 동네는 관광객이 생각하는 '요코하마'와는 다소 거리가 있는 게 사실이다. 끝없이 리모델링 공사를 하는 요코하마 역 구내나 바다 옆 관람차, 고급 호텔이 늘어선 번화가가 있는 시끌벅적한 미나토미라이 지역과는 완전히 다른 분위기의 조용한 주택가니까. 요코하마시는 워낙 넓기 때문에 이런 평범한 주택가도 있기 마련이라고 아이에게 설명했지만 아무래도 납득이 가지 않는 눈치였다. 아이는 눈썹을 잔뜩 찌푸리고 계속해서 주위를 둘러봤다.

그때 감색 에코백을 든 중년 여성이 앞쪽에서 걸어왔다. 여자는 비에 젖은 초등학생 여자아이와 옆에 쭈그려 앉은 유즈루를 수상쩍은 얼굴로 번갈아 쳐다보며 천천히 지나갔다. 열 살쯤 되어 보이는 여자아이와 40대 남성의 조합. 이대로 더 있다가는 지나가는 사람들이 수상하게 여길지도 모른다. 곤경에 처한 아이를 도와주려는 좋은 마음으로 한 행동이지만 신고를 당해 범죄자 누명을 쓸 수도 있었다.

유즈루는 황급히 몸을 일으키고 역 방향을 가리켰다.

"저쪽에 파출소가 있으니까 같이 가자."

그러자 아이가 휙휙 고개를 저었다.

"싫어요. 무서워요."

"하지만 네 부모님이 지금 너를 찾고 계실 거야. 계속 이렇게 있으면 아무도 너를 못 찾아. 경찰 아저씨들이 친절하게 도와줄 테니까 걱정 마."

"그런 게 아니에요!"

아이는 단호히 말하더니 고개를 계속 저었다.

"전부, 전부 다 달라요……."

아이가 불명확하게 중얼거렸다.

"저기, 아저씨. 왜 사람들이 전부 마스크를 쓰고 있어요? 꼭 써야 하는 거예요?"

뜻밖의 질문에 말문이 막혔다.

'자기도 지금 커다란 마스크를 쓰고 있으면서 뭘 묻는 거지?'

아이가 다니는 초등학교도 엄격한 방역 지침을 지키고 있을 것이다. 요즘 학교에서는 자리도 한 명씩 멀리 떨어져 앉아 제대로 대화도 나눌 수 없고, 급식도 앞만 보고 먹는다고 한다. 심지어 소풍이나 운동회 같은 행사도 중단된 곳이 많다고 들었다.

"코로나 때문이잖아. 감염되면 안 되니까."

"코로나?"

"신종 코로나 바이러스 말이야."

"코로나 바이러스가 병이에요?"

"응."

"그 병에 걸리면 어떻게 돼요?"

순간 '지금 나를 놀리나?' 하는 희미한 의심이 들었지만 유즈루는 초등학생 아이의 진지한 질문에 성의껏 대답했다.

"증상은 사람에 따라 다르지만, 기침이 나오고 숨을 잘 못 쉬게 돼. 간혹 맛이나 냄새를 아예 느끼지 못하는 사람도 있어. 그리고 증상이 아주 심한 경우에는 죽을 수도 있으니까, 더 이상 확산되지 않도록 모두 조심해야 해. 그래서 마스크를 쓰는 거야."

"네에에에?"

아이는 소리를 지르며 눈을 휘둥그레 뜨고 벌떡 일어나더니 유즈루에게서 멀리 떨어졌다.

"그, 그런 무서운 바이러스가 지금 요코하마에 퍼졌다고요?"

"요코하마만 그런 게 아니라 일본 전체, 전 세계에……."

"네? 전 세계요?"

아이가 얼빠진 목소리로 외쳤다. 아이의 신선한 반응에 유즈루도 적잖이 놀랐다. 작년부터 대유행하고 있는 신종 코로나 바이러스를 모른다고? 잠깐 대화를 나눴을 뿐이지만, 머리도 좋아 보이고 초등학교 노란 모자를 쓰고 있는 걸 보면 멀쩡하게 학교에 다니는 아이 같은데, 코로나 유행을 모르는 게 가능할까?

아이는 몹시 혼란스러워 보였다. 앞머리와 마스크 사이로 겨우 보이는 얼굴이 종잇장처럼 창백했다.

"말도 안 돼요. 주, 주, 죽다니!"

"아니, 아니, 어린이들은 감염돼도 대체로 증상이 약한 편이야. 중증 환자들은 대부분 노인이나 원래 몸이 약하거나 병이 있던 사람들이니까 너는 너무 걱정하지 않아도 돼."

"아무튼 죽을 수도 있는 거잖아요! 이제 공룡처럼 인간도 멸종하는 거예요?"

"아니야. 안심해. 벌써 백신을 맞은 사람들도 많고, 마스크 잘 쓰고 손 잘 씻고 가글 열심히 하면……."

"아저씨, 대체 지금이 언제예요?"

"언제냐니?"

도무지 이해할 수 없는 질문에 유즈루가 되물었다.

아이는 눈물이 그렁그렁한 두 눈으로 울먹이며 다시 물었다.

"미래가 이렇게 끔찍할 리가 없어요! 이천…… 이백 년쯤? 아니면 더 미래예요?"

처음에는 대체 무슨 말인지 이해가 가지 않았다. 그러다 아이가 말한 2200년이라는 말에 그만 피식 웃어버렸다.

'역시 장난을 치고 있구나.'

유즈루는 초등학생의 장난에 장단을 맞춰주는 가벼운 마음으로 입을 뗐다.

"지금은 2021년이야."

"이천, 이십일, 년."

마치 단어가 목에 걸린 듯 아이가 유즈루의 말을 천천히 따라 했다. 조금 전 지금이 2200년이냐고 물었을 때와 마찬가지로 당황하는 기색이 역력했다.

잠시 후 아이가 쉰 목소리로 중얼거렸다.

"말도 안 돼. 절대 믿을 수 없어요."

"믿기 싫어도 사실인걸."

"안 돼요! 돌아갈래요. 돌아가게 해줘요!"

"그러니까 내가 파출소에 데려다줄……."

"흑, 거짓말이라고 해줘요. 꿈이라면 좀 깨워줘요! 믿을 수 없어. 이렇게 가까운 미래에, 이런 끔찍한 일이 일어나다니……."

가까운 미래?

문득 눈앞의 여자아이를 자세히 살펴본 순간, 유즈루는 온몸에 소름이 돋았다. 두 팔을 축 늘어뜨린 채 절망적인 눈빛으로 허공을 보고 있는 아이를 자세히 살펴볼수록 기묘한 위화감이 몰려왔다. 요즘 좀처럼 보기 힘든 노란색 교복 모자와 레몬색 면 치마, 요즘 유행과는 한참이나 거리가 멀어 보이는 유치한 토끼 그림 티셔츠, 어딘가 저렴해 보이는 흰 양말과 흰 운동화까지 아이가 입고 있는 것들은 모두 오래전 어디선가 본 듯한 향수를 불러일으켰다.

특히 눈길을 끈 건 치마에 붙어 있는 와펜이었다. 유아용 그림책에 나올 듯한 곰 얼굴 모양의 와펜이 약간 어중간한 위치에 붙어 있었다.

"이게…… ."

유즈루가 손가락으로 와펜을 가리키자 조금 전까지 넋을 놓고 있던 아이의 얼굴이 순식간에 빨개졌다.

"아, 이 아플리케, 역시 너무 어린애 같죠?"

"어, 아니! 그런 게 아니고."

"밥 먹다가 케첩이 묻었는데 빨아도 안 지워져서요. 그래서 아무거나 달아달라고 했는데…… 역시 너무 유치해요. 곰이라니, 유치원생도 아니고…….”

곰 모양 와펜이 꽤나 창피했던 듯 아이는 치맛자락으로 와펜을 덮으려고 꼼지락거렸다.

그러나 문제는 그게 아니었다. 어린아이의 입에서 튀어나온 ‘아플리케’라는 단어에 유즈루는 고개를 갸웃거렸다.

‘맞아, 옛날에는 와펜을 그렇게 말하기도 했지.’

‘아플리케’라는 말은 1974년에 태어난 중년 남성도 겨우 떠올릴 정도로 구시대 유물 같은 말이었다. 아니, 이런 와펜 자체를 요즘은 거의 볼 수 없다. 유즈루가 어릴 때는 바느질을 해서 다는 것, 다리미로 눌러서 붙이는 것 등등 다양한 종류의 와펜이 있었지만, 요즘 옷에 이런 걸 달고 다니는 초등학생이 있을까?

유즈루의 어린 시절에 비하면 옷값은 정말 저렴해졌고 메루카리 같은 온라인 중고거래 플랫폼도 보편화되었다. 그러니 이제 아이 옷에 구멍이 나거나 얼룩이 생겼다고 와펜을 달아 수선하는 사람은 보기 어렵다. 그냥 새 옷을 사 입힌다. 게다가 이렇게 어린 초등학생이 ‘아플리케’라는 구시대의 단어를 당연하다는 듯 사용하는 것도 이상했다.

‘아닐 거야. 하지만 설마…….’

유즈루가 혼란에 빠져 있자 아이가 간절한 눈빛으로 호소했다.

“아저씨, 나는 그냥 길을 잃은 아이가 아니에요. 왜 하필 지금 여기, 무서운 바이러스가 퍼진 곳에 와 있는지 모르겠어요. 제발 도와주세요. 어떻게 해야 제가 살던 시간대로 돌아갈 수 있을까요?"

"네가 원래 살던 시간대? 길을 잃은 게 아니라고?"

유즈루는 머리로는 눈앞의 아이가 말도 안 되는 소리를 한다고 생각하면서도 그 진지한 눈빛에 이끌려 되묻고 말았다.

"한 시간 전에 갑자기 정신이 들었는데 제가 어떤 역 앞에 서 있었어요. 지나다니는 사람들이 다 우리 말을 하고 생긴 것도 우리나라 사람들 같은데, 뭔가 너무 이상했어요. 무서워서 집으로 가려고 길을 찾고 있었는데, 지나가던 아줌마가 마스크도 안 하고 돌아다니면 어떡하냐고 화를 내면서 마스크를 주셨어요. 뭐가 어떻게 된 건지 하나도 알 수 없었지만 일단 마스크를 쓰고 다시 걸었어요. 아무리 봐도 여기가 어딘지 모르겠고, 혹시 꿈인가 싶어서 뺨도 꼬집어봤지만 뺨만 아프고 절대 깨지 않는 거예요. 그러다 너무 힘들고 지쳐서 여기 앉아 있었어요."

아이는 거의 숨도 쉬지 않은 채 필사적으로 자신의 상황을 설명했다. 유즈루와 마찬가지로, 아니 어쩌면 그 이상으로 동요한 상태임은 분명했다. 조금 전까지만 해도 아이가 장난을 친다고 생각했지만, 대화를 나눠보니 도저히 거짓말을 하는 사람처럼 보이지 않았다.

하긴 생각해보면 이상한 점이 한두 가지가 아니다. 이렇게 어린아이가 이렇게 철두철미하게 어른을 속일 수 있을까? 사이즈가 전혀 맞지 않는 어른용 마스크를 쓴 모습도, 꾀죄죄한 옷차림에 마스크만 새것인 점도 지금 아이의 말에 따르면 앞뒤가 맞았다. 당혹스러웠지만 유즈루는 정신을 똑바로 차려야겠다고 생각했다.

“저기, 다시 한번 물을게. 이름이 뭐니?”

어쨌든 경찰에 연락해서 실종 신고가 되어 있는지 알아봐야겠다는 생각에 조금 전에 했던 질문을 다시 던졌다.

그러자 아이는 긴 속눈썹을 내리깔며 자신 없는 목소리로 대답했다.

“지코.”

“지코? 그게 진짜 이름이야?”

“몰라요.”

“성은?”

“몰라요.”

“한자는?”

“그것도 몰라요.”

아이에 대한 정보를 더 알아내기 위해 유즈루는 집요하게 다그쳤다. 모자 안쪽에 이름이 쓰여 있지 않을까 해서 확인했으나 어째서인지 이름표가 잘려 있었다. 하물며 학교 휘장이나 인쇄된 이니셜 같은 것도 없었다.

결국 유즈루가 알게 된 것은, 아이는 자신의 본명, 집 주소, 여기에 오게 된 경위를 전혀 기억하지 못하며, 자신이 열 살, 초등학교 4학년이라는 점만 기억한다는 사실이다.

열 살. 유즈루는 아이의 나이를 되뇌다가 한순간 마음이 무너졌다. 마음속 깊은 곳에서 끓어오르는 감정을 지그시 억눌렀다.

이 아이를 어떻게 해야 할지 막막했다. 확실치 않지만 이름은 지코, 나이 열 살. 이렇게 아무것도 모르는 상태로 경찰에 연락하면 장난이라고 여길 가능성이 높다. 억지로 파출소에 데려가다가 아이가 도중에 저항이라도 한다면 정말 유괴범으로 신고를 당할 수도 있다.

'그래, 방법은 하나다. 더는 얽히지 말자.'

길 잃은 초등학생이 있다고 경찰서에 신고를 하고 여기로 와달라고 하면 된다. 경찰관에게 아이를 인도하고, 원래 계획대로 드럭 스토어에 가서 필요한 물건을 사서 아무 일도 없던 것처럼 집으로 돌아간다. 유즈루 입장에서는 그 편이 가장 번거롭지 않은 선택이었다.

하지만 만에 하나 이 아이가 정말 타임 슬립을 한 거라면, 경찰서에 넘겨도 괜찮을까? 경찰이 이 아이의 말을 믿어줄까? 정신 상태가 온전치 않은 신원 불명 미아로 분류해서 여기저기 돌리다가 결국 열악한 보호시설 같은 곳에 보내버리는 게 아닐까?

"추워."

그때 지코가 중얼거리며 가느다란 두 팔로 자기 팔뚝을 끌어안고 몸을 떨었다. 톡, 빗방울 하나가 유즈루의 얼굴에 떨어졌고 비가 내리기 시작하더니 심지어 바람까지 거세졌다.

쫄딱 젖은 지코를 보니 오래전 학생 시절의 수영장 수업이 떠올랐다. 흐리고 바람도 많이 불던 날, 수영장 물에 잠겨 있는 동안은 그럭저럭 괜찮지만 물 밖으로 나오면 온몸이 떨릴 정도로 추웠다. 수업이 끝나면 보라색 입술이 된 아이들이 수건으로 몸을 감싸기 바빴다.

마음이 초조해졌다. 이대로 두면 지코는 분명 감기에 걸리고 말 것이다. 경찰서에 연락하는 건 나중에 생각하고 일단은 몸을 닦게 하고 젖은 옷을 갈아입혀야 한다.

'어쩌지…….'

묘안이 떠올랐다. 유즈루는 무릎에 손을 짚은 채 쪼그리고 앉아 아이와 눈높이를 맞췄다.

"파출소에는 정말 가기 싫어?"

"네, 무서워요. 뭐가 뭔지 하나도 모르겠는데 경찰한테 가서 뭐라고 설명해요? 내 말을 믿어줄 리가 없잖아요."

"그럼 일단 큰길로 가보자. 그리고 지나가는 여자들 중에서 제일 친절해 보이는 사람에게 말을 걸어보는 거야."

"왜요?"

아이의 어리둥절한 시선이 돌아왔다.

"아까 나한테 말한 것처럼 사정을 설명하고 '집에서 잠시 비를 피하게 해주세요. 수건과 갈아입을 옷을 빌려주세요.' 하고 부탁하는 거지. 운이 좋으면 너랑 나이가 비슷한 딸이 있어서 너한테 딱 맞는 옷을 빌려줄 사람을 만날 수도 있어. 그 사람 집에 가서 좀 쉬면서 네가 원래 살던 곳으로 돌아갈 수 있는 방법을 찾아보면……."

"싫어요!"

갑자기 지코가 소리를 질렀다. 신종 코로나 바이러스 이야기를 듣고 난 뒤부터 유즈루와 거리를 두려고 경계하는 티가 역력했는데, 황급히 다가와 유즈루의 팔에 매달렸다.

방금 만난 모르는 아이일 뿐인데 아이의 절박함에 마음이 약해졌다. 젖어서 차가우리라 여겼던 아이의 온기가 쓸데없이 마음을 더 약하게 만들었다.

"너무 무서웠어요. 이렇게 이상한 곳에서 다시 외톨이가 되고 싶지 않아요. 제발 도와주세요."

"아니, 그렇지만, 아저씨는 안 돼. 왜냐하면 나는 아저씨니까."

너무 당황한 나머지 바보 같은 말을 내뱉고 말았다. 유즈루는 지금 자신이 완전히 평정심을 잃었다는 것을 깨달았다. 그러나 지코는 그게 무슨 상관이냐는 듯 "저는 유즈루 아저씨 집으로 가고 싶어요!" 하고 매달렸다.

'그 와중에도 아까 알려준 내 이름을 기억하고 있었구나.'

토톡, 빗방울이 더 많이 떨어졌다. 지코가 노란 모자를 손에 든 채 얼굴을 찌푸리며 회색 하늘을 올려다봤다.

망설일 시간이 없었다. 유즈루는 작게 한숨을 내쉰 다음 주위를 둘러보았다. 아이가 이렇게까지 필사적으로 부탁하는데 거절할 방법이 떠오르지 않았다. 압박에 약한 건 유즈루의 단점이었다. 고치려고 노력해도 타고난 성격은 좀처럼 바뀌지 않았다.

다행인지 불행인지 주위에는 아무도 없었다. 심지어 지나가는 자동차조차 없었다.

'곤경에 처한 아이가 이렇게 부탁하는데 들어줘야 하지 않을까?'

'할 수 없다.'

"그래, 일단 가자."

지코가 당장이라도 울음을 터트릴 것 같은 얼굴이어서 유즈루는 일부러 가벼운 말투로 말했다. 빙글 등을 돌려 먼저 성큼성큼 걸음을 떼자 종종거리는 걸음 소리가 뒤에서 들려왔다.

기억도 없다. 부모도 옆에 없다. 문득 정신이 차리니, 한 번도 와본 적 없는 거리에 홀로 서 있다. 정말 타임 슬립을 한 것이든 아니든 얼마나 무서웠을까? 너무나 막막했을 아이의 심경을 상상하면서 유즈루는 무거운 마음으로 빌라의 철제 계단을 올랐다. 정작 지코는 어느새 기운을 차렸는지 밝은 목소리로 "여기가 아저씨 집이구나." 하고 종알거렸다. 그저 비를 피할 장소를 찾아서 안심했을지도 모른다. 아무튼 걱정했던 것만큼 겁을 먹은 상태는 아니어서 다행이었다.

유즈루는 잠긴 문을 열고 지코와 함께 안으로 들어갔다. 초등학생, 그것도 하필이면 열 살짜리 여자아이가 집에 왔다고 생각하니 마음이 뭐라 형용할 수 없이 복잡했다. 가슴 안쪽이 욱신 아프기도 했다.

신발을 벗고 복도를 지났다. 등 뒤를 따르던 발소리가 들리지 않아서 뒤를 돌아보자 지코가 운동화를 벗은 채 현관에 우두커니 서 있었다. 쫄딱 젖은 몸으로 실내로 들어가도 되는지 주저하는 듯했다.

유즈루는 다시 현관으로 돌아가 바로 왼쪽에 있는 욕실 문을 열었다. "일단 여기서 좀 씻을래?" 하고 말하자 지코가 꾸벅 고개를 끄덕이더니 급히 욕실로 뛰어들었다. 그러고는 양변기와 세면대, 샤워기가 오밀조밀 모여 있는 좁은 공간을 신기하다는 듯 둘러봤다.

"잠깐 기다려. 수건이랑 갈아입을 옷을 가져올게."

유즈루는 서둘러 방으로 향했다. 꼭 필요한 가구만 놓여 있는 썰렁한 방에 들어가 옷장을 열었다. 가장 깨끗한 목욕 수건을 꺼내 침대에 올려놓고 나서 옷장 속에 넣어둔 큰 상자를 꺼냈다.

이 상자를 여는 건 아주 오랜만이었다. 누가 심장을 꽉 움켜쥐는 듯한 통증을 느끼며 상자 안의 물건을 뒤적였다. 위쪽에 있는 봉제 인형, 앨범, 전동 연필깎이, 머플러, 카디건 그리고 반소매 원피스를 꺼내고 상자 바닥에 있던 별 문양이 프린트된 팬티와 끈 달린 러닝셔츠까지 찾아냈다. "이런 것까지 잘도 가지고 있었네." 하고 어이없어 하면서도 수건과 갈아입을 옷을 챙겨 지코에게 가지고 갔다.

"자, 이거 입어봐. 사이즈가 맞을지 모르겠네."

"갈아입을 옷까지…… 정말 고맙습니다. 근데 저, 샤워를 해도 될까요?"

"응, 되고말고."

빗속을 우산도 없이 헤매다가 길바닥에 주저앉아 있었으니 온몸이 흙투성이일 것이다. 땀도 많이 흘렸을 게 분명했다. 깨끗하게 씻어내고 싶겠지.

욕실 사용법을 간단히 설명하고 나오자 바로 물소리가 났다. 마음이 어수선했다. 다른 사람과 한 공간에 있는 건 정말 오랜만의 일이었다. 의도한 것은 아니지만 밖에서 샤워하는 소리를 듣고 있는 건 매너가 아니라는 생각이 들었다. 유즈루는 서둘러 복도와 방을 분리하는 미닫이문을 닫고 상자를 원래대로 정리했다. 하는 김에 책상 위에 늘어놓았던 물건들도 정리하고 간단하게 청소를 했다.

그제야 뒤숭숭한 마음이 조금 가라앉았다. 유즈루는 텔레비전을 켜고 예능 프로그램을 보며 지코가 나오기를 기다렸다. 십여 분 뒤 복도에서 가벼운 발소리가 나더니 곧 미닫이문이 열렸다. 목욕 수건을 어깨에 걸치고 젖은 머리를 늘어뜨린 지코가 방에 들어서며 처음 한 말은 "우와, 시원하다!"였다.

"에어컨 틀었어요?"

"아, 응."

"그렇게 덥지도 않은데, 그냥 창문을 열어요."

"지금 밖은 완전히 찜통이야."

"선풍기는요?"

"없어."

눈앞에 열 살짜리 아이가 서 있다는 사실에 다시 마음이 울컥한 유즈루는 가까스로 소리를 내어 대답했다. 그러자 지코는 눈썹을 찌푸리며 "좀 사치스럽네요." 하고 중얼거렸다.

예전에 어머니가 저런 말을 했던 것 같다고 기억을 더듬은 끝에 어쩌면 지코는 정말 다른 시대에서 왔을지도 모른다는 생각을 했다. 창 위에 달린 에어컨 본체를 가만히 올려다보면서 "매끈매끈하고 새하얗네." 같은 요즘 아이답지 않은 말을 하는 지코의 얼굴에는 여전히 큰 마스크가 덮여 있었다. 집에서는 마스크를 쓰지 않아도 된다고 말했지만 "그냥 쓰고 있을래요." 하는 대답이 돌아왔다. 신종 코로나 바이러스 이야기에 꽤 겁을 먹었나 보다. 유즈루는 진작 마스크를 벗었지만 지코는 슬쩍 쳐다보기만 할 뿐 아무 말도 하지 않았다. 집주인에게 이래라저래라 하는 건 예의가 아니라고 판단해 나름 조심하는지도 모른다.

눈에 보이는 모든 게 다 궁금한지 지코는 한동안 서성이며 방을 둘러봤다. 아무 특징도 없는 장판이 깔린 다다미 여섯 장 크기의 작은 방. 평소 청소를 자주 하는 데다 살림도 워낙 적어서 특별한 점은 없을 터였다.

이리저리 집을 살피던 지코가 어깨에 걸쳤던 목욕 수건을 내려놓자 그 아래 하늘색 원피스가 드러났다. 순간, 놀라서 숨을 삼켰다. 옷은 지코에게 딱 맞았다.

"갈아입을 옷 빌려주셔서 고마워요. 근데 이 옷은 누구……."

"실은 아저씨한테도 딸이 있어."

유즈루는 지코가 더 묻기 전에 먼저 재빨리 말해버렸다.

"근데 사정이 있어서 지금은 혼자 살아."

"아, 그렇구나! 여기서 세 명이 사는 줄 알고 좀 놀랐어요."

지코가 텔레비전 장식장 위를 가리키며 말했다.

"이 사진 속 아이 옷이죠? 미안해, 잠시만 빌릴게!"

지코가 꾸벅 고개를 숙인 방향에 가족사진이 놓여 있었다.

유즈루, 사유리 그리고 미쿠. 2년 전 여름, 휴가로 갔던 바다에서 셋이 함께 브이를 하며 찍은 사진이다. 전신이 다 나오게 하느라 멀리서 촬영한 데다 역광을 받아 표정은 잘 보이지 않지만, 그때 아내와 딸이 지었던 환한 미소를 유즈루는 어제 일처럼 또렷하게 기억한다.

다행히 지코는 더는 질문을 하지 않았다. 유즈루의 딱딱한 말투로 보아 뭔가 사정이 있을 거라 추측한 듯했다. 직장 때문에 가족과 멀리 떨어져 산다고 이해한 걸까?

지코는 이제 눈까지 반짝거리며 썰렁하기 그지없는 방 안을 마음껏 돌아다니기 시작했다.

'역시 애는 애구나.'

갑자기 영문을 알 수 없는 상황에 처해서 불안하고 막막했을 텐데, 어느새 눈앞의 일에 정신이 팔려 금방 밝아지는 걸 보니 말이다. 하지만 그 모습을 지켜보던 유즈루의 마음 깊은 골짜기에서 거센 바람이 이는 듯 감정이 울컥 치솟았다. 슬픔, 외로움, 그리움, 긴장감 그리고 손을 뻗어 실체를 확인하고 싶은 충동……열 살짜리 아이를 보자 터져 나온 감정. 지코가 집에 온 뒤 줄곧 가슴이 터질 것 같았다. 지코의 모습에 미쿠가 어른거리며 자꾸 겹쳐졌기 때문이다.

오래전, 아직 건강하고 발랄했던 시절의 미쿠와…….

사유리가 두 눈을 크게 떴다. 아내의 눈동자에 떠오른 경악의 빛이 서서히 체념으로 바뀌어가는 것을 더는 지켜볼 수 없어서 유즈루는 식탁으로 시선을 떨어뜨렸다.

"그만하자, 우리."

유즈루가 마침내 내내 가슴에 담아둔 말을 꺼낸 직후였다.

마침 구름이 해를 가렸는지 한순간 어두워진 오후의 거실에 생기 없는 무거움이 번져나갔다. 갑작스러운 일은 아니었다. 미쿠가 떠난 석 달 전부터다. 딸의 추억으로 가득한 공간에서 아내와 단둘이 살아가는 동안 집 안은 나날이 납빛 공기로 가득 찼다.

식탁에는 작게 패인 흠집이 몇 개 있었다. 어떤 흠집이 언제 생겼는지 선명하게 떠오르지 않아 너무 안타까웠다. 싫어하는 채소를 먹기 싫어서 울화통이 난 미쿠가 포크로 식탁을 마구 두들겼을 때는 두 살이었다. 처음 요리를 돕던 날, 조심스레 옮기던 카레라이스 접시를 놓치고 바닥에 쏟아진 카레를 보며 엉엉 울던 미쿠. 몇 번이고 떠올린 그 광경들이 다시 또 눈앞에 스쳐 지나갔다.

몸이 찢어지는 것 같다는 표현으로는 다 설명할 수 없을 정도의 고통과 괴로움이 여전히 가슴속에 들끓었다. 딸이 없는 세상에서 밥을 먹고 배설하고 씻고 잠들어야 한다는 사실, 그 하나하나가 끔찍한 형벌처럼 느껴졌다. 아직도 믿고 싶지 않았다. 받아들일 수 없었다. 눈부시게 빛나던 햇빛과 미래를 향해 곧게 뻗어 있던 길은, 딸을 잃은 그 여름날 이후 깎아지른 절벽 아래 차갑고 성난 파도가 되어 가슴을 계속 휩쓸고 있었다.

'왜 하필 미쿠가!'

'더 빨리 병원에 데려갔더라면.'

'전이만 되지 않았더라면.'

'아니, 수술만 성공했다면.'

유즈루의 성격을 닮아 내성적이고 얌전했던 딸의 웃는 얼굴을 떠올릴 때마다 머릿속에서 무수한 후회의 말들이 들려왔다. 유즈루의 정신을 갉아먹는 그 소리는 아마 멈추지 않을 터였다. 이 집에 있는 한, 사유리와 부부로 사는 한.

"그래야겠지."

사유리의 대답은 간결했다. 분명 아내도 이 순간이 올 거라고 예상했을 터였다.

사람을 잘 이끄는 사유리와 기본적으로 다른 사람에게 맞춰주는 걸 좋아하는 유즈루. 이렇게 정반대의 성향을 지닌 두 사람이지만 막상 중요한 일에서 의견을 갈리면 어느새 둘 다 고집쟁이가 되고 말았다. 사이가 좋을 때는 사소한 싸움을 하면서 "아유, 정말 유즈루*인 주제에." 하고 농담을 주고받던 두 사람이 허망하게도 같은 결론에 도달한 것이다.

그랬다. 딸이 태어난 후 10년 동안 유즈루와 사유리는 '평범한 한 쌍의 남녀'에서 '도모나가 미쿠의 아버지와 어머니'라는 단단한 관계가 되었다. 그러나 함께 사랑을 쏟아붓던 딸을 잃은 지금, 두 사람이 다시 '평범한 한 쌍의 남녀'로 돌아갈 방법을 도무지 찾을 수 없었다. 미쿠가 태어나기 전에는 서로가 서로에게 전부인 연인이자 부부로 잘 지냈는데 말이다.

"아……."

사유리가 테이블 위에 두 손을 겹쳤다.

"이혼만은 하고 싶지 않았는데, 결국 내 부모님이랑 똑같아졌

---

* 주인공 '유즈루讓'의 이름은 '양보하다'라는 뜻의 한자를 쓴다.

네."

"우리는 사정이 다르잖아."

"그래, 알아."

사유리가 눈을 내리깔았다. 화장을 하지 않았는데도 속눈썹이 길고 짙었다. 양쪽으로 가른 앞머리 사이로 드러난 이마에 가만히 손등을 얹은 채 사유리는 작은 한숨을 내쉬었다.

어릴 적 부모님의 이혼을 겪은 사유리는 자신의 아이만큼은 절대 그런 슬픈 일을 겪게 하고 싶지 않다고 말하곤 했다. 그래서 두 사람은 아이가 생기면 무슨 일이 있어도 절대로 이혼은 하지 말자고, 어려움이나 다툼은 대화로 극복하자고 약속했다.

그런 진지한 각오 끝에 두 사람은 14년 전 결혼했다. 결혼 4년 차, 오랜 기다림 끝에 얻은 외동딸이 자신들보다 먼저 세상을 떠날 줄은 꿈에도 생각하지 못한 채 무슨 일이 있어도 이혼만은 하지 않겠다는 굳은 맹세를 하고.

하지만 그 약속을 하게 한 소중한 존재는 이미 천국으로 떠나 버렸다.

유즈루는 거북한 침묵을 견디지 못하고 머그컵에 손을 뻗었다. 그리고 입으로 옮기려던 순간, 손에 힘이 빠지면서 식은 홍차를 테이블에 엎지르고 말았다. 하지만 닦을 기력조차 없었다. 그저 머그컵만 가만히 다시 내려놓았다.

사유리와 관계가 틀어지기 시작한 건 미쿠가 6개월밖에 살지 못한다고 의사가 시한부 선고를 내린 날부터다.

의사들은 대개 남은 기간을 짧게 얘기하는 법이다. 더 길게 예상했다가 그 전에 환자가 죽으면 유족과 갈등이 생길 수 있으니까. 그러니까 미쿠는 그보다 더 살 것이다. 의사가 수술 예후가 좋지 않다고 말했지만 그 또한 의사의 자기방어일 것이다. 미쿠는 회복된다, 반드시!

유즈루는 마지막까지 이런 말을 로봇처럼 반복했다. 시한부 선고가 내려진 뒤부터 묘하게 냉정하고 자포자기한 듯한 태도를 보인 사유리와는 전혀 달랐다.

두 사람의 관계가 더 크게 벌어지기 시작한 것은 정확히 6개월 만에 미쿠가 그 짧은 생을 병원 침대에서 마쳤을 때였다. 유즈루는 죽은 딸의 손을 잡은 채 오열했지만 사유리는 말없이 시선만 떨어뜨렸다. 그 눈에는 눈물조차 고이지 않았다.

"당신은 왜 슬퍼하지 않아? 왜 눈물도 흘리지 않아? 우리 딸 미쿠가 죽었어!"

애통한 마음에 유즈루는 사유리를 책망했다. 딸을 잃은 공허하고 안타까운 마음에 아내에게 화살을 돌렸다.

사유리도 절규했다.

"내가 슬퍼하지 않는다고? 어떻게 그런 말을 할 수가 있어? 내가 어릴 때 엄마가 심각한 병을 앓았던 적이 있어. 엄마가 죽을지도 모른다는 의사 말을 듣고 나는 매일 밤 베개에 얼굴을 묻고 울었어. 다행히 엄마는 1년 뒤에 회복했지만 난 그때 어떤 운명도 받아들이겠다고 각오했어. 그러지 않으면 버틸 수 없었으니까. 그 뒤로 나는 눈물 따위 흘리지 않아. 나는 그런 일을 겪으면서 마음을 단단하게 만들었을 뿐이야."

유즈루는 그 말을 듣고서야 미쿠의 투병 기간 내내 어쩐지 체념한 기색이던 사유리의 심경을 조금이나마 이해할 수 있었다. 그렇지만 그때는 그저 궁색한 변명으로만 들렸다. 아내의 말 하나하나에 변명이 덕지덕지 붙어 있는 것처럼 느껴졌다.

'사유리, 미쿠를 진심으로 사랑하긴 했어?'

흔들림 없이 완벽하게 일을 처리하는 사유리 덕분에 장례식을 무사히 끝낸 뒤에도 유즈루는 아내에게 그렇게 묻고 싶어 견딜 수가 없었다. 물론 이날 이 순간까지 입 밖으로 그 말을 꺼내지는 않았다.

지극히 평범한 중산층 가정에서 자란 유즈루 눈에는 부모의 이혼이나 경제적인 빈곤 등 여러 가지 문제를 겪었으면서도 잘 자란 사유리가 대단해 보였다. 그 어려움을 강한 의지로 이겨낸 사유리가 자기보다 더 나은 사람 같았다. 그러나 그건 어디까지나 예전의 생각이다. 이제는 어린 시절에 부모와 관계를 제대로 형성하지 못한 후유증이 이런 순간에 드러나는 게 아닐까 하는 의심마저 들었다.

그러고 보면 두 사람 관계에 금이 가는 건 시간문제였을지도 모른다. 딸에 대한 애정의 깊이는 둘째 치고, 결혼 생활에서 경제관념이나 교육 방침에 대한 의견을 나눌 때도 자신과 아내가 자주 어긋난다고 느꼈다. 거기에 딸의 죽음이라는 결정적인 사건이 부부관계의 끝을 앞당겼다. 이혼은 다양한 선택지 중 하나일 뿐이었다. 분명 그 정도의 일일 터였다.

"사유리는 달라진 것 같아. 우리가 결혼했을 때랑."

"달라진 건 유즈루겠지. 나는 아니야."

맞은편에 앉아 허공을 바라보던 사유리가 소리 없이 일어나 책장으로 다가갔다. 책장에는 가족사진 액자가 여러 개 놓여 있었다. 다 같이 캠핑을 갔을 때, 바다와 디즈니랜드에 놀러 갔을 때. 미쿠가 좋아한 하늘색 원피스는 미쿠의 흰 피부와 잘 어울렸다. 그리고 초등학교 입학식, 세 살 때 간 시치고산*, 출산 직후 조산사가 찍어준 첫 가족사진.

사유리가 손에 든 것은 미쿠가 태어나자마자 찍은 바로 그 첫 가족사진이었다. 지금보다 열 살은 어린 사유리의 가슴에 폭 안겨 있는 새빨간 얼굴의 신생아는 눈이 부셔 못 견디겠다는 듯 눈을 가늘게 뜨고 있었다.

사유리는 무언가를 음미하는 듯한 얼굴로 그 사진을 한동안 가만히 바라보았다.

"오랫동안 고마웠어, 유즈루."

"나야말로."

"하지만 이건 긍정적인 이혼이야."

유즈루는 사유리의 마지막 말에 얼굴을 찌푸렸다. 긍정, 부정을 따지자면 이혼은 당연히 후자에 해당한다. 영원히 함께하기로 약속했던 부부가 마음이 엇갈린 끝에 결혼이라는 계약을 파기하는 마당에 대체 어느 부분이 긍정적이라는 말인가.

"유즈루가 싫어진 건 아니야. 하지만 이렇게 된 이상 헤어지는

* 3, 5, 7세가 되는 어린이의 성장을 축하하는 일본의 행사.

편이 낫겠지. 각자 자기 길을 가는 게 서로의 행복을 위해 현명한 판단일 거야."

유즈루는 그런 입바른 말 좀 그만하라고 소리치고 싶었다. 사유리는 직장에서나 사생활에서나 신망이 두텁다. 그러니 이혼한 후에도 밝은 미래로 나아갈 자신이 있겠지. 유즈루가 아니더라도 자기와 어울릴 만한 남자는 얼마든지 있을 테니, 머지않아 새 상대를 만나서 재혼하는 일도 어렵지 않을 것이다. 사유리의 나이 마흔여섯 살, 아이를 낳기엔 다소 많은 나이일지 몰라도 제2의 인생을 시작하기에는 절대 늦지 않은 나이였다.

그러나 유즈루는 달랐다. 젊은 시절 그토록 사랑했던 사유리와도 이런 결말을 맞이했으니 앞으로 누군가와 잘 지낼 자신 따윈 없었다. 유즈루에게 이혼은 부정적인 결단이었다. 더는 부부로 지낼 자신이 없었고, 함께 있어도 안 좋은 감정만 늘어날 뿐이라 판단해서 결혼 생활을 끝내려는 것이다. 그 이상도 그 이하도 아니었다.

사유리가 천천히 사진을 장식대 위에 돌려놓았다. 그리고 자리에 앉아 유즈루가 준비한 이혼 신고서에 차분하게 서명했다.

그렇게 두 사람의 관계는 정식으로 끝이 났다.

미쿠의 유품을 있는 대로 쓸어 모아 상자에 담은 유즈루는 시내의 작은 빌라로 이사했다. 사유리는 세 사람이 살던 집에 그대로 남았다. 혼자 사는 어머니를 모셔 와 같이 살겠다며 주택 담보 대출을 인수했으나 정말 그렇게 할지는 알 수 없다. 집을 팔아치우든, 그 작은 주택에서 새로운 파트너와 새 생활을 시작하든 유즈루가 상관할 바가 아니다.

그렇게 유즈루는 혼자가 되었다. 지금으로부터 9개월 전, 서늘한 바람이 불기 시작하던 초가을의 일이었다.

제2장

비슷한 것 같은데

하마터면 '미쿠.' 하고 부를 뻔했다. 그 이름을 소리 내어 부르지 않은 건 유즈루 입에서 그 이름이 나오려는 순간 지코가 이쪽을 돌아봤기 때문이다.

지코는 마스크 위로 보이는 귀엽고 동그란 두 눈을 반짝거리며 액정 화면을 뚫을 기세로 눈앞의 텔레비전을 가리켰다.

"이게 텔레비전이에요?"

"그래."

"와, 진짜 얇아요! 게다가 엄청나게 크네요! 이렇게 얇은데 어떻게 부품을 다 넣었을까요?"

텔레비전 장식대 모서리에 손을 대고 흥미진진한 눈으로 뒤쪽을 살펴보는 지코를 보며 유즈루는 혼자 쓴웃음을 지었다.

왜 미쿠의 이름이 튀어나오려고 했을까? 공통점이라곤 열 살 여자아이라는 점뿐이었다. 미쿠는 유즈루를 닮아 피부가 하얗고 얌전한 성격이었다. 머리도 짧았다. 하지만 지코는 햇볕에 잘 그을린 피부에 머리도 꽤 길고, 활발하고 호기심도 많아 보였다. '타임 슬립' 때문에 다급했던 상황이라고는 해도 어른에게 적극적으로 도움을 요청하고 결국 이 집까지 온 걸 보면 초등학생치고는 대단히 강단이 있는 편이었다.

그래, 지코와 미쿠는 완전히 다르다. 그런데도 눈앞에 있는 아이에게서 1년 전 세상을 떠난 딸의 모습을 보다니……. 지코가 입고 있는 미쿠의 하늘색 원피스 탓일까? 디즈니랜드의 신데렐라 성 앞에서 손가락으로 브이 포즈를 하던 미쿠의 부드러운 미소가 떠올랐다.

—파파, 이 원피스, 신데렐라 드레스랑 똑같은 색이야.

"어? 근데 이 방에 시계는 없어요?"

지코가 방을 두리번거렸다. 유즈루는 청바지 주머니에서 스마트폰을 꺼냈다.

"스마트폰이 있어서 시계는 따로 두지 않았어. 지금 낮 2시 조금 지났어."

"스마트폰?"

"이거야. 스마트폰."

"스마트……?"

"음, 휴대전화의 업그레이드 버전이지."

텔레비전 장식대 모서리를 한 손으로 짚은 지코가 여우에게 홀린 듯한 어리둥절한 얼굴로 이쪽을 뒤돌아봤다.

"그렇구나."

혼잣말이 튀어나왔다.

'휴대전화도 모르는구나. 어깨에 메는 숄더폰이 나온 시기가 거품경제* 직전이니까 지코는 그때보다 더 전 시대에서 온 걸까?'

물론 정말 타임 슬립을 했다는 전제에서.

'대체 몇 년도에서 왔을까?'

머릿속에 떠오르는 무수한 의문을 떨쳐내며 유즈루는 지코에게 물었다.

"그럼 삐삐는 아니?"

이번에도 지코는 고개를 갸웃거렸다.

"그럼 전화는?"

"전화는 당연히 알죠!"

하긴 에어컨과 텔레비전을 아는 아이에게 할 질문은 아니었다.

"네가 아는 전화기는 집에 있어? 아니면 가게 같은 곳에 가야 쓸 수 있어?"

"밖에 있는 건 공중전화잖아요. 전화기는 당연히 집에 있어요."

"아, 그럼 전화카드가 뭔지 아니?"

"들어본 적 있어요. 공중전화에 넣는 거죠?"

"그럼 집 전화로 팩스 보낼 수 있어?"

"네?"

---

* 1980년대 후반 시작된 일본의 비정상적인 경제 호황 시기로, 숄더폰은 1985년에 출시되었다.

또다시 지코의 눈에 혼란스런 빛이 어렸다.

'가정용 전화기에 팩스 기능이 생긴 게 언제였지?'

이렇게 질문을 하다 보면 지코가 살았던 시대를 점차 좁혀나갈 수 있을 것도 같았다.

지코는 유즈루 손에 있는 스마트폰을 흥미진진하게 쳐다보았다. 시간이 나오는 잠금 화면을 보여주자 눈이 휘둥그레졌다.

"지금 시대에는 공중전화가 거의 없어. 그리고 집에도 전화기가 없는 경우가 많아. 대부분의 사람들이 이런 스마트폰을 가지고 있거든."

"그걸로 시계랑 전화기가 다 되는 거예요? 합체했는데도 이렇게 작아요?"

"음, 전화랑 시계만 되는 게 아니라 사진도 찍을 수 있고 지도도 볼 수 있고, 게임을 하거나 책, 만화를 읽을 수도 있어. 그리고 음악도 들어. 아, 텔레비전을 볼 수 있는 기종도 있어."

"네에? 뭐라고요?"

지코가 깜짝 놀라 몸을 뒤로 젖혔다. 그와 동시에 딩동 하고 짧은 초인종 소리가 났다.

"잠깐만 기다려."

지코를 남겨둔 채 유즈루는 일단 현관으로 향했다. 모니터가 달린 인터폰이 있었으면 지코를 더 놀라게 해줄 수 있었을 텐데, 건축한 지 40년이 넘는 낡은 빌라에 그런 현대식 설비는 갖춰져 있지 않았다.

초인종의 주인공은 택배 기사였다. 택배 기사가 이 집에 아이가 있다는 사실을 눈치채기 전에 서둘러 상자를 받아 들고 문을 닫았다. 본가의 어머니가 보낸 것이었다. 품목에 '채소'라고 쓰여 있는 택배 상자를 보고 있노라니 절로 한숨이 쏟아졌다. 이혼한 뒤로는 편의점에서 끼니를 해결하기 때문에 밥을 짓거나 요리를 하지 않는다고 지난 명절 때 이미 말씀드렸다. 게다가 아버지가 취미로 가꾼 무농약 채소를 반기던 사람은 유즈루가 아니라 요리를 좋아하던 사유리였다.

부모님의 마음은 감사하지만 '채소'라고 쓰인 손글씨를 보고 있자니 왠지 기분이 가라앉았다. 부모님은 유즈루가 예전의 생활로 돌아가길 바란다는 뜻을 이렇게 전하려는 걸까?

하지만 그건 이제 불가능한 일이다. 그런 작은 기대조차도 불편했다. 유즈루는 무거운 상자를 주방에 내려놓고 방으로 돌아왔다. 이제나저제나 기다리던 지코가 달려와 "스마트폰 보여주세요!" 하고 재촉했다.

스마트폰을 꺼내려고 뒷주머니에 손을 대자마자 긴 진동이 느껴졌다. 화면을 굳이 보지 않아도 누군지 짐작이 갔다. 본가의 어머니는 채소를 보낼 때마다 꼭 전화를 하시니까. 부치기 전에 미리 연락할 때도 있고, 도착한 지 며칠이 지난 뒤에 뒤늦게 생각났다는 듯 전화를 할 때도 있었다. 딱 시간을 정해놓고 하는 것도 아닌데 이번에는 타이밍이 유독 절묘했다.

기대하는 눈으로 올려다보는 지코에게 유즈루는 검지를 입에 대고 조용히 하라는 신호를 보냈다. 그러고는 화면을 손가락으로 밀어 전화를 받았다.

"네, 여보세요."

"아, 엄마야. 어제 채소 보냈는데 받았니?"

"방금 받았어요."

"상자 안 젖었어? 계속 비가 와서 정말 성가시구나. 장마가 빨리 끝나야 하는데……. 여기는 지금도 비가 꽤 많이 내리는데, 그쪽은 어때?"

"잠깐 잠잠하더니 다시 내리기 시작하네요. 상자는 괜찮은 것 같아요."

"그래, 다행이네. 신문지가 아니라 비닐로 꼼꼼히 쌀 걸 그랬다고 네 아버지가 어젯밤부터 계속 걱정이셔."

어머니는 언제나 할 말이 많았다. 그래서 대개는 통화가 길어진다. 어머니와의 긴 통화는 이따금 지루하게 느껴질 때가 있다. 하지만 지금은 달랐다. 눈앞에 있는 지코가 입을 떡 벌리고 스마트폰을 귀에 대고 있는 유즈루를 빤히 쳐다보고 있기 때문이다. 이 작고 얇은 직사각형 단말기로 누군가와 통화를 하는 모습을 보고 진심으로 놀란 것 같았다.

'혹시 흥분해서 소리를 지르면 어쩌지?'

문득 걱정이 됐다. 여든에 가까운 나이지만 어머니는 여전히 청력이 좋아서 전화기 너머로 아이의 목소리가 들리면 무슨 일이냐고 꼬치꼬치 물어볼 게 뻔했다. 지금의 이 기묘한 상황을 있는 그대로 털어놓을 생각은 없었지만 막상 질문을 받으면 태연하게 둘러댈 자신이 없었다.

다행히도 지코는 입을 다물고 얌전히 방 안 수색을 재개했다.

테이블 위의 노트북, 그 옆에 쌓인 우편물, 콘센트에 연결된 스마트폰 충전기, 텔레비전 리모컨. 생활감이라곤 없는 썰렁한 방이지만 지코의 흥미를 끄는 물건은 꽤 많은 듯했다. 조용히 있으라는 유즈루의 당부를 지키면서도 복도와 방을 몇 번이고 들락날락하는 모습은 살짝 즐거워 보이기까지 했다.

그 와중에도 어머니의 말은 계속 이어졌다. 이웃의 누가 반백신론자라거나, 이번에 백신 2회차를 맞으러 도내 대규모 접종 시설까지 갈 예정이라든가 하는, 당신 부부와 지인들의 근황 보고가 주된 화제였다.

"아, 맞다. 우리 집 대각선에 그 낡은 집 있잖니. 그 집 이제 철거한대."

"네? 이제 와서요?"

"얼마 전에 그 집 주인, 사토 씨 아들이 죽었거든. 그런데 손자가 상속받지 않겠다고 했대. 그래서 그 집이 국가 소유가 됐다는구나. 자세한 사정은 몰라도 공사 안내지가 우편함에 들어 있는 걸 보니까 정말 철거를 하려는 모양이야. 동네 사람들이 다들 얼마나 좋아했는지 몰라! 그 집, 벌써 30년 넘게 저 상태였잖니."

"40년이에요. 제가 초등학교 1학년 때 빈집이 됐어요."

"그랬나? 아무튼 드디어, 마침내! 아휴, 잡초며 나무며 그냥 자라는 대로 내버려뒀으니 정글이 따로 없지, 집은 썩어가지, 바로 옆에 사는 우리 입장에서는 얼마나 불편했는지 몰라. 이상한 사람들이나 노숙자가 멋대로 들어가 살기도 했으니까 말이야. 아, 그러고 보니 유즈루 너랑 네 친구들도 담력 시험한다고 그 집에 들어갔다가 다 같이 혼난 적 있었지. 너만 그런 게 아니라 와카코도 분명……."

이제 화제는 누나 와카코의 근황 보고로 이어졌다. 어머니의 끝없는 이야기가 마침내 끝난 건 그로부터 15분이 더 지난 다음이었다. 예전에는 채소를 받는 대가라고 생각하며 인내심을 갖고 들었지만 요즘에는 그런 마음마저 사라졌다. 방치했다가 썩은 채소를 버릴 때마다 죄책감만 쌓일 뿐이었다.

"네, 다음에 또 얘기해요."

간신히 전화를 끊은 뒤 유즈루는 지코를 돌아봤다. 많이 기다리게 한 것 같아서 마음이 불편했는데 지코는 오히려 감동에 찬 눈으로 유즈루에게 다가와 말했다.

"진짜 끝내주네요. 생긴 건 네모난 초콜릿 같은데 진짜 전화기라니!"

"네모난 초콜릿이라…… 그렇게 보일 수도 있겠네."

"이건 건전지를 넣는 거예요? 세 개? 네 개? 그래서 콘센트에 연결 안 해도 되는 거죠? 근데 이렇게 얇은데 대체 어디에 넣는 거지?"

긴 통화 내내 묻고 싶어서 좀이 쑤셨을 것이다. 질문 공세는 그 뒤로도 계속 이어졌다.

"아까 아무 소리도 안 났는데 전화가 온 걸 어떻게 알았어요? 손가락으로 문지르면 화면이 움직여요? 사진은 필름을 넣어서 찍는 거죠? 네? 필름이 없다고요? 그럼 어떻게 뽑아요?"

끊임없이 질문을 퍼붓는 아이를 상대하다가 유즈루는 문득 엉

뚱한 생각이 떠올랐다.

'혹시 몰래카메라 방송 같은 건가?'

지코라는 이 아이는 실은 유명한 연기파 아역 배우일지도 모른다. 그래서 이렇게 말을 잘하는 게 아닐까? 자기 얼굴에 맞지도 않는 커다란 대형 마스크를 쓰고 있는 이유도 유즈루에게 얼굴을 들키지 않기 위해서라면? 처음 마주쳤을 때 흠뻑 비에 젖어 있던 모습도, 바이러스를 극도로 무서워하는 모습도, 거의 억지나 다름없이 졸라서 유즈루 집에 들어온 것도 전부 방송 프로그램의 연출이라면? 전문 방송작가가 쓴 대본처럼 이야기에 묘한 설득력이 있다는 점도 미심쩍었다.

갑자기 떠오른 생각에 유즈루는 가만히 지코를 관찰했지만 곧바로 떠오르는 아역 배우는 없었다. 하긴 마지막으로 영화나 드라마를 본 지 너무 오래되어서 유즈루가 모를 수도 있었다.

그러나 자신만큼 몰래카메라 방송의 출연자로 부적합한 사람이 또 있을까? 그런 기획은 속여야 하는 사람 몰래 일을 진행할 수 있게 방송국에 협력해주는 사람이 있어야 한다. 지난 9개월 동안 거의 은둔형 외톨이처럼 유즈루 혼자 지낸 이 초라한 빌라에 대체 누가 카메라를 설치한단 말인가? 혼란스러워하는 유즈루는 아랑곳없이 지코는 실내를 종종거리고 뛰어다니며 연거푸 질문을 던졌다.

"왜 텔레비전이 두 대나 있어요?"

"이건 텔레비전이 아니라 컴퓨터라는 거야."

"이 편지 봉투 이상해요. 사각형이 너무 많아!"

"20년쯤 전에 우편번호가 다섯 자리에서 일곱 자리로 늘어서 그래."

"와, 세탁기도 엄청 좋네요! 전자동이라는 게 무슨 말이에요?"

"아아, 혹시 지코 집에서 사용하는 건 2조식*이야?"

지코 뒤를 따라 좁은 실내를 뱅뱅 돌며 대답하면서 '잘도 차이점을 알아차리네.' 하는 생각을 했다. 우편번호 자릿수 같은 건 너무 한참 전에 바뀌어 완전히 익숙해지는 바람에 지코가 뭘 지적하는지 이해하는 데 도리어 시간이 필요할 정도였다.

한차례 실내 탐색이 끝나자 지코는 "열어봐도 돼요?" 하고 묻더니 옷장과 지갑 속까지 뒤지기 시작했다.

"어, 이게 누구지? 나쓰메 소세키도 아니고, 이토 히로부미도 아니고……."

천 엔 지폐의 노구치 히데요 초상화를 가리키며 지코가 고개를 갸웃거렸다. 노구치 히데요 전에는 천 엔 지폐에 나쓰메 소세키 초상화가 그려져 있었다. 그리고 그보다 더 전에는 이토 히로부미였던가?

지코는 5천 엔짜리 지폐 속 히구치 이치요를 보고는 "와, 여자다!" 하며 눈을 빛냈고, 후쿠자와 유키치를 보고는 "이건 내가 아는 신권 만 엔이랑 똑같아!" 하고 득의양양한 미소를 지었다. 지폐가 바뀐 직후 시대에서 왔다는 뜻이겠지. 만약에 이 모든 반응이 연기라면 디테일 끝판왕이라고 해야 할 것이다.

---

* 세탁조와 탈수조가 분리되어 있는 구형 세탁기.

동전 지갑에서 5백 엔짜리 동전을 꺼내 "별로 빛나지 않네." 하고 눈썹을 찌푸리기도 하고, 마이 넘버 카드**를 호기심 가득한 눈으로 이리저리 뒤집어봤다. 지코는 정말이지 잠시도 가만히 있지 않고 복도와 방 사이를 돌아다녔다.

"이거, 우리 집 거랑 반대예요!"

주방 싱크대 앞에서 "으쌰!" 하고 발돋움을 하더니 수전으로 손을 뻗었다.

"우리 집은 아래로 내리면 물이 나오고 올리면 멈추는데 여기는 반대예요. 아까 아저씨가 통화하고 있을 때 틀어보려다가 깜짝 놀랐어요."

"아아, 예전에는 두 가지 방식이 다 있었어. 그러다가 한신 아와지 대지진 이후에 하나로 통일됐어. 대지진이 일어났을 때 물건이 떨어져서 수전 레버가 내려가도 물이 계속 나오지 않도록 말이야. 집이 낡긴 했어도 주방은 대지진 이후에 리모델링한 것 같아."

별것 아닌 설명이었다. 그러나 이쪽을 돌아본 지코의 얼굴은 창백하기 그지없었다.

"대지진이요?"

유즈루는 그제야 아차 싶었다.

"아, 미안. 그러니까."

"전쟁 전에 아주 크고 무서운 지진이 난 적이 있었다고 할아버

** 일본의 신분증.

지한테 들은 적이 있는데, 그거 말고 또 큰 지진이 일어난 거예요?"

지코가 말하는 지진은 관동 대지진일 것이다. 지금으로부터 백 년쯤 전의 일. 1980년대 후반에서 왔을지도 모르는 아이에게 1990년대에 일어난 사고에 대해 말해줘도 괜찮을까?

"빨리 설명해줘요."

지코의 화난 목소리에 압도되어 유즈루는 망설이면서도 말을 이었다.

"1995년에 간사이에서 큰 지진이 일어났어. 한신 아와지 대지진이라고 하는데……."

"전쟁 전의 대지진만큼 엄청나게 큰 지진이었어요? 집이 불타거나 납작하게 무너지거나."

"그때랑은 시대가 많이 다르니까 피해를 단순히 비교할 수 없지만…… 그래, 화재도 일어나고 집이나 빌딩도 많이 무너지고 고속도로가 무너지기도 했어."

"어떻게 그런……."

한기가 드는지 지코가 자신의 양팔을 감싸 안았다.

"그런 일이 정말 일어나요? 대지진이라는 건 완전히 옛날이야기인 줄만 알았는데!"

"아니, 실은 10년 전에도 또, 이번에는 도호쿠에서 큰 지진이 났어."

이제는 될 대로 되라는 심정이었다. 어차피 2021년 시점에 신종 코로나 바이러스가 전 세계적으로 대유행하고 각국이 혼란에 빠져 있다는 사실도 이미 알려줬다. 그러니 다른 사건들을 한사코 감출 필요는 없겠지.

2011년 동일본 대지진에 대해 설명하자 지코는 가슴을 누르며 비통한 얼굴로 고개를 떨궜다. 호흡까지 조금 거칠어졌다. 화재나 건물 붕괴가 아니라 쓰나미 때문에 수많은 사람이 죽었다는 사실을 특히 더 받아들이기 힘든 모양이었다.

"미래에 그런 일들이 정말 벌어진다는 거죠? 큰 지진이 두 번이나 일어나고, 코로, 뭐더라? 사람을 죽이는 바이러스가 전 세계에 유행하고……."

겨우 고개를 든 지코는 진지했다. 겁먹은 기색이 완전히 사라진 것은 아니지만 미래에 어떤 일들이 벌어질지 알고 싶다는 마음이 더 많이 담긴 눈빛이었다.

"전부 다 알려주세요. 우리나라에 대체 어떤 일들이 벌어지는 거예요? 지금까지 무슨 일이 있었어요?"

"그게……."

어디서부터 말해야 좋을지 당혹스러운 것도 잠시, 유즈루의 머릿속이 과거를 향해 달려갔다. 거품경제가 한창이던 1980년대 후반, 어른들은 모두 기대감에 부풀어 있었고 나도 언젠가 저렇게 살 수 있겠지 하고 막연하게 낙관하던 즈음 거품이 붕괴됐다. 급속한 경기 냉각과 취직난, 기나긴 디플레이션, 잃어버린 20년, 리먼 사태* 그리고 코로나 시국.

* 미국의 유명한 투자은행인 리먼브러더스가 부실 경영으로 파산한 사건.

경제 사건 말고도 어두운 뉴스가 많았다. 지난 30년 동안 본토에서 대지진이 두 번이나 발생했고, 니가타, 구마모토도 대지진의 습격을 받았다. 2001년 미국에서 9.11 테러가 일어난 일을 비롯해 다른 나라에서도 비슷한 시기에 상징적이라 할 만한 사건이나 전쟁이 터졌다.

사회문제나 환경문제도 나날이 심각해지고 있다. 저출산 고령화에 따른 연금이나 장기요양보험 문제, 지구온난화, 방향을 가늠하기 어려운 환경정책, 점점 길고 더워지는 일본의 여름, 기후위기로 인한 호우 재해, 산사태, 호들갑스럽고 시끄러운 SNS의 유행, 익명 뒤에 숨은 사이버불링과 신상 털기……. 한숨이 나올 만큼 싫은 시대였다.

유즈루는 지코를 데리고 에어컨을 튼 방으로 돌아왔다. 지코는 침대 끝에, 유즈루는 책상 앞 의자에 앉아 서로를 마주 봤다. 쓸데없이 흉흉한 이야기는 그만하면 됐다. 이제부터는 거품경제 이후의 세상 흐름을 간추려 들려줬다.

열심히 설명하다가 문득 어디까지 거슬러 올라가야 지코가 아는 사건이 나올지 확인해야겠다는 생각이 들었다. 시험 삼아 "점보기 추락사고는 알아?" 하고 묻자 "점보기가…… 추락했어요?" 하는 대답이 돌아왔다. 지코의 창백한 얼굴을 보니 또 쓸데없이 겁만 준 것 같았다. 유즈루가 초등학교 5학년 무렵의 일이었으니 1985년이다. 아무리 초등학생이라도 500명 이상의 사망자가 나온 대형 사고를 모를 리는 없을 테니.

그 이전에 크게 화제가 된 사건이 뭐가 있는지 기억을 더듬어

보았으나 어린 시절에 들었던 뉴스는 하나도 떠오르지 않았다. 평화로운 시절이었을까. 아주 선명하게 기억하는 사건이 하나 있지만, 그건 지극히 개인적인 일이다. 유즈루는 몸서리를 치며 그 기억을 머릿속에서 애써 지웠다.

결국 유즈루가 꺼낸 이야기들은 하나같이 지코를 두렵게 했다. 뒤늦게 아이의 얼굴에 드리운 공포심을 눈치채고서야 여러 가지 놀라운 기술들이 발전했고, 성평등정책이 확대되었으며, 좋은 일도 아주 많이 있었다는 말을 황급히 덧붙였지만 지코의 얼굴은 나아지지 않았다.

"있잖아요. 좀 놀랐어요. 미래는 점점 더 나빠졌네요. 이 집에 있는 물건들이 만화에서 본 미래보다 멋져서 엄청 기대했는데, 다시 무서워졌어요……."

"미안해. 아저씨가 실제보다 더 비관적으로 설명했을지도 몰라."

"전쟁에는 졌지만, 일본이 엄청나게 훌륭한 물건들을 많이 만들어서 전 세계 사람들에게 팔고, 점점 더 부자가 될 거라고 생각했는데……. 내가 어른이 될 즈음에는 얼마나 멋진 미래가 펼쳐질까 엄청 기대했는데……."

유즈루는 그 말에 새삼 놀랐다. 하긴 그 시절, 일본이 거품경제의 절정기를 맞은 1980년대 후반까지 이 나라에는 희망적인 분위기가 넘쳐흘렀다. 종전 후 고도경제성장기, 세계로 진출한 일본은 선진국 대열에 들어설 것이고 경제는 계속 발전할 것이며 우리의 생활은 더욱 풍요로워질 것이다, 모든 일이 잘 풀릴 것이라 확신했다. 아무도 의심하지 않았다. 우리의 미래는 밝다. 이 나라는 점점 더 좋은 방향으로 발전할 것이다! 그렇게 순진하게 믿던 시절이었다.

그러나 유즈루는 3, 40년 전의 어린이 앞에서 당당하게 가슴을 펴지 못하는 미래를 살고 있었다.

"그래도 더, 더 많이 알고 싶어요!"

지코의 또랑또랑한 목소리에 유즈루는 다시 현실로 돌아왔다. 조금 전까지도 내내 불안해하더니 열 살짜리 아이의 호기심은 어지간해서는 꺼지지 않는 듯했다. 새로운 기술이나 정보를 들으면 흥미진진해지는 얼굴, 지진 이야기를 감추려고 하자 분노하고 고통스러워하던 얼굴, 꿈꾸던 미래가 실현되지 않는다는 사실에 두려움과 실망으로 어두워지던 얼굴, 의문스러운 것이 있으면 진지하게 고민하는 얼굴, 지코가 지금까지 보여준 희로애락이 가득한 표정들을 보면서 유즈루는 점점 더 확신을 가졌다.

'이 아이는 몰래카메라 방송의 아역 배우 같은 게 아니야.'

정말 타임 슬립을 한 것인지는 모르겠지만, 분명 1980년대의 여자아이이다.

성도 없고 이름도 없는, 주소도 가족도 기억하지 못하는, 그저 자신을 지코라고 말하는 아이. 타임 슬립으로 미래로 온 사람은 어떻게 해야 자기 시간대로 돌아갈 수 있을까? 영화나 애니메이션에서 본 것처럼 타임머신을 타야 하나? 그럼 타임머신은 어디에 있을까? 아니면 처음부터 체류 시간이 정해져 있고 시간이 다 되면 저절로 원래의 시대로 돌아가는 것일까?

지코를 발견한 시점으로부터 벌써 두 시간 이상이 지났다. 커튼 레일에 걸린 원형 핀 옷걸이에는 세탁기에 돌린 흰 티셔츠와 레몬색 치마 그리고 거리를 헤매다 더워서 벗어버렸다는 베이지색 두꺼운 트레이닝 재킷이 에어컨 바람에 나부끼고 있다. 노란 모자는 천으로 만든 것이지만 물로 세탁을 해도 되는지 몰라서 일단 탈취제만 뿌렸다. 지코가 "이 스프레이는 뭐예요?" 하고 물어서 제균 효과가 있는 의류용 탈취제라고 가르쳐줬더니 "와! 마술 같아요! 이것만 뿌리면 안 빨아도 돼요?" 하고 소리를 지르며 흥분했다.

리모컨으로 자유롭게 채널을 돌리면서 텔레비전을 보던 지코는 곧 질렸는지 유즈루가 대충 깔아놓은 스마트폰 게임에 빠졌다. 하지만 그것도 금방 질렸는지 기대 가득한 눈으로 유즈루를 올려다봤다.

"밖에 나가보고 싶어요. 그래도 돼요?"

"코로나 바이러스가 무섭다면서?"

"마스크를 절대 안 벗으면 되잖아요. 다른 사람들도 다 그렇게 하잖아요. 하지만 저 혼자는 무서우니까 아저씨가 같이 가주면 안 돼요?"

안전한 실내에서 느긋하게 시간을 보내고 나니 마침내 호기심이 공포를 이긴 듯했다. 적응이 빨라서 다행이지만 한 가지 문제가 있었다.

"나도 그렇게 하고 싶지만, 아저씨랑 지코가 같이 다니면 사람들이 이상하게 바라볼 수 있어."

"왜요? 당연히 아빠랑 딸인 줄 알겠죠."

아빠. 그 말에 어깨가 움찔 떨렸다. 생각해보니 그렇다. 처음 보는 여자아이를 집에 데리고 온 탓에 신경이 예민했는데, 이웃 주민이나 택배 기사 눈에는 평범한 부녀 사이로 보일 것이다. 실제로 유즈루는 바로 1년 전까지 열 살짜리 아이의 아빠였으니까.

지코가 말할 때까지 그 사실을 깨닫지 못한 것은 자신이 이제 '아빠'와는 거리가 먼 사람이 되어버린 탓인지도 모른다. 지금은 좁은 빌라 방에서 고독하게 사는 중년 남자일 뿐이니까.

레이스 커튼 틈으로 창밖을 내다보았다. 다행히 비는 조금씩 잦아드는 듯했다. 우산은 하나밖에 없지만 지코는 몸집이 작으니 같이 써도 될 것이다. 지갑과 스마트폰을 주머니에 넣고 외출 채비를 하자 "에어컨 안 꺼도 돼요?" 하는 말이 등 뒤에서 들려왔다. 역시나 구시대적이라 할 만한 절약 정신에 유즈루는 피식 웃고 말았다.

"자주 껐다 켰다 하면 오히려 전기 요금이 더 나와. 두세 시간 정도 외출이라면 그냥 켜두는 편이 나아."

"정말요?"

"요즘 에어컨은 전기 요금이 그렇게 많이 나오지 않거든. 아, 초등학교나 중학교 교실에도 거의 다 에어컨이 있어."

"네? 뭐라고요?"

지코는 눈을 반짝이며 "역시 미래는 좋을지도 몰라." 하고 중얼거렸다. 아무튼 태세 전환은 정말 빨랐다.

"초등학교에도 에어컨이 있다니, 굉장하다. 그럼 여름에도 창문을 안 열어도 되니까 비행기 소리 때문에 선생님 목소리가 안 들리는 일도 없겠네요."

"비행기……."

불현듯 그 단어가 마음에 걸렸다.

유즈루가 초등학생과 중학생이던 시절에도 학교 근처의 미군 기지에서 날아오는 비행기 소리 때문에 수업이 종종 중단되고는 했다. 특히 흐린 날에는 저공비행을 해서 폭음이 더 심했다. 학교 건물은 방음이 되어 있었겠지만, 더운 여름에는 창문을 열 수밖에 없으니 아무 소용이 없었다.

유즈루가 자란 곳은 바로 그 미군기지가 있는 가나가와현 중앙 지역이었다. 아무것도 기억하지 못한다 했지만, 혹시 지코도 거기에 살았던 걸까?

하지만 곧 말도 안 된다고 생각하며 추측을 떨쳐냈다. 비행기가 기지 주변으로만 다니는 것도 아니었을뿐더러, 북쪽 사가미하라에서 남쪽 쇼난에 이르기까지 가나가와현 안에도 비행기 소음에 시달리는 지역은 상당히 많았을 터였다.

애초에 지코가 말하는 '비행기'가 아쓰기 기지의 전투기를 말하는지도 정확하지 않았다. 미군 기지는 거기 말고도 국내 곳곳에 더 있고, 하네다나 나리타 같은 일반 공항 근처에서 자랐을 가능성도 있었다. 겨우 이 정도 정보만 가지고 지코가 어디 살았는지 알아내기란 아무래도 역부족이었다.

유즈루는 처마가 없는 공용 복도에서 한 개밖에 없는 비닐우산을 펼쳤다. 그리고 뒤따라오는 지코가 젖지 않도록 우산을 잘 받쳐 들고 철제 계단을 천천히 내려갔다.

마침 하교 중인 초등학생들이 지나가고 있었다. 가랑비 정도의 가느다란 빗줄기라 그런지 우산을 쓰지 않은 아이들도 더러 있었다. 또래 아이들을 유심히 지켜보던 지코가 "와……." 하고 작게 중얼거렸다.

"굉장하다. 란도셀*이 컬러풀해요."

분홍색, 연보라색, 하늘색 란도셀. 1980년대의 초등학생 눈에 제일 먼저 들어오는 건 역시 그런 것인가 하는 생각이 들었다.

미쿠의 란도셀은 체리핑크색이었다. 유즈루는 "책가방은 꼭 할머니랑 할아버지가 사줘야 한다"라며 의욕 넘치는 부모님을 모시고 온 가족이 요코하마의 백화점에 갔던 날의 기억을 떠올렸다. 미쿠가 초등학교에 입학하기 딱 1년 전, 여섯 살 생일을 며칠 앞둔 때였다. 6년 동안 쓸 가방이니까 가능한 질이 좋고 튼튼한 제품으로 사주고 싶었다. 사유리와 부모님이 가방 매장의 직원에게 질문 공세를 퍼부었고, 최종적으로 미쿠의 뜻에 따라 구입한 책가방은 고작 2년 8개월 만에 그 역할을 마치고 말았다.

겨우 2년 8개월. 갑자기 시야가 흐려졌다. 가슴속에 억지로 쑤셔 넣어둔 격정이 발작처럼 분출되려고 했다. 질끈 눈을 감았다가 다시 눈을 뜨자 초등학생들은 이미 길모퉁이를 돌아 사라진 뒤였다.

"어디 가고 싶어?"

---

* 일본 초등학생들이 가장 많이 메는 가죽 책가방.

지코에게 물었다.

"음, 가장 미래 같은 곳이요!"

애매한 대답이다. 그 애매한 조건을 충족시키는지 모르겠으나 일단 사람들이 많이 오가는 역 쪽으로 향했다.

하지만 지코는 좀처럼 앞으로 나가지 못했다. 블루투스 이어폰으로 업무 전화를 하며 걷는 회사원이나 머리를 밝은색으로 물들인 젊은 여성이 지나갈 때마다 눈이 휘둥그레져서 걸음을 멈췄기 때문이었다.

"저 사람, 왜 혼자 떠들어요?"

"건달이 왜 이렇게 많아요?"

무엇 하나 그냥 지나치는 법이 없는 지코를 재촉하며 유즈루는 앞으로 앞으로 나아갔다. 끝없이 놀라고 감탄하는 지코의 물음에 대답하는 사이, 처음 만났을 때 들었던 '전부 다르다'라는 말의 의미를 겨우 이해하기 시작했다.

거리가 크게 달라진 것도, 지나가는 사람들의 피부색이나 언어가 달라진 것도 아니었다. 지코를 불안하게 한 건 비슷하지만 엄연히 다른, 어떤 미묘한 차이였다. 헤어스타일, 머리색, 패션, 안경테 모양, 걸으면서 스마트폰을 하는 사람들, 본 적도 들은 적도 없는 체인점 간판, 역 앞에 멈춘 버스의 행선지 표시 화면, 주택가의 새 집이나 맨션의 외관. 딱히 의식한 적은 없었으나 유즈루가 어릴 때와는 모든 게 조금씩 달라졌다. 확실히 그랬다. 지코의 '미래 거리 탐색'은 역 앞에 접어들면서 본격적으로 시작되었다.

호기심 왕성한 초등학생 여자아이에게 휘둘리는 기분이 나쁘지만은 않았다. 애초에 유즈루는 누군가를 이끌기보다 상대가 원하는 대로 맞춰주는 성격이었다. 가족 여행을 갈 때도 일정이나 행선지는 대부분 사유리가 정했다.

열 살 여자아이와 함께 걷고 있다는 사실을 새삼 신기해하며 유즈루는 종횡무진 전진하는 지코의 뒤를 묵묵히 따라갔다. 편의점, 슈퍼마켓, 드럭 스토어, 패밀리 레스토랑, 카페 같은 곳에서 지코는 셀프 계산대를 이용해보고 싶다고 발을 구르고 가격표에 표기된 소비세에 놀라면서 디지털 사이니지* 앞을 지나 역 반대쪽 출구에 있는 맥도날드 앞에 이르기까지 한 시간 반 이상 '미래 거리 탐색'을 계속했다.

"저녁으로 맥도날드 괜찮아?"

지코는 유즈루의 물음에 고개를 끄덕였다. 어깨 아래로 늘어진 긴 머리카락이 같이 흔들릴 정도로 세차게.

"미래의 맥도날드라니! 정말 궁금해요."

"옛날하고 그다지 달라지지 않았을 텐데."

"지금도 포테이토 있어요?"

"당연하지."

"야호! 빨리 먹고 싶어요."

시각은 오후 5시를 넘기고 있었다. 저녁 식사를 하기에는 조금 이른 시간이지만 유즈루 역시 배가 고팠으므로 마침 잘됐다 싶었다. 오전에 지코와 마주치고 난 뒤부터는 경황이 없어서 점심도

---

* 대형 디지털 광고판.

건너뛴 참이었다. 아침은 원래 먹지 않기 때문에 사실 오늘 내내 공복 상태였다.

지코를 데리고 일단 매장 안으로 들어갔지만 메뉴를 고르기까지 시간이 또 한참 걸렸다. 다양한 메뉴에 압도된 지코가 이 햄버거 저 햄버거를 비교하며 끝없이 고민했기 때문이다. 데리야키맥버거나 베이컨양상추버거, 심지어 맥모닝은 들거나 본 적도 없다고 했다.

'그런가? 왠지 아주 오래전부터 있던 메뉴 같은데.'

더블햄버거나 더블에그치즈 같은 야간 한정 메뉴에 눈독을 들이던 지코는 그 뒤에도 10분 가까이 고민을 거듭한 끝에 데리야키맥버거와 포테이토세트를 골랐다. 거기에 치킨너깃까지 추가.

"너깃은 광고에서만 봤지 아직 한 번도 못 먹어봤거든요. 다들 맛있다고 해서 꼭 먹어보고 싶었어요! 신난다!"

웃는 얼굴로 온몸을 들썩이는 지코를 보면서 유즈루는 잠시 생각에 잠겼다.

'맥도날드 치킨너깃이 처음 발매된 해가 언제였더라?'

유즈루가 계산대에서 주문하는 사이 지코는 유즈루의 팔을 잡고 까치발을 들어 카운터 위에 놓인 메뉴판을 잡아먹을 듯 쳐다보았다. 앱 쿠폰을 직원에게 보여주고 스마트폰으로 결제하고 영수증에 찍힌 번호가 머리 위의 모니터에 표시되기를 기다리는 이 모든 것들이 지코에게는 새롭고 짜릿한 경험인 것 같았다.

아직 저녁을 먹기엔 이른 시각이라 그런지 매장에는 빈자리가 꽤 많았다. 유즈루가 2인용 테이블에 쟁반을 내려놓으려고 하자 지코가 "우리, 저쪽에 앉아요!" 하면서 소매를 잡아당겼다. 그리고 아크릴판으로 구분된 1인용 자리를 가리켰다.

방역수칙을 지키는 지코의 자세는 더없이 신중했다. 아주 꼼꼼하게 손을 씻고, 알코올 살균 스프레이를 두 손에 뿌려 문지르고 유즈루와 사이에 자리를 하나 비우고 앉았다. 거리가 있으니 자연스레 서로 말없이 햄버거를 먹었다. 슬쩍 옆을 돌아보니 지코는 마스크를 벗지 않고 왼손으로 살짝 들어 올려서 좁은 틈으로 햄버거와 포테이토를 밀어 넣듯 먹고 있었다. 공기 중에 바이러스가 돌아다닌다고 생각하는지 절대 마스크를 벗을 마음이 없어 보였다.

'포장해서 집으로 갈 걸 그랬나.'

유즈루는 뒤늦게 생각했다. 하지만 집도 완벽하게 안전하지는 않다. 유즈루가 바이러스를 옮길 가능성이 있으니 불안하기는 마찬가지일 것이다. 복도와 거실 사이에 있는 문을 닫고 서로 다른 공간에서 식사를 하자고 했을 수도 있다.

치즈버거를 먹으며 만에 하나 지코가 신종 코로나 바이러스에 감염되면 어떻게 해야 하나 고민했다. 보험증이 없으니 병원에 데려가기는 어렵다. 걱정은 그뿐만이 아니었다. 혹시 정말 다시 타임 슬립이 일어나서 지코가 바이러스에 감염된 상태로 원래 시대로 돌아가면 역사가 완전히 달라질지도 모른다.

열 살 여자아이가 어디까지 내다보고 있는지는 모르지만 신종 코로나 바이러스에 대한 지코의 공포는 지코가 처한 상황상 어쩔 수 없는 면도 있었다. 아무래도 지코와 지내는 동안에는 감염 예방에 더 신경을 쓰는 게 좋겠다.

아주 천천히 데리야키맥버거와 포테이토, 치킨너깃을 다 먹어 치운 지코는 소스가 묻은 마스크를 원래대로 고쳐 쓰고는 "맛있었어요!" 하고 만족감 가득한 목소리로 환호성을 질렀다.

"근데 양이 좀 많았나 봐요. 배가 꽉 찼어요."

"그야 그렇지. 초등학생이 먹기엔 양이 많았어."

"그래도 너깃은 꼭 먹어보고 싶었거든요."

맥도날드의 '신메뉴' 감상을 나누며 두 사람은 귀갓길에 올랐다. 거리 탐색을 더 하고 싶진 않냐고 물었으나 지코는 "초등학생은 이제 집에 갈 시간"이라며 기진맥진한 목소리로 말했다. 점심도 먹지 않고 비에 젖어 돌아다닌 데다 새로운 정보를 쉴 새 없이 받아들이고 흥분했으니 지칠 만도 했다.

여전히 가랑비가 추적추적 내려서 유즈루와 지코는 비닐우산 아래 바싹 붙어 원래 왔던 길을 되돌아갔다. 지코는 문득 생각났다는 듯 두서없이 몇 가지 질문을 던졌다.

"오늘은 무슨 요일이에요?"

"음, 수요일이지."

"아저씨는 직장에 안 다녀요?"

"지금은 재택근무를 하고 있어. 온 세상이 비상 상황이니까."

"무슨 일을 하는데요?"

"자동차 파는 회사에 다녀."

"집에서 차를 팔다니…… 아, 스마트폰으로요?"

"아하하, 그건 좀 어렵겠는데. 그리고 나는 고객을 직접 만나는 부서가 아니야. 그래서 컴퓨터나 스마트폰이 있으면 집에서 한 걸음도 나가지 않고 일을 할 수 있어."

"우와, 완전 미래 얘기 같아요."

지코가 진심으로 감탄한 듯 말했다. 그러고 나서 뜬금없이 "앗, 잘 먹었습니다." 하고 머리를 숙였다.

"그런데 제가 너무 많이 먹어서…… 괜찮아요? 돈 너무 많이 쓴 거 아니에요?"

"그 정도는 괜찮아."

그래봤자 햄버거였다.

"전혀 걱정할 필요 없어. 요리를 안 해도 돼서 실은 아저씨도 한숨 놨어."

유즈루는 혼자 살기 시작한 뒤부터 제대로 요리를 한 적이 없었다. 보잘것없는 실적의 자동차 딜러지만 하루 세 번 음식을 시켜 먹을 정도의 수입은 있었다. 오히려 요즘은 저축도 늘었다. 육아에 들이던 돈이 고스란히 통장에 쌓였으니까. 식비, 의료비, 교육비, 의류비, 원래라면 미쿠를 위해 나갔을 돈이었다. 하지만 이제는 패스트푸드나 배달비 같은 데다 의미 없이 써버린다.

허무했다. 돈이 아무리 많이 들어도 좋았다. 돈 때문에 힘들어도 좋으니 미쿠가 살아 있기만 한다면……. 소원이라곤 그것뿐이었는데.

고개를 푹 숙인 유즈루의 눈에 바람에 나부끼는 지코의 하늘색 원피스 자락이 들어왔다. 그와 함께 유즈루 안에 잠들어 있던 수많은 추억들도 같이 되살아났다. 지코와 같이 있어서인지 생각이 자꾸 과거로 향했다. 미쿠의 생명이 흩어진 2020년, 미쿠가 태어난 2010년 그리고 훨씬 더 이전의 시대로. 오랜만에 그 시절의 기억이 의식의 표면으로 올라왔다.

불안, 절망에 이은 절망 그리고 희망. 죽고 싶을 만큼 괴로운 나날에 쏟아진 단 한 줄기 빛. 생각해보면 20년도 더 전부터 시련은 이미 시작되었을지도 모른다. 다만 눈앞의 풍경은 크게 달라졌다.

그때 유즈루를 이끌어준, 밤길을 비춰준 밝은 빛은 지금 어디에도 보이지 않았다.

"너, 새 여자친구 생겼다면서? 어떤 애야?"

"딱 어떤 애라고 말하기는…… 그냥 평범해요."

"뭐야, 좀 말해봐. 어떤 이미지야? 모닝구 무스메* 멤버 중 누구랑 비슷해?"

"아, 굳이 말하자면 이다 가오리?"

"야, 엄청난 미인 아냐? 어디가 평범해. 다음에 사진 가져와."

매장 영업이 끝났지만 사무실에는 눈이 부실 정도로 환하게 조명이 켜져 있었다. 오후 9시가 다 되어가는 시각이지만 본사 직원과 술자리에 간다는 핑계를 대고 잽싸게 집에 돌아간 점장과 부

* 일본의 아이돌 그룹.

점장을 제외하고 부서 전원이 책상에 붙어 앉아 야근 중이었다. 맞은편 자리에는 비슷한 나이대의 선배들이 느긋하게 대화를 하고 있었다.

"도모나가, 너는 누구 파야?"

갑자기 말을 걸어온 탓에 유즈루는 컴퓨터 마우스에 손을 올린 채 놀라 고개를 들었다.

"모닝구 무스메 중에서 말입니까?"

"그래. 낫치? 고마키?"

"저는 잘 모르지만, 그래도 굳이 말하자면 쓰지 짱?"

"이런! 도모나가는 그쪽 파야? 미니모니*잖아. 아직 중학생이라고!"

"중학생이라서 좋다는 의미가 아닙니다."

서둘러 말을 보탰으나 선배들 귀에는 전혀 들리지 않는 모양이었다.

"도모나가는 검은 머리의 아담한 타입을 좋아하는구나."

"양갈래 머리면 더 좋겠네?"

"그럼 가고 짱도 좋아하겠네?"

선배들이 신이 나서 추궁하자, 그냥 그렇다고 대답했다. 이제는 부정하는 것도 귀찮다.

'자기들 편한 대로 생각하라지, 뭐.'

머리를 울긋불긋하게 물들인 날라리 같은 애들보다는 낫다고

---

* 여성 아이돌 그룹 모닝구 무스메에서 키가 150센티미터 미만인 멤버로 구성된 유닛.

생각했을 뿐이지만 이상한 오해를 사고 말았다. 하긴 유즈루 자신의 키가 별로 크지 않아서인지 평소 작은 체구의 여성에게 끌리는 경향이 있는 건 사실이다.

이제 가위바위보를 하며 태평하게 노닥거리는 선배들을 본체만체하고 컴퓨터 화면으로 시선을 돌렸다. 작성하던 견적서를 앞에 두고 유즈루는 한숨을 내쉬었다. 선배들과는 달리 유즈루는 전혀 여유가 없었다. 정비 비용 견적서 작성, 보험회사에 서류 송부, 내일 오전 업무에 납품할 차량 서류 사전 준비까지, 오늘 안에 정리해야 할 일이 아직 산더미처럼 쌓여 있었다. 이런 사무 작업은 매장이 문을 닫은 밤 시간에만 할 수 있었다.

"그런 건 밤에 할 수 있잖아!"

"낮에는 죽어라 차를 팔아야지!"

"실적 못 채우는 직원들은 월급 도둑이나 다름없어!"

매일 고함을 질러대는 점장.

"너는 수더분해서 고객 반응이 좋잖아."

"젊을 때 고생은 사서도 하는 법이야."

자신이 대응하기 힘든 고객들을 줄줄이 유즈루에게 떠넘기는 부점장.

유즈루는 그 두 사람 때문에 낮에는 가망도 없는 전화를 돌리거나 얼토당토않은 곳을 찾아다니며 되지도 않을 영업을 시도해야 했다. 언제 끝날지 모르는 클레임 전화를 받는 것도 유즈루의 몫이었다. 정신이 너덜너덜해져서 수화기를 내려놓으면 주위에 있는 선배들이 쓴웃음을 지으며 "수고했다." 하고 위로를 하기도 했으나 결코 깊이 관여하지는 않았다.

"원래 그런 일은 신참이 하는 거야. 우리도 다 했어."

귀찮은 일에는 귀신같이 거리를 두는 게 그들의 직장생활 기본 자세였다. 그래놓고 돈깨나 있어 보이는 고객이 쇼룸에 들어서면 재빨리 일어나 수상쩍은 미소를 지으며 다가갔다.

입사 4년 차가 되도록 영업직 후배 하나 없는 것도 유즈루가 이 상황에서 벗어나지 못하는 이유 중 하나였다. 그러니 야근과 폭언이 일상화된 이 직장에서 계속 신참 노릇을 하며 고된 하루하루를 보낼 수밖에 없었다. 거품 붕괴 후 10년. 끝이 없을 듯한 불황이 이어졌고, 디플레이션이라는 단어가 모든 영역을 잠식한 지도 오래였다. 유즈루가 근무하는 가나가와 호쿠토 자동차 판매 주식회사도 신규 채용 인원수를 대폭 줄였다. 확실히 20대 젊은 직원이 눈에 띄게 줄었다.

거품이 터진 건 유즈루가 고등학교 2학년 때였다. 일본 사회 전체에 먹구름이 드리워진 가운데 단카이 주니어 세대*의 치열한 입시 경쟁 속에서도 유즈루는 어찌어찌 도내 사립대학에 진학했다. 하지만 이미 입학 당시부터 매스컴에서는 취직 빙하기라는 단어를 공공연하게 언급하고 있었다.

그 불안은 현실이 됐다. 50개 이상의 회사에 서류를 넣고 입사 시험을 치르는 일이 당연해졌다. 100개 회사에 원서를 넣고 입사 시험을 치르고 전부 떨어지는 사람들도 적지 않았다. 취업 준비

---

* 1970년대 초 일본의 베이비붐 세대.

생으로 1, 2년 보내는 일은 흔했다. 몇 년 전이었으면 쉽게 입사할 수 있었던 중소기업조차 스펙이 뛰어난 학생들이 눈에 핏발을 세우고 낚아채는 상황은 유즈루가 졸업할 시기가 되어서도 달라지지 않았다.

그 무렵 대학 근처의 지하철역에서 유즈루와 동갑인 학생이 선로에 뛰어드는 사고까지 벌어졌다. 원치 않았던 회사에 울며 겨자 먹기로 입사한 후 현실을 받아들이지 못하고 이직을 거듭하다 비정규직 고용의 굴레에 빠진 선배들도 적지 않았다. 몇십 번째 회사인지 기억하지도 못할 정도로 불합격을 거듭하던 시절, 눈물을 흘리며 잠에서 깨는 일도 많았다. 현실이 악몽이고, 악몽이 현실인 나날이었다. 공부해서 좋은 대학에 들어가면 장래가 보장되는 게 아니었나? 부모나 교사가 했던 그 말들이 다 거짓말이었나?

마치 온몸이 바늘에 찔리는 듯 고통스러운 시간이었다. 그렇게 유즈루는 취업 준비생이 됐다. 네 살 터울인 누나는 이미 단기 대학을 졸업하고 취업한 터라 한동안 유즈루는 집에서 눈칫밥을 먹어야 했다.

다행히 얼마 지나지 않아 가나가와현에서 매장 십여 개를 운영하는 자동차 회사에 입사할 수 있었다. 최종 면접에서 사장이 악수를 하자고 했을 때는 하늘에라도 오를 듯한 심정이었다. 길고 긴 구직 활동이 마침내 끝났다. 연봉은 낮지만 정규직에 영업직이니 안심이다. 이제 괜찮다. 더 이상 어깨 늘어뜨리고 있지 않아도 된다. 그렇게 생각했다.

그러나 시련은 거기서 끝나지 않았다. 입사 전, 발령받은 매장을 찾아가 업무를 배우라는 통보와 함께 제대로 된 연수도 없이 현장에 던져졌을 때부터 이상하다는 걸 깨달아야 했다. 변변한 탈의실조차 없어서 접수 사무를 보는 여자 직원들은 화장실에서 옷을 갈아입었다. 몇 안 되는 선배들은 실적을 채우느라 저 살기도 바빴고, 주뼛거리며 업무 내용을 물어보면 대개는 다 귀찮고 성가시다는 표정부터 지었다.

격무가 계속되자 식생활이 불규칙해졌고 컨디션도 나빠졌다. 하지만 감기에 걸려도, 깨질 듯 머리가 아파도 점장의 무뚝뚝한 얼굴을 떠올리면 도저히 일을 쉴 수 없었다. 월급은 적고 통장 잔고는 그보다 더 적은 나날이었다. 채워야 하는 실적을 생각할 때면 누군가 위를 움켜쥐고 비트는 듯이 배가 아파서 유즈루는 언제나 위장약을 달고 살았다. 다른 영업사원들 앞에서 점장에게 왕창 깨진 날, 집으로 돌아가는 길 교차로의 빨간 신호 아래 서 있으면 이대로 삶을 끝내고 싶은 충동이 들기도 했다. 불면증은 갈수록 심해졌고 날카로운 신경을 가라앉히느라 잠들기 전 도수가 높은 술을 한두 잔 들이켜는 게 습관이 됐다. 다른 회사에 다니고 싶다, 프리터로 살면서 자유롭게 세상을 방랑하고 싶다, 스물일곱은 그런 유혹에 휩싸이기 좋은 나이였다.

그러나 이 빙하기 시대에 밖으로 날아가려고 해봤자 결과는 눈에 빤했다. 날개가 얼어붙어 땅에 곤두박질칠 것이다. 지금 회사에서 이를 악물고 정규직으로 계속 일하는 편이 안전하다고 자신을 설득했다.

'게다가.'

유즈루는 가만히 서랍을 열고 메모지 한 장을 꺼냈다. 외근을 나갔다가 저녁 무렵 회사로 복귀하면 책상에는 노란색 메모지가 붙어 있다. 앞면에는 '다나카 님이 전화하셨습니다'와 같은 전달 사항이 쓰여 있고 뒷면에는 '유즈루 집에서 기다릴게. 야근 끝나면 문자 보내'라는 비밀스러운 메시지가 쓰여 있다. 이 방법이라면 근무시간 중에 메모지를 주고받더라도 다른 직원들한테 들킬 염려가 없다. 접수 사무직인 사유리가 영업과의 유즈루에게 메모를 남기는 일은 자연스럽지만, 그 반대의 경우에는 명분을 만들기가 너무 어렵기 때문에 이 밀담은 대개 일방통행이었다.

오늘은 월요일. 내일은 매장의 정기 휴무일이다. 책상의 데스크톱 컴퓨터가 파리 날갯짓 소리를 내며 돌아가고 있다. 부디 저장과 출력에 문제가 생기지 않기를 간절히 바라며 유즈루는 지친 마음과 몸을 채찍질하고 정비 비용 견적서를 다시 작성하기 시작했다.

철컥, 안쪽에서 잠금이 풀리는 소리가 나고 현관문이 열렸다.

매장에서 차로 10분 거리에 있는 2층짜리 빌라. 102호라는 숫자 아래 유즈루가 4년 전에 유성펜으로 쓴 '도모나가'라는 명패가 걸려 있다.

흰 블라우스에 무릎 길이의 감색 치마, 사복 차림의 그녀가 "오늘도 수고했어!" 하고 밝게 웃었다. 나카이 사유리, 동료들 사이에서 종종 "양갓집 규수", "엄격한 집안의 딸" 같다는 소문의 주인공인 청초한 분위기의 이 여성이 유즈루의 집 열쇠를 가방에 넣고 다닐 거라고는, 영업과 선배들은 꿈에도 상상하지 못하겠지.

물론 사유리의 성격은 주위의 평판 그대로였다. 사유리가 이 집의 열쇠를 가지고 있는 이유도 유즈루와 동거를 하기 위해서가 아니라 오늘처럼 늦게 끝나는 날, 두 사람이 이동에 시간을 낭비하지 않고 효율적으로 만나기 위해서였다. 사유리는 아무리 유즈루가 늦게 끝나도, 바로 다음 날 데이트 약속이 있어도 절대 빌라에서 자고 가지 않고 어머니와 둘이 사는 가와사키 시내의 집으로 돌아갔다.

"어서 와. 마침 밥 데우는 중이야."

"고마워. 그리고 미안해."

"괜찮아. 나는 요리하는 거 좋아하니까."

"그래도……."

'이 상냥함에 그냥 기대도 괜찮을까?'

유즈루는 신발을 벗으며 망설였다. 그런 마음을 꿰뚫어 보듯 사유리가 웃으며 덧붙였다.

"다음에 같이 만들자. 둘이."

"좋아, 꼭 그러자. 내일은 쉬는 날이고……."

"유즈루 일이 안정되고 조금 더 여유가 생기면."

사유리가 말했다.

"영업 일은 힘드니까 쉬는 날에는 제대로 쉬어야지. 그래야 다음 일주일을 버틸 수 있어."

"그건 그렇지만. 사유리도 똑같이 일하잖아."

"접수와 영업은 업무량도 내용이나 책임 범위도 완전히 다르잖

아. 영업은 점장이나 부점장한테 받는 스트레스도 크고. 접수직 직원들은, 자기들한테 영업 업무를 하라고 하면 아마 힘들어서 죽을지도 모른다고 하는걸. 그리고 장 보는 건 유즈루가 하잖아. 피장파장이야."

사유리는 노래하듯 말하며 좁은 주방에 섰다. 유즈루가 정장을 벗고 실내복으로 갈아입는 동안 따뜻하고 맛있는 된장국과 생선 조림이 줄줄이 식탁 위에 올라왔다.

"사유리라면 충분히 가능할 텐데."

"뭐가?"

"영업직."

"뭐? 아니야, 못할 거야. 게다가 난 2년제 대학 나왔는걸."

영업에 소질이 있을 것 같다고 말하면 사유리는 항상 이렇게 고개를 가로저었지만, 유즈루는 진심으로 그렇게 생각했다. 사유리는 똑 부러지고 성실한 성격에 책임감도 강했다. 매장을 찾아온 가족 단위 손님을 맞는 서비스 업무뿐 아니라 두뇌 회전이 빨라 이런저런 복잡한 업무를 척척 해냈다. 점장들 역시 그런 사유리를 높이 평가했다. 어떤 면에서는 요령 없이 구는 유즈루보다 훨씬 더 영업직에 잘 맞을 것 같았다.

다만 사유리 본인은 그럴 마음이 없는 듯했다. 남녀고용기회균등법이 시행된 지 벌써 15년이 지났으나 자동차 딜러 직종은 아직도 남성 중심의 세계였다. 여성 영업 사원은 회사의 다른 매장에서도 본 적이 없었다.

유즈루 주위에도 아직은 4년제 대학보다 2년제 대학에 들어가는 여성이 더 많았다. 사유리 역시 2년제 공립대 출신이었다. 대학을 졸업하고 곧바로 지금 회사에 접수 사무직으로 취직했다고 한다. 영업직 채용 기준은 일단 전문학교 졸업 이상으로 되어 있지만, 실상은 4년제 대학의 문과 학부 졸업생만 뽑는 듯했다.

사유리의 재능이 아깝다는 생각을 하면서 유즈루는 "잘 먹겠습니다." 하고 손을 모은 후 젓가락을 잡았다. 어머니와 단둘이 살았던 사유리는 살림도 야무지게 잘했다. 학창 시절부터 혼자 살아온 유즈루보다 요리와 청소에 훨씬 능했다. 생활인으로서나 사회인으로서나 배울 점이 많았다.

그런 사유리가 왜 하필 점장에게 늘 당하고 사는 유즈루 같은 사람에게 호감을 가졌을까? 직장에서 남녀노소를 가리지 않고 인기가 있는 사유리는 유즈루가 감히 넘볼 수 없는 상대였다. 연차가 3년 이상 차이 나는 선배라는 점도 쉽게 다가가기 어려운 이유 중 하나였다.

그랬던 두 사람이 입사 후 처음 맞은 송년회에서 어쩌다 옆자리에 앉은 일을 계기로 사귀게 되었다. 그날 나눈 대화라고 해봤자 사유리의 고향은 가와사키시, 유즈루의 고향은 현 중앙이라는 정보 교환과 휴일에는 보통 뭘 하느냐는 뻔한 이야기가 전부였다. 이야기를 나눠보니 공통점이랄 것도 없었다. 다만 어쩐지 분위기가 비슷하고 같이 있으면 마음이 편해진다는 막연한 느낌 정도였다.

그런데 송년회를 마치고 나오던 사유리가 괜찮으면 다음에 둘이 밥을 먹으러 가자고 제안해서 유즈루는 깜짝 놀랐다. 그 이후에 짬짬이 시간을 내 몰래 데이트를 즐겼다. 다른 직원에게 들키지 않도록 집이나 요코하마 시외를 돌면서 말이다. 서로 말을 놓자고 먼저 제안한 쪽도 사유리였다. 유즈루는 쩔쩔매는 기분으로 어색하게 동의했지만 곧 편하게 말을 놓았다.

볼수록 멋있는 여자라는 인상이 강해졌지만 자신이 사유리의 상대가 되기에 부족하다는 걱정도 들었다. 그런 마음 때문에 결국 2년 차 직장인이 된 봄에야 유즈루는 겨우 정식으로 사귀자는 말을 꺼냈다. 그러자 사유리는 그동안 유즈루가 망설이고 고민했던 시간이 무색해질 만큼 밝은 목소리로 "드디어 고백받았다"라며 진심으로 기뻐했다.

유즈루는 사유리에게 왜 자신에게 식사 제안을 했는지 물어본 적이 있다.

"첫눈에 반했어."

사유리는 그렇게 말하고 후훗, 웃었다. 농담인 게 분명했다. 유즈루는 키도 작은 편이고 얼굴도 이렇다 할 특징 없이 밋밋했다. 하물며 부점장이나 영업직 선배들이 떠맡긴 실속 없는 고객들만 상대하느라 실적도 형편없고 걸핏하면 지적이나 받는, 아직 자기 일도 제대로 하지 못하는 신입사원에 불과했다. 그런 남자에게 첫눈에 반했을 리가 없다.

"솔직히 말해봐."

유즈루가 사유리 옆구리를 찔렀다.

"정말이야."

사유리는 왜 못 믿냐는 듯 부드러운 말투로 말했다.

"유즈루는 좋은 사람이니까."

맥 빠지는 대답이었다.

"그게 뭐야. 칭찬할 말 없을 때 으레 하는 말 아니야?"

유즈루의 말에 사유리는 진지하게 말을 이었다.

"그렇지 않아. 누군가에게 좋은 사람이라고 말하기는 쉽지만 정말 좋은 사람은 흔치 않아. 유즈루처럼 진심으로 타인에게 친절한 사람은 더더욱 흔치 않지."

유즈루는 사유리의 속삭임에 뺨이 붉어져 더 이상 아무 말도 하지 못했다. 송년회에서 대화를 나누며 유즈루의 느긋한 성격에 매력을 느낀 걸까? 아니면 악성 클레임 전화에도 가능한 한 정중하게 대응하는 모습을 좋게 보았을까?

"도모나가는 상대방의 이야기를 아주 잘 들어주잖아."

영업과 선배들은 도모나가의 그런 점에 질려버릴 것 같다며 적당히 하라고 했는데, 어쩌면 그게 효과를 거둔 걸까? 사유리가 자신을 너무 과대평가하고 있는지도 모른다. 다만 유즈루를 깎아내리는 말만 가득한 직장에서 사유리만은 자신을 그런 눈으로 봐줬다는 사실이 기뻤다.

'이 사람과 결혼할 수 있다면 정말 좋겠다.'

유즈루는 그때 진심으로 그런 생각을 했다. 그 뒤로 2년 반이 지났지만 마음은 바뀌지 않았다. 사유리가 요리를 잘한다든가, 청소를 해준다든가 하는 것과는 상관없이, 그저 이 따뜻한 시간이 영원히 지속되면 좋겠다는 바람뿐이었다.

그러나 바로 프러포즈할 수는 없었다. 우선 저축한 돈이 없었다. 사회에서 한 사람 몫을 제대로 해내는 것도 아니었고, 생활에 여유도 없었다. 눈앞에 쌓인 수많은 문제를 극복하고 어느 정도 삶이 안정되면 그때는 당당히 나카이 사유리의 남편을 꿈꿔볼 수 있을까?

"맛 어때?"

식탁 맞은편에 앉은 사유리가 물었다.

"너무 맛있어서 점장에 대한 분노도 잊었어."

유즈루가 엄지를 들어 올리며 대답하자 사유리는 "아싸." 하고 작게 브이 사인을 지어 보였다.

사유리와 결혼한 것은 그로부터 6년 뒤였다. 교제를 시작한 지도 거의 8년이 지나 어느덧 유즈루의 나이는 서른셋이었다. 너무 오래 기다리게 하는 건 아닐까 걱정했지만 그때까지 사유리는 아무 말도 하지 않고 끈기 있게 기다려줬다. 그리고 서른여섯에 딸이 태어났다. 아름다운 옥돌 같은 아이로 자라기를 바란다는 소망을 담아 미쿠美玖라고 이름 지었다.

그 무렵에는 유즈루의 근무 환경도 많이 개선되었다. 매장에서 본부로 이동해 영업 프런트에 설 일도 없었지만 무엇보다 직장이나 일이 유즈루의 삶에서 더 이상 중요한 부분이 아니었다. 사유리와 미쿠 오직 두 사람만이 유즈루 인생의 희망이었다. 아버지의 온화한 성격과 흰 피부, 어머니의 둥근 콧날과 사랑스러운 보조개를 물려받은 미쿠는 쑥쑥 자랐다. 의사가 그 잔인한 단어를 선고하던 날까지.

그렇게 유즈루는 하나뿐인 딸을 잃었다. 그리고 스스로 아내를 떠나보냈다. 모든 것을 잃었으므로 빈껍데기가 되어 멍하니 시간을 보냈다.

그런 유즈루 앞에 갑자기 나타난 사람이 죽은 미쿠와 똑같은 나이의 소녀, 지코였다.

제3장

아빠와 딸

역 앞 맥도날드에서 저녁을 먹고 빌라로 돌아오니 오후 6시도 채 되지 않았다. 창밖은 아직 밝았고 밤의 기운이 깃들기까지는 아직 시간이 더 남아 있었다.

"텔레비전이라도 볼래?"

리모컨을 건네자 지코는 기뻐하며 채널을 돌리기 시작했다.

"이상해요, 저녁인데 뉴스만 나오고……."

삐죽 입을 내미는 아이를 보고 있자니 유즈루 자신의 어린 시절이 흐릿하게 되살아났다.

"지코가 살던 시대에는 평일 저녁에 애니메이션이 많이 나왔어?"

"네. 수요일은 〈명랑 개구리 뽕키치〉나 〈루팡 3세〉, 아니면 〈수퍼꼬마 퍼맨 2기〉요. 7시부터는 〈닥터 슬럼프〉!"

그리운 추억 속의 제목들이 유즈루의 가슴을 아릿하게 간질인다. 향수에 젖은 유즈루의 곁에서 지코는 불만스러운 얼굴로 리모컨 버튼을 연거푸 눌러댔다.

"지금 시대에는 어린이가 별로 없나요? 그래서 애니메이션이 안 나오는 거예요?"

그러다 한 채널에 멈추더니 얼굴이 밝아진다.

"애니메이션이다!"

"〈닌자보이 란타로〉인가?"

미쿠가 NHK의 애니메이션 채널을 매일 보던 게 초등학교 1학년 무렵이었을까? 유즈루는 출근을 하지 않는 평일이면 종종 텔레비전 앞 소파에서 미쿠를 무릎에 앉히고 저녁 식사 때까지 느긋하게 시간을 보내곤 했다. 팔이나 넓적다리로 딸의 체온을 희미하게 느끼면서 아이가 사춘기가 되면 이런 시간도 끝나겠구나 생각하던 일도 떠오른다. 아빠 양말과 자기 옷을 같이 빨지 말라고 하면 쓸쓸해질지도 모르겠다고, 아직 다가오지 않은 먼 미래의 일들을 짐작해보기도 했다. 아무래도 자꾸 생각이 이쪽으로 흐른다.

"〈닌자보이 란타로〉, 재미있어?"

"네! 그런데 너무 애들 만화 같긴 해요. 그래도 〈꾸러기 닌자 토리〉보다는 귀여워요."

열 살 아이의 똑 부러진 비평에 그만 웃음이 난다.

"평소에 텔레비전 자주 봐?"

"그럼요."

"어떤 프로그램?"

"음, 애니메이션은 거의 다 봐요. 〈우리들은 익살족〉이나 〈8시라구! 전원 집합〉 같은 건 다 같이 봐요."

유즈루는 그 말에 고개를 끄덕였다. 유즈루가 초등학생이었을 무렵에도 토요일 밤 8시에는 가족들이 모두 텔레비전 앞에 모여 앉아 '더 드리프터즈'의 슬랩스틱코미디를 보며 배꼽이 빠져라 웃어댔다.

'그리고 또 어떤 프로그램이 인기가 있었지? 트렌디드라마가 붐을 일으킨 건 거품경제 시기보다 조금 더 뒤의 일이었던가? 음, 그럼…….'

"음악 방송은?"

"〈더 베스트 텐〉이나 〈더 탑텐〉 같은 거요?"

"그래, 그런 거."

"저는 초등학생이라 못 봐요. 토요일 빼고는 8시에 불을 끄거든요. 중학생은 10시에 자도 되니까 볼 수 있어요. 나도 세이코나 아키나가 노래하는 거 보고 싶은데……. 학교에 가면 다들 그 얘기만 하는걸요."

"꽤 엄격한 집이었구나."

초등학교 4학년이면 저녁 8시에서 9시에 하는 음악 방송 정도는 보여줘도 될 것 같다고 생각하며 물었다.

"평소 밤늦게까지 안 자면 부모님한테 많이 혼나?"

"아니, 선생님한테요."

"선생님?"

유즈루가 고개를 갸웃거리자 지코의 눈동자가 흠칫 흔들렸다. 그러고는 곧 딱딱한 자세로 말했다.

"그리스도 사랑의 집."

"뭐?"

앞부분이 제대로 들리지 않아 유즈루는 되물었다.

"선생님이랑 다른 애들하고 같이 살아요."

"거기, 아동보호시설이야?"

지코는 잠시 침묵하다가 고개를 위아래로 움직였다.

"맞아요. 보호시설이요."

물어봤으니 대답하긴 하지만 밝히는 게 내키지는 않는다는 투였다. 그제야 유즈루는 아이가 '다 같이' 예능 프로그램을 본다고 했던 게 부모나 형제자매가 아닌 같은 시설의 아이들과 같이 본다는 말이었음을 깨달았다.

갑자기 그늘이 드리워진 지코의 얼굴을 보면 뭔가 사정이 있어 보였다. 고아일까? 아니면 부모에게 학대를 받았던 걸까? 자세히는 알 수 없지만 어떤 이유로 부모와 함께 살지 못하는 사연을 가진 아이라는 점만은 확실했다. 천진난만하게 굴다가도 갑자기 상대를 지나치게 배려하는 듯한 태도를 보인 건 복잡한 성장환경 때문이었을까?

지코는 더는 아무 말도 하고 싶지 않은 듯 가만히 눈을 내리깔았다. 지코의 학교 모자에 이름표가 없었던 이유도 역시 시설의 선배에게 물려받았기 때문인지도 모른다. 다행히 유즈루는 그런 사정을 꼬치꼬치 물어볼 정도로 무신경한 사람은 아니었다.

그리스도 사랑의 집. 아동보호시설. 그 이름을 듣자 유즈루의 의식 저편에서 꿈틀거리는 기억이 떠올랐다. 워낙 아득한 기억이라 어지러운 기분마저 들었지만 그 정체가 뚜렷하지는 않았다.

"혹시 뭔가 더 생각나는 게 있니? 네 이름이나 살던 곳……."

"아니요."

지코는 힘없이 고개를 가로저었다.

"잘 모르겠어요. 아빠랑 엄마에 대한 기억은 없고 시설에 살았다는 점만 어렴풋이 알겠어요."

"텔레비전 프로그램에 대해 물어봐서 그런가?"

"그럴지도요. 아마."

'이런 질문이 기억을 되살리는 데 도움이 되는 건가?'

어딘가 불안해 보이는 지코를 바라보며 유즈루는 다른 질문을 해봐야겠다고 생각했다. 갑자기 눈앞에 나타난 미스터리한 소녀가 정말 1970~1980년대에서 타임 슬립을 했는지를 알아내려면 정보가 더 필요하다.

'뇌를 자극하는 적절한 질문이 뭘까?'

유즈루는 고민 끝에 현대 기술의 도움을 받기로 했다. 스마트폰으로 검색창을 열고 '1980년대', '뉴스' 같은 단어들을 입력했다. 줄줄이 검색되는 사이트를 몇 개 들여다보니 '냉전'이니 '나카소네' 정권 같은 단어들이 눈에 띄었다. 그런 일들이 있었다는 기억이 얼핏 떠오르긴 했지만 어쩐지 자신이 그 시절을 살았다는 실감은 나지 않았다. 그때만 해도 유즈루가 아직 어린아이였기 때문일까?

유즈루는 저도 모르게 신음을 흘리며 마음에 걸리는 점들을 하나하나 짚어나갔다.

전화카드가 발매된 해, 1982년.

1만 엔 지폐 초상화가 쇼토쿠 태자에서 후쿠자와 유키치로 바뀐 해, 1984년.

5백 엔 동전이 처음 발매된 해, 1982년.

맥도날드 맥너깃이 발매된 해, 1984년.

일본항공 점보기 추락사고가 있던 해, 1985년.

"지코."

"네?"

화면 속 〈천재 텔레비전 군〉을 멍하니 바라보던 지코가 휙 고개를 돌려 이쪽을 봤다.

"지코는 1984년의 세계에서 온 게 아닐까? 지폐가 바뀐 것도, 맥도날드에서 맥너깃이 나온 것도 그해야. 전화카드나 5백 엔 동전도 아직 비교적……."

"응, 그런 것 같아요!"

지나칠 정도로 산뜻하고 담백한 대답이었다.

"스마트폰을 잘하는 아저씨가 하는 말이니까 분명 맞을 거예요."

유즈루는 지코의 얼굴을 가만히 들여다봤다. 1984년에 열 살인 초등학교 4학년 아이. 혹시 과거에서 왔다는 말이 진짜라면 지코는 자신과 같은 나이다. 1974년, 혹은 1975년의 빠른 생일. 대화를 나누면서 얼핏 느끼기는 했으나 믿기지가 않았다. 동갑이라니, 전혀 실감이 나지 않는다.

자기 눈앞에 미쿠의 원피스를 입고 오도카니 앉아 있는 아이는 요즘 초등학생들과 다를 게 없었다. 죽은 미쿠와 비슷한 키와 체격, 앳된 목소리, 제법 어른스럽게 보이지만 아직은 아이다운 천진난만함이 드러나는 말과 행동. 특별할 것 없던 날, 장마가 잠시 주춤한 날의 오후. 비에 쫄딱 젖어 길가에 웅크려 앉아 있던 총명해 보이는 1980년대의 여자아이 지코.

지코는 금세 지루해졌는지 리모컨을 잡고 텔레비전을 껐다. 애니메이션이 아닌 〈천재 텔레비전 군〉에는 그다지 흥미가 없는 듯했다.

"그만 보려고?"

"네, 이제 됐어요."

지코는 졸려 보였다. 그러나 아직 6시 반밖에 되지 않았다. 초등학교 4학년 아이가 잠들기에는 너무 이른 시각이다. 대개는 저녁밥을 먹거나 목욕을 하면서 자연스레 시간을 보내는 법이지만 식사는 맥도날드에서 진작 해치웠고, 아까 오후에 이미 샤워도 했다. 이제 자기 전에 할 일이란 고작 양치질 정도일 것이다.

거기까지 생각이 미치자 문득 지코를 어디에 어떻게 재워야 할지 정하지 않았다는 게 떠올랐다. 이 집에는 싱글베드 하나밖에 없었다. 어차피 누가 올 일도 없을 거라고 생각해서 손님용 이불도 준비해두지 않았다. 설마 이런 일이 벌어질 줄 누가 알았을까. 그렇지만 지코는 오늘 밤 여기에서 묵어야 한다. 저녁을 같이 먹을 때부터 예상한 바인데도 막상 눈앞의 현실로 다가오자 새삼스럽게 심란해졌다.

일단 지코에게 침대를 내주고, 유즈루는 겨울용 이불을 바닥에 깔고 자면 될 것이다. 지코가 앞으로 어떻게 할 생각인지는 모르지만 과거에서 왔다는 말을 믿는다 쳐도 원래 시대로 돌아가는 방법은 전혀 모르는 것 같고, 자발적으로 여기에서 나갈 생각도 없어 보였다. 유즈루는 기댈 곳 없는 열 살짜리 여자아이를 억지로 쫓아낼 수 있는 사람이 아니다. 지코에게 무슨 변화가 일어날 때까지, 이를테면 기억이 돌아오거나 타고 온 타임머신을 발견할 때까지는 이대로 돌봐줄 수밖에 없다.

하지만 그게 구체적으로 언제쯤일까? 몇 시간 후일지 며칠 후일지 아니면 몇 개월 후일지. 어쩌면 몇 년 후가 될지도……. 너무나 무모한 짓을 저질렀다는 사실을 새삼 깨달았다. 지코가 이 집에 머물게 된 건 유즈루의 뜻은 아니었지만 곤경에 처한 아이를 차마 길거리에서 헤매게 할 수 없다는 어른으로서의 책임감도 한몫했다.

예전부터 유즈루는 이상한 대목에서 이상한 정의감을 발휘했다. 평소에는 우유부단하다고 자주 지적당하는 성격이지만 아무 죄 없는 미쿠가 이렇게 어린 나이에 죽어서는 안 된다며 있지도 않는 치료법을 찾아 동분서주했을 때도, 이대로 같이 있으면 아내 사유리를 부정적인 감정으로 내몰 게 뻔하다고 판단해서 일방적으로 이혼을 결정하고 통지했을 때도 그런 이상한 정의감이 유즈루를 다그쳤다.

'딸을 잃고, 아내와 헤어진 후 매일 자신을 돌보는 것만으로도 힘에 부쳤는데 처음 보는 열 살짜리 여자아이를 돌보는 일까지 끌어안다니, 대체 내가 지금 뭘 하고 있는 거지? 역시 경찰에게

넘기는 편이 나았을까?'

책임감과 중압감이 어깨를 짓눌렀다. 그러다 지코가 자신을 바라보고 있다는 걸 깨닫고 얼른 정신을 차렸다. 고민하면 할수록 늘어나는 의문과 자신이 정말 지코를 제대로 돌볼 수 있는 상태인지에 대한 불안은 나중에 생각하기로 했다.

방 안을 채우던 텔레비전 소리가 사라지자 갑자기 분위기가 어색해졌다. 오늘 처음 만난 여자아이와 대체 어떻게 시간을 보내야 할까? 시간이 지날수록 점점 더 당혹스럽기만 했다.

"스마트폰 게임이라도 할래? 아니면 카메라 앱으로 놀아도 돼."

"음, 글쎄요."

지코가 목을 빼고 좁은 방 안을 둘러봤다.

"미안하다. 집에 재미있는 게 하나도 없네. 게임기나 장난감이라도 있으면 좋았을 텐데. 아저씨가 혼자 살아서."

"하지만 옷은 있었네요."

지코가 하늘색 원피스 자락을 정리하며 말했다. 아이의 무심한 듯 날카로운 지적이 유즈루의 마음 깊은 곳을 건드렸다. 유즈루의 시선이 상자를 넣어둔 옷장으로 향했다. 장난감이 아예 없는 건 아니었다. 유아용 딸랑이나 흠집이 잔뜩 난 낡은 소꿉놀이 세트라도 괜찮다면 말이다.

"저기, 아저씨."

아이가 부르는 소리에 정신을 차리니, 어느새 자리에서 일어난 지코가 텔레비전 장식대 위의 액자를 만지고 있었다.

"이 애, 이름이 뭐예요?"

"미쿠."

"미쿠구나."

지코가 사진과 자신이 입고 있는 원피스를 번갈아 쳐다보았다.

"음, 미쿠랑 미쿠 엄마는 지금 어디 살아요? 왜 아저씨만 혼자 살아요?"

호기심 왕성하고 고집이 센 아이치고는 어쩐지 조심스러운 질문이었다. 낮에 옷을 빌릴 때만 해도 꼬치꼬치 묻지 않아 그냥 둔감한 성격인 줄 알았는데 꼭 그런 건 아니었나. 액정 텔레비전이나 노트북 같은 '미래의 신제품'에 정신이 팔렸을 뿐 마음 한편에선 계속 궁금해하고 있었던 걸까?

"아, 그래. 그렇지."

대답하려는 순간 저도 모르게 입술 끝이 떨려왔다. 유즈루는 속에서 치솟아 오르는 감정을 억누르며 벌떡 의자에서 일어났다.

"아, 참. 목 안 마르니?"

"네?"

"내가 마실 것도 내오지 않았네. 미안해. 하긴 지금 집에 녹차밖에 없을 텐데…… 아, 콜라도 있었지."

유즈루는 어슴푸레한 복도로 나가 냉장고를 열었다. 냉장고 내부 조명의 창백한 빛이 얼굴에 닿았다. 그 안에는 1주일쯤 전에 편의점에서 산 1리터짜리 녹차 팩이 뚜껑도 따지 않은 채 그대로 놓여 있었다. 더 안쪽에는 코카콜라 페트병도 굴러다니고 있다. 언제부터 거기에 있었는지 기억조차 희미했지만 그래도 아직 유통기한이 남았을 것이다.

냉장고에 든 거라곤 그렇게 음료수 두 개뿐이다. 냉동실도 마찬가지로 텅 비어 있다. 외롭고 단조롭게 살아가는 유즈루의 일상을 보여주듯 매일 전기만 쓸데없이 잡아먹는 텅 빈 직사각형의 물체.

"그럼 녹차 주세요."

"탄산음료 싫어해?"

"아니요. 사실은 좋아해요."

"괜히 눈치 볼 필요 없어."

"그래도 콜라를 마시면 이나 뼈가 녹는다고……."

갑자기 고개를 숙이고 부끄러워하는 지코를 보자 아이다운 귀여운 걱정을 하는구나 싶어 미소가 지어졌다. 동시에 예전에 떠돌던 도시 괴담도 생각났다. 엄마와 할머니가 그 소문을 철석같이 믿고는 한동안 콜라를 아예 사주지 않아 야속한 마음에 불퉁거렸던 기억이 났다. 그리고 조금 전 맥도날드에서 메뉴를 고르라고 했을 때 망설이다 결국 주스를 가리키던 아이의 모습이 떠올랐다.

"혹시 아까 맥도날드에서 콜라를 고르지 않은 이유가 그거였어?"

"네……."

"괜찮아. 그 정도로 사람에게 유해한 음료가 5, 60년 동안 계속해서 팔릴 리가 없잖아."

"아, 그렇구나! 지금도 여전히 팔린다는 건 안전하다는 말이네요."

"그래."

"그럼 마실래요!"

이해가 빠른 아이였다. 싱크대에서 유리컵을 두 개 꺼내서 전기레인지와 싱크대 사이 좁은 공간에 내려놓았다. 콜라를 다 따랐을 즈음에는 조금 전의 격렬한 감정은 거의 가라앉은 상태였다.

방으로 돌아가 텔레비전 장식대 앞에 서 있는 지코에게 컵을 건넸다. 마스크를 벗지 않을 것 같아서 오래전 편의점에서 받은 빨대를 꽂아 건넸다. "고마워요." 하고 아이가 미소 지으며 유즈루에게서 한 걸음 떨어져 마스크를 요령 있게 들어 올렸다.

유즈루도 의자에 앉아 자신의 컵에 입을 댔다. 독특한 단맛을 지닌 찬 액체가 찌릿 혀를 자극하며 식도를 따라 흘렀다. 하마터면 꼴사나운 모습을 보일 뻔했는데 이제 조금 나아졌다. 겨우 마음을 진정시킨 뒤 유즈루는 천천히 입을 뗐다.

"아까는 미안하다. 대답하기가 좀 힘들었어."

"저도 미안해요. 아저씨 가족에 대해 묻지 말 걸 그랬어요."

속으로 계속 신경 쓰고 있었는지 미안해서 어찌 할 바를 모르는 표정이다. 열 살답지 않은 마음 씀씀이에 놀라면서도 유즈루는 "아니, 아니야." 하고 고개를 가로저었다.

"그 사진 속 미쿠는……."

"네."

"1년 전 병으로 죽었어. 지금 지코 나이랑 똑같은 열 살이었지."

"네……."

"그 뒤에 아내와도 이혼했어. 미쿠를 잃고 슬퍼하다가 그렇게 됐어. 그래서 지금은 혼자야."

최대한 간결하고 담담하게. 그러지 않으면 감당할 수 없을 것 같았다. 가급적 짧게 설명한다고 했는데도 이미 수많은 과거의 장면들이 머릿속 가득 흘러넘쳤다.

—파파, 빠이빠이!

유즈루가 출근하는 아침, 막 배운 단어로 인사하며 귀엽게 손을 흔들어주던 한 살의 미쿠.

—와아, 오늘은 파파가 데리러 왔다!

어쩌다 일찍 일을 마치고 어린이집으로 향했던 날, 눈부신 미소를 지으며 유즈루의 품으로 뛰어들던 세 살의 미쿠.

—9…… 인 것 같아요.

유즈루가 처음 초등학교 수업 참관을 간 날이었던가. 선생님에게 지목받아 문제의 답을 말하고는 이내 수줍어져 유즈루를 돌아보던 일곱 살의 미쿠.

—내년에도 또 와요!

셋이 함께 놀던 모래밭과 그 앞에 펼쳐진 푸른 바다를 돌아보며 발바닥에 묻은 모래를 조심스럽게 털어내던 아홉 살의 미쿠.

—파파가 내 파파라서 참 좋았어요.

병원 침대에서 숨을 거두기 약 한 달 전, 무수한 관에 연결된 채 활짝 핀 꽃처럼 웃던 열 살의 미쿠.

기억의 탁류에 휩쓸려 얼마나 멍하니 있었을까. 문득 훌쩍거리는 소리가 들려 유즈루는 벌떡 의자 등받이에서 몸을 일으킨다.

'오늘 처음 본 여자아이 앞에서 울다니, 내가 이렇게까지 한심한 놈이었나.'

그때 유즈루는 미쿠가 눈앞에서 서성거리는 듯한 착각에 휩싸였다. 어깨에 닿을 듯 말 듯 하던 단발머리, 흰 피부, 웃을 때마다 사랑스러운 보조개가 패던 볼, 좋아하던 하늘색 원피스를 입고 따뜻하면서도 온화한 미소를 지은 미쿠가 고개를 갸우뚱한 채 유즈루를 쳐다보고 있다.

그러나 찰나의 환영은 금세 흰 마스크를 쓴 지코의 모습으로 변했다. 놀랍게도 지코가 눈물을 흘리고 있었다. 아이의 눈에서 떨어진 눈물방울이 마스크 테두리를 따라 스며들었다.

그제야 아까 코를 훌쩍거린 이가 자신이 아니라 지코였다는 것을, 자신의 마른 뺨을 만져보고서야 겨우 깨달았다.

"지코, 우는 거야? 왜 울어?"

지코가 떨리는 목소리로 말했다.

"미안해요. 그렇게 소중한 미쿠의 원피스를 내가 입어서……."

"무슨 소리야. 내가 입으라고 준 건데."

"너무 마음이 아파요. 사진에서는 이렇게 즐거워 보이는데, 미쿠가 이제 이 세상에 없고, 아저씨가 그런 일로 외톨이가 되었다니…….”

지코는 눈물을 뚝뚝 흘렸다. 마치 체면 때문에 마음껏 울지도 못하는 중년 남자 대신 울어주는 것만 같았다.

‘착한 애구나.’

지금까지 어쩐지 현실감 없게 느껴지던 지코라는 존재가 애틋하고 가깝게 다가왔다. 유즈루의 한두 마디 말에 이렇게까지 감정 이입을 하는 건 이 아이도 과거에 괴로운 경험을 했기 때문일까? 시설에 들어가기 전 부모나 형제와 이별했을 수도 있다. 어떤 개인사가 있든 이 작은 아이가 유즈루나 미쿠라는, 전혀 모르는 사람을 위해 흘린 눈물은 깨끗하고 순수한 마음을 여실히 증명하고 있었다.

지코가 코를 훌쩍거리는 간격이 점점 벌어졌다. 눈 주위가 빨개진 아이가 “후우.” 하고 가늘게 숨을 내뱉더니 들고 있던 콜라 컵으로 시선을 떨어뜨린 채 물었다.

“무슨 병이었어요?”

“뇌에 암세포가 생겼어. 수술을 몇 번이나 했지만 완전히 제거하지 못했어. 그때마다 몸은 점점 더 약해졌고.”

“암은 미래에도 치료하지 못하는구나…….”

유즈루는 다시 우울해하는 지코에게 변명하듯 덧붙였다. 지코의 시대에 비하면 암 치료 성공률은 꽤 높아졌다고. 미쿠는 운이 나빴던 거라고. 너무 늦게 발견했고, 아주 까다로운 부위에 종양이 생겨서 수술하기 힘들었다고.

말하는 사이 목소리가 다시 살짝 떨리기 시작했다. 미쿠의 죽음을 마치 다 끝난 일처럼 말해버리는 유즈루 자신에게 또 다른 자신이 화를 내는 듯한 느낌이었다.

'운이 나빴다고? 미쿠의 죽음을 그런 같잖은 말로 정리해도 되는 거야? 미쿠에게 해주지 못한 게 너무 많지 않았나?'

그러나 이렇게 계속 후회하고 한탄하는 것이 부모의 숙명인지도 모른다.

지코의 시선이 콜라가 든 컵에 고정되었다. 이산화탄소 기포가 표면 가득 부글부글 올라왔다가 터지는 광경을 물끄러미 보고 있었다. 지코는 이내 그 컵을 텔레비전 장식대 끝에 올려놓더니 성큼성큼 걸어와 의자에 앉은 유즈루의 무릎을 짚었다. 그리고 눈물 젖은 눈으로 유즈루를 똑바로 쳐다보며 바싹 다가앉았다. 유즈루는 놀라서 등을 똑바로 폈다. 그 바람에 유즈루가 들고 있던 콜라 컵이 지코의 가냘픈 어깨에 톡 부딪혔다.

"아저씨, 지금 몇 월이에요?"

"음, 7월."

"그럼 여름이네요. 지금이 장마니까 앞으로 조금만 있으면…… 딱 좋네요."

"딱 좋다니, 뭐가?"

"이제 금방이잖아요! 여, 름, 방, 학!"

유즈루는 무슨 말인지 이해할 수 없어 어리둥절한 얼굴로 지코를 바라봤다. 이제 곧 초등학교 여름방학이 시작될 시기인 것은 맞다. 그런데 그게 뭐 어쨌다는 거지?

지코는 유즈루 무릎에 손을 짚은 채로 말했다.

"저는요, 원래 있던 곳으로 돌아가지 못할까 봐 너무 무섭지만, 그래도 아저씨랑 함께라면 괜찮을 것 같아요. 오늘 종일 같이 산책도 하고 얘기도 나누면서 그렇게 생각했어요. 이런 이상한 미래 세계에서도 평범하고 즐겁게 지낼 수 있구나, 아저씨 같은 좋은 사람이 곁에 있어주면 괜찮구나 하고 안심했어요."

지코는 힘차게 말하며 눈을 빛냈다.

"제가 여름방학 동안 미쿠를 대신할게요! 미래 세계에 있는 동안 아저씨 딸이 될게요! 미쿠가 열 살일 때 같이 하지 못한 걸 저랑 같이 전부 다 해요. 어때요? 우리, 여름방학의 추억을 잔뜩 만들어요."

진지하게 호소하는 목소리에는 기대와 설렘도 희미하게 섞여 있었다. 지코의 모습과 미쿠의 모습이 또다시 또렷하게 겹쳐졌다.

—내년에도 또 와요!

—올해도 바다에 가고 싶었는데. 퇴원하면 가을이 될까요?

—파파가 내 파파라서 참 좋았어요.

함께 여름방학의 추억을 만들자고 지코가 말했다.

'여기에 계속 있을 생각인 걸까? 하루 이틀이 아니라, 여름이 끝날 때까지 약 40일 혹은 그 이상일 텐데, 가까운 시일 안에 과거로 돌아가지 못할 거라고 생각하는 걸까? 영 기억이 돌아올 기미가 없나?'

유즈루는 마음에 걸리는 문제들이 있었지만 금세 잊어버렸다.

지코의 맹랑한 제안에 유즈루는 순간 마음을 빼앗겨버렸다.

비 내리는 날, 길에서 만난 열 살짜리 소녀가 죽은 딸을 대신해 주겠다고 한다. 미쿠가 맞이하지 못한 열 살 여름방학의 추억을 같이 만들자고 한다. 딸을 영원히 잃은 여름의 그날 그 후를, 이 아이와 함께. 이상한 이야기라는 건 잘 알고 있다. 그러나 눈앞의 아이는 자못 진지했다. 그리고 그 제안을 유즈루 역시 진심으로 받아들이고 있었다. 그래서 아무렇게나 대답하고 싶지 않았다.

"저기, 물론 제가 진짜 미쿠가 될 수 없다는 건 알아요. 그렇지만 저라도 괜찮다면 저는 하고 싶어요."

그 천진난만한 배려가 가슴에 절절히 스며들었다. 자신 없는 듯 고개 숙인 지코를 안심시키려고 유즈루는 무릎에 놓인 작은 손을 꼭 감쌌다.

'그래, 아무래도 좋다. 이 아이가 어디에서 왔는지, 언제 어떻게 돌아갈지 모르겠지만 지금은 그저 이 아이를 지키는 것만 생각하자. 돌아가야 하는 곳으로 되돌아갈 그날이 올 때까지.'

"나야말로 잘 부탁해."

"정말요? 와, 나한테 아빠가 생겼다!"

유즈루의 대답을 듣자마자 지코는 줄넘기라도 하듯 그 자리에서 깡충깡충 뛰기 시작했다. "그만! 아랫집에 울려!" 하고 유즈루가 황급히 주의를 주자 "헤헤, 아빠한테 혼났다." 하고 살짝 고개를 움츠렸다.

"아, 미쿠는 아빠를 뭐라고 불렀어요?"

"파파……."

"그럼 아까 잘못 말했네요."

지코는 일부러 "헤헤, 파파한테 혼났다!"라고 기쁜 듯 고쳐 말하고 환하게 웃어 보였다. 유즈루도 덩달아 미소를 지었다.

사실 지코는 미쿠와 전혀 비슷하지 않았다. 그런데도 왠지 미쿠 같았다. 고작 한나절 만에 이런 마음이 들게 하는 아이를 앞에 두고 유즈루는 형용할 수 없이 마음이 따뜻해졌다.

그러다가 문득 지코의 마스크에 햄버거 소스가 묻은 걸 보고는 새 마스크를 꺼내 건넸다.

"이걸로 바꿔."

책상 서랍을 뒤져 오래전에 사둔 새 칫솔도 찾아냈다. 세 개에 150엔으로 할인할 때 잔뜩 사둔 것인데, 이렇게 쓰일 줄은 생각도 못 했다.

칫솔을 손에 들고 돌아보니 벌써 새 마스크로 바꿔 쓴 지코가 바로 뒤에 서 있었다.

"내가 정리를 잘 못하는 편이라, 여긴 안 봤으면 좋겠는데."

"뭐 어때요. 딸인데."

지코의 눈이 초승달처럼 가늘어졌다. 시설에서 자랐다면 아버지라는 존재를 모르고 자랐을지도 모른다. 아니, 아버지뿐만 아니라 어머니마저도.

텔레비전 편성표를 보니 마침 7시부터 하는 음악 프로그램이 있다. 다시 텔레비전을 켜고 '미래 유행가'에 대한 아이의 들뜬 감상을 들으며 콜라를 마시는 밤. 시간은 평화롭게 흘러갔다.

8시 반이 지나 이제 그만 자라고 말하려다 문득 지코가 입고 잘 파자마가 없다는 사실을 뒤늦게 깨달았다.

"괜찮아요. 그냥 이 옷 입고 자도 돼요."

아이다운 천진난만한 대답이지만 그럴 수는 없었다. 유품 상자를 뒤적거렸더니 깨끗하게 개킨 반소매 파자마 한 세트가 나왔다. 작년 여름, 병원 환자복을 입기 싫어하던 미쿠를 위해 새로 산 옷이었다.

"신기해요. 뭐든지 다 있네요. 꼭 내가 올 걸 알고 준비한 것 같아요."

지코는 밝게 웃더니 차분한 눈길로 텔레비전 장식대 위의 액자를 올려다보았다.

"이렇게 상자에 보관할 정도였으니까 이 파자마도 아주 소중한 거겠죠? 진짜 내가 입어도 돼요?"

"물론이야. 괜찮아."

솔직히 오늘 낮 미쿠가 좋아하던 하늘색 원피스를 꺼내 줄 때만 해도 유즈루의 마음은 복잡하기 이를 데 없었다. 하지만 그런 복잡한 감정은 어느새 사라졌다. 오히려 소중한 추억이 담긴 옷을 지코가 입고 있는 게 좋았다. 마치 미쿠가 살아 돌아온 것 같은 기분이 들었다.

"미안해. 고마워."

유즈루의 등 뒤에서 지코가 가만히 중얼거렸다. 아마 또 사진 속 미쿠에게 인사한 거겠지.

지코가 욕실에서 이를 닦는 동안 유즈루는 침대 옆 바닥에 겨울용 이불을 펼쳐 임시 잠자리를 만들었다. 욕실에서 나와 침대에 몸을 눕힌 지코에게 유즈루는 샤워하고 오겠다고 말하고는 "잘 자." 하고 불을 끄고 방을 나왔다. 벌써 선잠에 들었는지 "안녕히 주무세요." 하고 대답하는 지코의 목소리가 한 템포 늦게 돌아왔다.

그렇게 과거에서 온 여자아이와의 기묘한 동거 생활이 시작되었다.

오래된 기억이 다시 들끓은 건 샤워를 하고 나온 다음이었다. 곤히 잠든 숨소리가 들리는 어두운 방, 겨울용 이불 위에 누웠다. 너무 오랜만에 거리를 쏘다닌 탓인지, 아니면 갑자기 자신의 삶에 끼어든 아이 때문에 너무 신경을 쓴 탓인지 온몸이 노곤했다. 폭신폭신한 이불 속으로 들어가자마자 유즈루는 순식간에 잠들었다. 그렇게 깊은 잠에 빠져들려는데, 갑자기 귓가에 무슨 소리가 들려왔다.

—지코!

깜짝 놀라 눈을 떴다. 환청인가. 아니, 틀렸다. 지금 이 소리는 먼 옛날 언젠가 들었던…….

—지코!

기억의 밑바닥 어딘가에서 다시 소리가 들려왔다.
'아, 생각났다.'

37년 동안 가슴 한편에 묻어두었던 이름이 어렴풋이 떠올랐다.

맞다. 그 애의 이름은 요시이케 지카였다.

찬바람이 불던 날이었다.

"춥다, 추워!"

다섯 명의 아이들이 제자리걸음으로 동동거렸다. 11월을 동짓달이라고 부른다고 최근 학교에서 배웠다. 아직 서리는 내리지 않았지만 그렇다고 춥지 않은 게 아닌데, 반 남자아이들은 여태 아무도 긴 바지를 입지 않았다.

'아이는 찬바람 속에서도 잘 뛰어논다'라는 말이 있지만 과연 누가 겨울이 되고, 새해가 되고, 눈이 내릴 때까지 반바지 차림으로 버틸 수 있을까? 유즈루도 여느 때처럼 암묵적인 경쟁에 뛰어든 참가자 중 한 명이었다.

유즈루는 20엔짜리 사쿠란보 모치*를 이쑤시개로 찍어 먹으며 친구들과 함께 집합 장소인 공원으로 걸어갔다. 자기 돈으로 샀다면 10엔짜리 가바야키상 타로나 콜라 젤리를 골랐겠지만 오늘은 요타에게 얻어먹는 거라 20엔짜리를 골랐다. 유즈루뿐 아니라 가게에 같이 들어간 네 명 모두.

"쳇."

---

* 1979년에 발매된 떡과 같은 식감의 과자.

맨 앞에서 걷던 요타가 투덜거렸다.

"신권 천 엔 지폐가 이제 800엔이 됐다고!"

"요타 네가 너무 자랑을 해대니까 그렇지."

겐스케가 익살맞게 깔깔거리며 대답했다.

"그러게. '오늘은 내가 한턱 낸다!'는 뜻인 줄 알았지."

"아니라니까! 오늘 엄마한테 신권을 받아서 신기하니까 너희한테 보여준 거지."

"그래, 알았다, 알았어. 용돈 받으면 다음에는 내가 한턱 낼게."

"거짓말하지 마, 겐스케! 맨날 100엔, 200엔만 가지고 다니면서."

"들켰네? 걱정 마. 유즈루가 낼 거야."

"야, 갑자기 왜 나를 끌어들여!"

아무렇게나 흘러가는 이야기에 유즈루는 그만 웃어버렸다. 손에 든 사쿠란보 모치를 떨어뜨리지 않으려고 조심하면서 걸음을 재촉해 앞서 걷는 아이들에게 따라붙었다.

"유즈루, 그거 빨리 먹어치워. 다른 애들까지 달라붙으면 내 용돈은 순식간에 사라진다고."

"오늘 애들 많이 온대?"

"우리 다섯 명하고 먼저 간 신, 5반 애들하고…… 전부 열다섯 명 정도인가? 아, 그리고 '사랑의 집' 애들이 두 명 온대."

요타의 대답을 듣고 유즈루의 눈이 동그래졌다.

"어? 아동관 근처에 있는 거기?"

"예스."

"거기에 사는 애들, 우리 학교 아니지?"

"예스."

"같이 노는 건 처음 아냐?"

적당히 대꾸하던 요타가 "아, 유즈루는 그렇겠구나?" 하고 돌아봤다.

"5반 애들하고는 자주 놀았대. 우리도 몇 번 같이 놀았는데 그냥 평범한 애들이야. 그렇지, 겐스케?"

"예스."

이번에는 겐스케가 요타의 말투를 흉내 내며 대답했다.

"야, 따라 하지 마."

요타가 옆에서 걷던 겐스케의 머리를 쥐어박자 "아얏!" 하고 허풍스레 머리를 감쌌다.

'무슨 그리스도 사랑의 집이었는데…….'

그 시설 문 앞에 걸린 간판을 본 적은 있지만 앞부분 한자가 어려워서 잊어버리고 말았다. 글자를 읽게 된 초등학교 1학년 때부터 무슨 건물일까 궁금했던 곳이었다. 자기보다 훨씬 작은 아이들부터 중학생, 고등학생 형, 누나들까지 다양한 사람이 그곳에 드나드는 모습을 종종 봤다.

"엄마, 저기는 뭐 하는 곳이야?"

유즈루가 엄마에게 이런 질문을 던진 건 2학년 가을 운동회를 마치고 집으로 돌아가는 길이었다.

"보호시설이야. 옛날에는 고아원이라고 불렀지. 엄마나 아빠가 없는 아이들이 모여서 같이 살아. 여기는 요코하마나 오다와라,

현 내의 여러 곳에서 온 아이들이 사는 곳이야."

유즈루는 깜짝 놀라 '사랑의 집' 앞에서 걸음을 멈췄다. 유즈루의 집은 크고 깨끗한 조립식 주택이 줄줄이 늘어선 신흥 택지지구에 있었다. 학교 친구들도 대부분 그 근처에 살았고, 친구들의 아버지는 회사원 아니면 공무원, 어머니들은 대부분 전업주부였다. 그런데 그런 조건이 '당연'하지 않은 아이들이 바로 근처에 살고 있었다니 짐작조차 하지 못했다. 그도 그럴 것이 '사랑의 집' 아이들은 옆 학군의 초등학교에 다니기 때문에 서로 마주칠 일이 없었다. 거리상으로는 유즈루가 다니는 초등학교가 더 가깝지만 유즈루네 학교는 한 학년의 반이 다섯 개가 넘는 포화 상태여서 학생들을 더 받을 여유가 없었다. 그래서 그 시설의 아이들은 전부 다른 학군에서 학교를 다니고 있었다.

"오늘 오는 '사랑의 집' 애들 말이야, 남자야? 여자야?"

겐스케가 걸으며 요타 얼굴을 살펴봤다.

"음, 여자애 두 명."

"4학년?"

"맞아. 한 명은 겐스케도 알지? 맨날 오는 그 애."

"아아, 지카! 아싸!"

"다른 한 명은 새로 온 애. 지카랑 친하대."

"그래?"

겐스케와 요타의 대화를 듣고 유즈루는 가슴이 조금 두근거렸다. 5반 애들뿐 아니라 다른 학교 애들도 있다니. 게다가 평소에 만날 일 없는 '사랑의 집' 아이들까지. 같은 반 남자아이들하고만

놀던 유즈루에게는 은근히 흥분되는 일이었다.

셋은 곧 유즈루 집 근처를 지나갔다.

"유즈루네 집이다!"

연갈색 유즈루네 집을 가리키던 겐스케가 쓱 손가락 방향을 바꿔 대각선 방향을 가리켰다.

"오늘 사람이 너무 많으면 저기 가서 담력 테스트나 할까?"

"안 돼! 저번에 유즈루네 엄마한테 들켜서 엄청 혼난 거 잊었어? 게다가 오늘은 여자애들도 있잖아."

"아, 그런가?"

요타는 겐스케의 제안을 단호하게 잘라냈다. 유즈루도 마음속으로 찬성했다. 유즈루의 엄마는 화가 나면 정말 엄청나게 무서우니까.

겐스케가 가리킨 곳은 3년 전부터 아무도 살지 않는 빈집이었다. 신흥 택지지구라고 해도 유즈루네 집은 택지 가장자리에 있어서 도로 맞은편에는 오래된 집들이 아직 몇 채 남아 있었다. 그중 하나가 방금 말한 빈 목조주택이었다. 정원의 울창한 나무들이 낡은 집을 감싸고 있어서 분위기가 아주 음침했다. 그런 폐가 같은 분위기 때문에 아이들의 담력 테스트 장소로 자주 활용되고는 했다. 공원은 바로 그 근처에 있었다. 요타의 재촉에 사쿠란보 모치를 서둘러 먹어치운 유즈루는 쓰레기를 바지 주머니에 꾸깃꾸깃 쑤셔 넣었다.

"좋았어!"

유즈루의 등을 밀어대는 요타와 함께 공원에 들어가자 벌써 열

명가량의 아이들이 모여 있었다. 남자아이들, 여자아이들 모두 다 아는 얼굴이었다.

"야, 요타랑 애들 왔다!"

"오늘 뭐 할까?"

5반 애들이 다가왔다. 대표로 몇몇이 의논을 해서 일단 얼음땡을 하기로 했다. 가위바위보로 술래를 정했다. 빙 둘러서서 "가위바위보! 가위바위보!"를 반복했다. 하지만 인원수가 너무 많아 쉽게 승부가 나지 않았다.

"미안."

"늦었어."

그때 여자애 두 명이 공원으로 뛰어왔다. 키가 크고 호리호리한 아이와 반에서 제일 키가 작은 유즈루보다 더 작은 아이. 둘 다 학교에서 본 적 없는 얼굴이었기 때문에, 유즈루는 그 둘이 요타가 말했던 '사랑의 집' 아이들이라는 걸 금방 알아차렸다. 같은 4학년이라고 미리 듣지 않았다면 나이 차이가 꽤 나는 자매로 보일 정도였다.

늦게 온 두 사람을 포함한 가위바위보가 다시 시작됐다. 그렇게 몇 번 반복한 끝에야 겨우 술래가 정해졌다. "앗, 나야?" 하고 얼빠진 소리를 낸 사람은 방금 온 여자아이들 중 체격이 작은 아이였다. 모임 시간에 늦을 것 같아 열심히 달려왔는지 아직도 숨을 헐떡거리고 있었다.

인원이 너무 많아서 자기소개 시간도 없이 바로 놀이가 시작되었다. 이름도 모르는 여자아이가 열을 세는 동안 다들 공원 곳곳으로 뿔뿔이 흩어졌다.

꽤 넓은 공원이라 저렇게 작은 아이가 첫 술래가 되어도 괜찮을까 걱정했지만 "열!" 하고 마지막 숫자를 크게 외친 여자아이는 힘껏 달리기 시작했다. 예상과 달리 상당히 발이 빨랐다. 방심하고 멀리 달아나지 않았던 겐스케는 금세 잡혀서 철봉에 한 손을 댄 이상한 자세로 굳어버렸다.

"와, 재 엄청 빨라!"

주위 남자아이들이 떠들어대는 사이 얼음땡 열기가 더 뜨거워졌다. 그럼에도 전체 인원수가 워낙 많아서 술래 혼자 전원을 '얼음'으로 만들기는 힘든 상황이었다. 그래도 여자아이는 불평 한번 하는 법 없이 열심히 달렸다. 운동신경이 좋았지만 다부지다기보다는 분홍색 통바지가 잘 어울리는 귀여운 인상이었다. 짧게 땋은 머리가 달릴 때마다 등에서 통통 튀어 올랐다. 얼마 안 가 유즈루도 그 아이에게 잡히고 말았다. 친구들이 다시 살려줬지만 곧바로 다시 잡혀 '얼음'이 되어버렸다.

"잡았다!"

조금 높은 톤의 목소리. 잡을 때도 과격하게 밀거나 넘어뜨리지 않고 등이나 팔을 다정하게 터치했다. 친구가 와서 얼음을 풀어주기를 기다리는 동안 유즈루는 공원을 달리는 그 여자아이만 멍하니 보았다. 그렇게 아주 오랫동안 있었던 모양이었다. 유즈루를 살리러 온 요타가 "야, 어디 봐? 이제 움직여도 돼!" 하고 머리를 한 대 때릴 때까지. 달려도, 달리지 않아도 그 여자아이를 보고 있으면 심장이 격렬하게 고동쳤다. 이상한 느낌이었다.

'감기에 걸렸나? 심장이 왜 이렇게 빨리 뛰지?'

유즈루는 고개를 갸웃거리면서도 아무렇지 않은 척 아이들과 같이 계속 어울려 놀았다. 몇 번인가 가위바위보로 술래를 바꿨고 땅따먹기 게임도 했다. 도둑잡기, 깡통 차기, 비슷비슷한 놀이가 계속 이어졌으나 아이들이 많아 질릴 새가 없었다.

그 사이 점차 주위가 어둑해졌다. 어느새 4시 반이 지나고 있었다. 이제 아이들도 지쳐서 뿔뿔이 흩어지고 몇몇이 그룹 지어 모여 있었다. 유즈루는 5반 아이들과 같이 있는 요타에게 갈지, 아니면 철봉에 매달린 겐스케 무리에 낄지 고민하고 있는데 바로 옆에서 큰 소리가 들려왔다.

"지코!"

돌아보니 하늘색 바지를 입은 키 큰 여자아이가 공원 입구에 있는 나무를 올려다보고 있었다. 그 나무 위, 두 갈래로 갈라진 굵은 나뭇가지 사이에 작은 체격의 여자아이가 오도카니 앉아 있었다. 지코라고 불린 그 아이는 친구를 내려다보며 명랑하게 손을 흔들었다.

"너도 올라올래? 여기 둘이 나란히 앉을 수 있어."

"싫어, 무섭단 말이야. 난 너처럼 운동신경이 좋지 않잖아. 미끄러져서 떨어질걸."

"나처럼 맨발로 올라오면 안 미끄러져. 이리 와, 이리 와!"

지코가 재차 권하자 키 큰 아이도 그 자리에서 신발과 양말을 벗고 조심스럽게 나무에 오르기 시작했다.

'나도 슬쩍 가까이 가볼까?'

그런 생각을 하면서 유즈루는 나무 위의 아이를 올려다봤다. 그러나 가까스로 용기를 내 한 발 내디디려는 순간 어떤 생각에 걸음을 멈춰 세웠다. 지코는 통이 넓은 바지를 입고 있었다. 남자인 자신이 그 아래로 가면 속옷을 훔쳐보려 한다고 오해하지 않을까? 유즈루는 그 자리에 멈춰 섰다. 힘들게 나무에 오르는 친구를 향해 힘껏 손을 뻗은 아이는 얼음땡을 할 때보다, 도둑잡기를 할 때보다 한층 더 빛나는 얼굴로 활짝 웃고 있었다.

'역시, 엄청 귀엽다.'

"귀엽지?"

갑자기 들려온 말에 유즈루는 깜짝 놀라 홱 물러났다. 자기도 모르게 속마음을 밖으로 내뱉은 줄 알고 당황했는데 그건 아닌가 보다. 요타가 유즈루 바로 옆에 히죽거리며 서 있었다.

"유즈루 너도 반했구나? 지카 엄청 귀엽지? 모르는 사람이 길에서 말을 건 적도 있대."

'아아, 이름이 지카구나. 지코는 친한 아이들끼리 부르는 별명인가?'

"길에서 말을 걸다니…… 누가?"

"글쎄. 몰라. 연예인 기획사 같은 거 아닐까?"

하기야 그럴 만도 했다. 얼굴도 꽤 예쁘고 목소리나 발음도 좋은 편이니까 드라마나 영화 아역쯤은 가볍게 해낼 것 같았다. 눈도 동그랗고 크니까 아동복 모델도 잘 어울릴 것 같다. 피부가 조금 많이 그을린 듯했지만 그거야 햇볕을 쬐지 않으면 금세 하얘질 테고.

그 아이의 이름은 '요시이케 지카'라며, 요타는 어딘가 자랑스러운 목소리로 가르쳐주었다. 유즈루는 "오늘도 내가 불러서 온 거야." 하고 뻐기는 요타가 어쩐지 못마땅했다.

지코, 그러니까 지카는 마침 친구를 나뭇가지 위로 당겨 올리는 중이었다. 아직도 무서워하는 친구 어깨를 꼭 잡아주면서 "괜찮아, 괜찮아." 하고 노래하듯 말을 걸었다.

그때 검은 그림자가 나무 아래를 가로질렀다. 겐스케였다. 나무 둥치 옆에 있는 빨간 구두를 손에 들고는 "이건 내가 접수!" 하고 혀를 내밀더니 공원 중앙 쪽으로 달려갔다. 여자아이들에게 장난을 치지 않으면 잠시도 참을 수가 없는 걸까? 하긴 겐스케는 원래 그런 놈이었다.

"아, 안 돼!"

얼굴이 창백해져서 소리를 지른 사람은 방금 나무에 오른 키 큰 친구였다. 순식간에 얼굴이 일그러지더니 울기 시작했다. "내가 제일 아끼는 구두인데." 하고 떨리는 목소리가 유즈루에게도 또렷하게 들렸다.

유즈루와 요타가 당황하고 있는데, 지카가 나뭇가지를 두 손으로 꽉 움켜잡더니 철봉을 하듯 몸에 반동을 주면서 풀쩍 뛰어내렸다.

"야, 거기 서! 구두 돌려줘! 그거 소중한 거란 말이야!"

지카는 겐스케를 향해 곧장 달려갔다. 나무 둥치 옆에 벗어놓은 하얀 운동화를 신지도 않고 맨발로. 발이 빠르기로는 겐스케도 만만치 않다. 게다가 신발을 신었으니 지카보다 유리한 조건이다. 겐스케는 지카가 진심으로 화가 난 줄도 모르고 멍청이처럼 신나게 웃으며 달아나는 중이었다.

"돌려달라니까!"

어둑어둑한 공원에서 갑자기 시작된 두 사람의 술래잡기를 다들 놀라서 바라보기만 했다. 하지만 유즈루는 어떻게든 겐스케를 잡아서 신발을 되찾아야겠다고 생각했다. 가슴속에서 정의감이 불끈 솟았다.

'저 애가 돌려받고 싶어 하니까…….'

유즈루는 결코 운동신경이 좋은 편이 아니었다. 아니, 둔한 편에 가깝다. 정면으로 승부하면 겐스케를 절대 잡을 수 없을 것이다. 그러니 기습을 해야 한다. 유즈루는 두 사람의 술래잡기에 전혀 관심이 없는 척 서 있다가 겐스케가 공원 입구에 가까이 올 때를 노려 신발을 낚아챘다.

"우앗, 뭐야! 유즈루, 왜 쟤들 편을 들어?"

겐스케가 땅을 구르며 화를 냈다.

"자, 이거."

숨을 헐떡거리며 다가온 지카에게 유즈루 역시 가쁜 숨을 내뱉으며 빨간 구두를 내밀었다. "고마워." 하고 지카는 살짝 미소 짓더니 조심스럽게 신발을 받았다. 그 찰나에 손가락이 서로 닿았다. 유즈루는 심장이 툭, 떨어지는 듯했다.

"많이 아끼는 신발인가 봐."

"응. 교통사고로 돌아가신 엄마가 마지막에 사준 구두래. 그렇지?"

지카가 빨간 구두를 만지면서 나무 위에 있는 친구를 올려다봤다. 친구는 눈물을 닦으며 가만히 고개를 끄덕였다.

교통사고, 돌아가셨다, 마지막에. 지카가 아무렇지 않게 말한 단어들이 하나같이 무거워서 유즈루는 적지 않은 충격을 받았다. 두 아이 모두 보호시설에서 지낸다는 사실은 알고 있었다. 하지만 얼음땡이나 도둑잡기를 할 때는 여느 아이들과 다를 게 없었는데. 어쩌면 그래서 더 충격적인 걸까?

"너는 이름이 뭐야?"

갑자기 지카가 이름을 물어오자 유즈루는 당황해서 떨리는 목소리로 "도모나가 유즈루"라고 겨우 대답했다. 지카는 "유즈루, 정말 고마워!" 하고 밝게 인사하더니 휙 몸을 돌려 다시 겐스케를 전속력으로 쫓기 시작했다.

"네가 얼마나 나쁜 짓을 했는지 알겠어?"

"나는 몰랐잖아!"

"사과해!"

"싫어!"

둘의 목소리가 어스름이 깔린 공원 가득 울려 퍼졌다.

지카는 겐스케를 혼내주고 나무로 돌아왔다. 친구가 엉금엉금 나무에서 내려오는 것을 돕고 되찾은 빨간 구두를 신는 모습을 다정하게 옆에서 지켜보았다.

"네 신발 정말 예뻐. 리본이 달려 있어서 귀여워."

지카의 목소리에는 진심으로 부러워하는 기색이 담겨 있었다. 시설에서 살고 있으니 가지고 싶은 걸 다 사달라고 하지는 못할 것이다. 그러고 보니 지카가 입은 옷이나 신발은 하나같이 심플하고 무늬가 없는 디자인이었다. 게다가 좀 낡은 걸 보니 누군가에게 물려받았을 가능성이 높았다.

지카와 만난 지 고작 몇 시간밖에 지나지 않았지만 유즈루의 마음속 어딘가에서 싹튼 마음은 점차 확실하게 형태를 잡았다. 친구를 위해 서슴지 않고 나서던 지카가 너무 멋있었다.

"야, 유즈루! 너 지카 앞에서 멋있게 보이려고 그런 거지?"

같은 반의 신이 웃으며 다가와 어깨에 손을 둘렀다. 덩치 큰 신의 묵직한 체중이 어깨에 실리자 온몸이 찌부러질 것만 같았다.

"아, 아니야!"

강하게 부정했지만 요타와 겐스케까지 합세해 느물거렸다.

"야, 첫눈에 반한 거야?"

"언제 고백할 거야?"

남자아이들은 집요하게 추궁했다. 결국 유즈루는 새빨개진 얼굴로 공원을 뛰쳐나갔다.

"유즈루, 어디 가?"

"그만 집에 갈래! 내일 학교에서 봐."

어차피 이제 10분 정도 지나면 5시다. 사실 지카와 좀 더 이야기해보고 싶었지만 이 상황에서는 가능할 것 같지 않았다. 오늘 이렇게 같이 놀았으니 요타와 5반 애들에게 말하면 분명 또 끼워줄 것이다. 아마 곧 만날 수 있겠지. 빠르면 내일이나 모레가 될 수도 있다. 유즈루는 그런 기대를 안고 집으로 달렸다.

그리고 그날 밤, 그 일이 벌어졌다.

유즈루의 47년 인생 중 가장 가까운 곳에서 일어난 흉악 범죄가 '요시이케 지카 유괴살인사건'이었다. 수상한 남자가 지카에게 말을 걸고 결국 유괴한 것은 그날 같이 놀고 시설로 돌아가던 길이었다고 했다. 같은 반 남자애들의 짓궂은 놀림에 먼저 귀가한 유즈루와 마찬가지로, 지카도 5시가 되기 전에 혼자 시설로 돌아갔다. 그날 지카는 행방불명되었고 며칠 뒤 시체로 발견되었다. 경찰에 체포된 용의자는 어두운 인상의 30대 남자였다.

그러니까 유즈루가 지카와 만난 것은 고작 하루였다. 그것도 여럿이 함께 얼음땡 놀이를 했을 뿐이다. 그러나 유즈루는 마음 깊은 곳에 새겨진 그 아이를 한시도 잊은 적이 없다.

초등학교 4학년 가을, 유즈루가 처음 느낀 사랑의 감정이었다. 그리고 바로 그날, 그 감정을 느끼게 해준 사람을, 유즈루는 영원히 잃었다.

제4장

지코

어젯밤에는 좀처럼 잠들지 못했다. 이불 너머로 느껴지는 딱딱한 바닥과 바로 가까이에 다른 사람이 자고 있다는 사실도 유즈루의 숙면을 방해했지만, 그보다 37년 전 어느 가을날의 기억이 유즈루를 잠들지 못하게 했다.

아무 사정도 모르는 지코는 개운한 표정으로 눈을 떴다. "파파, 좋은 아침이에요!" 하고 침대 위에서 일어나 기분 좋은 듯 기지개를 켰다. 시설의 생활 규칙이 엄격했는지 별다른 말을 하지 않았는데도 알아서 옷을 갈아입더니 세수와 양치까지 마치고 방으로 돌아왔다.

"근데 아침밥은 어떻게 해요?"

그제야 유즈루는 냉장고 안에 녹차와 콜라밖에 없다는 사실을 깨달았다. 어제 맥도날드에서 돌아오다가 장을 봤으면 좋았을 텐데, 그때까지만 해도 반신반의하는 마음에 결정을 내리지 못했다. 갑자기 나타난 이 아이가 사실은 자신의 환각일지도 모른다는 두려움, 아침이 되면 꿈처럼 흔적도 없이 사라져버릴지도 모른다는 막연한 불안함. 유즈루는 내심 그런 어이없는 일이 벌어질지도 모른다고 생각했다.

그러나 지코와의 생활은 자연스럽게 이틀 차에 돌입했다. 현실 같지 않은 현실에 당혹스러웠지만 유즈루도 서둘러 씻고 옷을 갈아입었다. 제일 가까운 슈퍼가 문을 여는 9시 반까지는 앞으로 두 시간이나 남았기에 할 수 없이 근처 편의점에 갔다. 그곳에서 유즈루는 커피와 샌드위치, 지코는 오렌지 주스와 요구르트, 멜론빵을 골라 빌라로 돌아왔다. 그러고 보니 이 시간에 이렇게 아침을 먹는 건 꽤 오랜만의 일이었다.

"참 건전한 생활이네."

커피를 마시며 혼잣말처럼 중얼거렸지만, 사실 평일 아침 초등학교 4학년 '딸'과 같이 편의점에서 아침을 사 먹는 생활은 전혀 건전하다고 할 수 없다. 장바구니를 챙겨 오지 않아 3엔을 내고 구입한 편의점 비닐봉투를 보며 유즈루는 한숨을 내쉬었다. 불과 1년 전까지는 한 가정의 가장이었다. 그러나 유즈루가 한다고는 했어도 분주한 직장 일과 버거운 책임감을 핑계로 사실상 가사나 육아 모두 맞벌이하는 아내에게만 떠맡겼던 사실이 아프게 되새겨졌다.

"진짜 맛있게 먹었다! 헤헤, 달달한 것만 먹었네. 아침부터 편의점 밥이라니 정말 특별한 날이에요."

블루베리 요구르트를 깨끗이 비운 지코가 "잘 먹었습니다!" 하고 얼굴 가득 미소를 지으며 손을 모으자 오히려 한심한 '부모'라고 지적받는 기분이 들었다.

"제대로 된 음식을 줘야 하는데, 미안해. 나중에 슈퍼에 가서 이것저것 장을 보자. 내일부터는 아저씨가 뭐라도 만들어줄게."

"와! 파파, 요리도 할 줄 알아요?"

"응, 헤어진 아내에게 조금 배웠어."

그랬다. 스크램블에그나 된장국 같은 간단한 요리이긴 해도 말이다.

"아저씨가 중학교에 다닐 땐 여학생들만 가정 과목을 배웠거든. 요리는 어른이 된 다음에 배웠어. 그래서 잘은 못해."

변명하듯 말하자 지코가 신기하다는 얼굴로 말했다.

"그 말은, 미래에는 남자도 중학교에서 가정 과목을 배운다는 뜻이네요?"

"아, 그렇지."

어쩌다 보니 딸에게 옛날이야기라도 하듯 말했다. 눈앞에 있는 열 살 아이가 사실은 자신과 같은 시기에 학교를 다녔다는 사실을 자꾸 잊어버린다.

"저기 파파, 아까부터 신경 쓰이는 게 있는데요."

"뭔데?"

"'아저씨'라고 안 하시면 안 돼요? 꼭 친구네 아빠 같잖아요. 파파라는 느낌이 안 들어요."

"아, 그런가?."

"그리고 '지코'라고 이름을 불러주세요."

"지코……."

"그래야 진짜 딸처럼 느껴지지 않을까요? 진짜 가족이 된 것처럼 즐거운 여름방학을 보내고 싶어요! 내가 누구인지, 어떻게 해야 원래 시대로 돌아갈 수 있을지, 그런 어려운 문제는 나중에 생각하고."

"그래, 알았어."

말은 그렇게 했지만 좀처럼 마음이 편해지지 않았다. 아무래도 지코는 여기에서 지내는 동안 정말 유즈루의 딸이 되기로 작정했나 보다. 어젯밤까지만 해도 자신의 불확실한 상황을 곱씹으며 불안감을 감추지 못했는데 하룻밤 자고 일어나더니 전부 리셋된 걸 보면 역시 초등학생이다.

유즈루는 미쿠와 대화할 때 자신을 '파파'라고 했다. 하지만 지코에게 자신을 파파라고 하는 건 너무 어색하다. 그냥 '나'라고 하자. 세상의 다른 아버지들도 많이 그럴 테니까.

마쓰다 세이코가 '비밀의 화원'을 열창하고 있다. 지코가 유즈루의 스마트폰에 유튜브 앱을 깔고 라이브 영상을 보는 중이었다. 어제 몇 번 만지작거리더니 벌써 스마트폰 사용 방법을 익힌 모양이다. 미쿠를 키울 때도 느꼈지만 아이들이 IT 기기에 적응하는 속도는 볼 때마다 매번 놀라게 된다.

"정말 굉장해요. 스마트폰이 있으면 밤 8시나 9시까지 안 기다려도 언제라도 세이코를 볼 수 있네요."

"기술의 발전이지."

"하지만 좀 쓸쓸한 마음도 들어요. 레코드, 카세트테이프, CD

는 이제 없는 거예요?"

"아니, CD는 지금도 나와."

"그래요? 왜요?"

"왜냐고? 글쎄, 왜일까?"

유즈루도 음반 회사 직원에게 물어보고 싶다.

"파파, 다른 곡으로 바꿔도 돼요?"

"응, 네 마음대로."

"세이코랑 아키나의 미래 노래를 들을 수 있다니 꿈만 같아요!"

지코는 스마트폰이라는 문명의 이기에 완전히 반한 듯했다. 85년인지 86년인지 확실치는 않아도 어쨌든 지코 입장에서는 '아주 조금 앞의 미래'에 발매된 싱글 곡들을 줄줄이 재생하기 시작했다. 지코가 동영상에 재미를 붙여 다행이었다. 얼굴을 마주하고 대화를 나누는 게 마냥 편하지는 않다. 시시한 대화를 주고받다가도 어젯밤 불현듯 떠오른 기억이 자꾸 머릿속을 채웠다.

—지코!

그 소리가 다시 귓속을 울렸다. 그때 그 키 큰 친구가 지카를 '지코'라는 별명으로 불렀다는 사실을 여태 까맣게 잊고 있었다니. 겨우 몇 시간 같이 놀았을 뿐이지만 고작 열 살에 세상을 떠난, 그것도 모르는 남자에게 무참하게 살해당한 그 아이에 대한 기억은 내내 유즈루의 가슴 깊이 새겨져 있었다. 하지만 그 별명까지는 바로 떠올리지 못했다. 그날 친구가 '지코'라고 부르는 걸

한두 번 들었을 뿐이고 그 후에는 '요시이케 지카'라는 이름으로 세상에 너무 많이 회자되었기 때문이다.

당시 '요시이케 지카 유괴살인사건'이라고 불린 그 사건은 범인 체포 후 얼마 지나지 않아 '가나가와 여학생 연쇄 유괴살인사건'으로 보도되었다. 범인이 요시이케 지카 외에도 여학생들을 네 명이나 더 죽인 것으로 밝혀졌기 때문이다.

다섯 명의 피해자 중 요시이케 지카가 가장 어렸지만, 다른 피해자들도 모두 아직 어린 학생들이었다. 초등학교 6학년 여자아이가 한 명, 중·고등학생이 세 명이었다. 범인은 집착적으로 애니메이션에 빠져 사는 이른바 오타쿠였다. 당시 미디어에서는 범인의 방에 세일러복을 입은 애니메이션 캐릭터 피규어가 잔뜩 진열되어 있었다는 점을 지적하며 오타쿠 문화에 맹목적인 비난을 가했다. 피해자들이 모두 미성년자였기 때문에 '롤리타콤플렉스', '소아성애자' 같은 말도 사건과 함께 언급되며 일본 전역에 퍼졌다. 살인자가 애니메이션을 좋아했다는 이유로 애니메이션과 오타쿠 문화를 싸잡아 비난하던 당시의 시각은 지금 생각하면 매우 위험한 일반화였다. 그러나 그 시절에는 그런 문화가 범인의 성적 취향에 영향을 줬을 것이라고 믿는 사람들이 많았다. 오타쿠라는 말이 지금보다 훨씬 음침하고 부정적인 이미지로 언급되던 시대였다.

뉴스의 주요 논조가 그래서였는지 유즈루도 한동안 애니메이션을 보지 않았다. 요시이케 지카를 괴롭히고 욕조에 익사시킨 그 잔인한 살인자와 조금이라도 비슷한 점을 갖게 될까 봐 두려웠던 탓이다.

그 사건 이후 '사랑의 집' 아이들과는 두 번 다시 놀 수 없었다. '사랑의 집' 아이들은 요타나 5반 아이들과도 교류가 끊어진 듯했다. 의도적으로 멀리한 건 아니었을 것이다. 어차피 다니는 학교가 달랐기 때문에 자연스럽게 소원해졌을 뿐. 같이 놀던 아이가 살해당했다는 사실은 초등학교 4학년 학생들이 짊어지기에는 너무 무거운 짐이었다.

심지어 충격이 너무 커 학교를 며칠 나오지 못한 아이도 있었다. 가까스로 등교한 유즈루도 점심에 먹은 급식을 모두 토할 정도로 충격을 많이 받았다. 화장실에서 구토를 하면서 자신도 학교에 나오지 말 걸 그랬다고 후회했다. 사건을 떠올릴 때마다 속이 울렁거렸다. 여러 가지 이유가 있었으나 그중 가장 큰 원인은 피해자 발견 당시 시신이 알몸이었다는 소문의 영향이 컸다.

어머니와 다른 어른들이 쉬쉬하며 이야기하는 걸 엿들은 바로는, '사랑의 집' 후문 근처에 버려져 있던 요시이케 지카의 시신을 처음 발견한 사람은 거기에 살던 초등학생 아이라고 했다. 그 아이가 울면서 방에서 지카의 옷을 가져와 입혀주었다고 한다. 그게 사실인지 꾸며낸 이야기인지 확인할 엄두도 내지 못한 채, 사람들은 눈물샘을 자극하는 스토리 중 하나로 그 이야기를 받아들였다.

하지만 유즈루가 느낀 건 공포였다. 11월의 청명한 하늘 아래 명랑하게 웃던 그 아이가 벌거벗겨진 채 싸늘한 시신이 된 모습은 상상만으로도 끔찍했다. 그럼에도 유즈루의 머릿속에는 벌거

벗은 채 누워 있는 아이의 이미지가 자꾸 떠올랐고, 그럴 때마다 죽은 아이에 대한 죄책감으로 가슴이 터질 것 같았다. 책상이나 벽에 이마를 박고 싶었고, 밤에는 혼자 눈물로 베개를 적셨다.

그 후유증이 반년 이상 갔다. 가족들과 텔레비전을 보다가도 뉴스가 나오면 곧장 시선을 돌리고 자신의 방으로 달아났다. 지카와 다시는 만날 수 없다는 사실보다 태어나 처음 직면한 '죽음'에 깊은 두려움을 느꼈다는 말이 정확할 것이다. 자신이 알던 사람 중 누군가가 영원히 사라진 세계. 그 세계는 전날까지 자신의 주위에 펼쳐져 있다고 믿었던 세계와 더 이상 같지 않았다. 마치 머릿속에 영영 메울 수 없는 구멍이 뚫린 듯했다.

어젯밤부터 유즈루는 몇 번이고 요시이케 지카의 얼굴을 떠올려보려고 했지만 기억은 흐릿하기만 했다. 그 일은 유즈루가 절대 잊을 수 없는 사건이었지만 요시이케 지카와 실제로 같이 있던 건 고작 몇 시간이었다. 게다가 무려 열다섯 명 정도의 무리가 같이 있었다. 그 아이가 활기차게 달리던 모습이나 자기 친구 구두를 되찾아줘서 고맙다고 유즈루에게 말하던 장면은 기억나지만 정작 그 얼굴은 또렷이 떠오르지 않았다.

어쩔 수 없는 일이었다. 벌써 37년이 지났으니까. 그때 같이 어울리던 요타나 겐스케도 어린 시절 얼굴이 아니라 청소년으로 성장한 얼굴이 떠오른다. 다른 지역의 사립 중학교로 진학한 요타가 커다란 은테 안경을 썼다는 인상 정도만 남아 있었다. 하물며 요시이케 지카는 그날 딱 한 번 본 아이였다. 아무리 첫사랑이라고는 해도 자세한 얼굴 특징까지 선명하게 기억할 수 있을 리가 없다. 지코의 얼굴을 보고 그때 기억을 금세 떠올리지 못했던 이유는 아마도 그래서일 것이다. 게다가 지코는 커다란 마스크를 쓰고 있어서 더 알아보기 힘들었다.

어제 유즈루는 지코가 깊이 잠든 것을 확인하고 조용히 인터넷에 그 사건을 검색했다. 당시에 어른들이 보지 못하게 했던 신문이나 주간지 기사 내용이 화면에 뜨자 심장이 빠르게 뛰었다. 그러나 기사에 나오는 지카의 사진은 크기가 너무 작고 흑백인 데다 화질도 조악했다. 지코가 정말 지카일까? 사진상으로는 확실하지 않았다. 하지만 분명 공통점이 있었다. 지코의 양갈래로 땋은 머리, 햇볕에 잘 그을린 피부색, 또렷하고 둥근 눈은 기억 속 아이와 일치했다.

마쓰다 세이코의 라이브 영상을 보면서 흔들흔들 리듬을 타는 지코를 보며 유즈루는 마음속으로 질문을 던졌다.

'지코, 너는 요시이케 지카니? 37년 전 겨우 열 살 나이에 이 세상을 떠난 그 여자아이가 맞니?'

이상하게 기분이 가라앉았다. 머릿속에 어두운 구멍이 뚫린 듯한 감각이 되살아났다. 생각하면 할수록 여러 정황이 앞뒤가 맞았다. 여름에는 비행기 소음 때문에 수업하는 선생님 목소리가 잘 들리지 않는다던 말, 그건 유즈루와 같은 지역 출신이기 때문이다. 요시이케 지카는 유즈루의 본가 바로 근처에 있는 '사랑의 집'에서 살면서 옆 학군의 초등학교에 다녔다. 유즈루와 마찬가지로 아쓰기 기지에 이착륙하는 미군 비행기 소음에 시달렸던 것이 틀림없다.

그리고 1984년에 있던 지코가 갑자기 지금 시대로 타임 슬립한 원인은, **범인에게 살해당한 충격 때문**이 아닐까? 지금 실체가 있긴 하지만 마치 유령 같은 존재로…….

그 사건은 1984년 2월의 맥너깃 발매, 11월 1일의 신권 지폐 발행보다 나중인 11월 초순에 일어났다. 지코가 두꺼운 트레이닝 재킷을 들고 있었던 점을 보아 계절도 정확히 일치한다.

어젯밤 지코가 미쿠의 죽음 이야기에 오열한 일도 비로소 납득이 갔다. 미쿠에게 그렇게까지 감정을 이입한 이유는 **자기 자신이 이미 죽었기 때문이 아닐까?** 대부분의 기억을 잃은 지금의 지코에게 자신이 죽었다는 자각이 있을 것 같지는 않지만, 똑같은 나이의 여자아이가 죽었다는 이야기를 듣고 무의식중에 감정이 솟구쳤을지도 모른다.

처음 만나 이름을 물었을 때 경계심을 드러내고 유즈루에게 먼저 이름을 말하라고 재촉한 이유도 마찬가지로 해석할 수 있다. 요시이케 지카는 수상한 남자에게 유괴되어 살해당했다. 그 끔찍한 기억의 연장선상에서 어떤 공포를 느꼈을 것이다. 지코가 원래 시대로 돌아가는 방법을 적극적으로 찾으려 하지 않고 여름방학 추억을 만들자며 '미래 여행'의 기간을 늘리려는 시도에도 잠재의식이 작용한 게 아닐까? 끔찍한 범죄에 희생된 지코가 2021년의 유즈루에게 날아온 이유가 무엇일까? 이런 개인적인 연결고리를 생각하면, 어제 낮 유즈루가 지코를 길에서 발견한 일은 운명으로 정해진 결과라는 생각이 들었다. 그러니까 두 사람은 필연적으로 만났다. 하지만 대체 왜?

억측일 수도 있으나, 유즈루가 지코와 같은 나이의 딸을 잃었기 때문일지도 모른다. 과거 첫사랑 상대가 저세상으로 떠나기 전에 37년 후의 미래로 찾아왔다. 당사자도 알지 못하는 그 목적은 딸의 죽음을 극복하지 못한 유즈루를 구하는 것. 진정한 '마지막' 이별을 맞이하는 그 순간까지, 지코는 미쿠를 대신해 아름다운 추억을 만들어주겠다고 한다.

너무 억지로 갖다 붙인 생각일까? 하긴 살아 있을 때 단 한 번 만났던 지코가 유즈루를 위해 그렇게까지 해줄 까닭은 전혀 없었다. 애초에 유즈루의 마음은 일방적이었다. 지코 입장에서 보면 유즈루는 열몇 명의 남자아이 중 한 사람에 불과했다. 설령 기억을 잃지 않았다 해도 지코가 유즈루를 제대로 기억하고 있는지는 모를 일이었다.

지코가 어떤 이유로 타임 슬립을 했는지 분명한 이유는 알 수 없다. 다만 확실한 것은 37년 전 비극적인 사건으로 희생된 첫사랑 여자아이가 같은 나이의 딸을 잃은 유즈루 앞에 나타났다는 사실뿐이었다. 그리고 두 사람은 지금부터 가족이 되어 함께 여름방학의 추억을 만들기로 했다.

"파파, 부탁이 있어요."

지코의 어리광 가득한 목소리에 유즈루는 현실로 돌아왔다.

"무슨 부탁?"

유즈루는 담담한 척 물었다.

"머리를 땋고 싶은데 좀 도와주세요. 땋는 건 혼자 할 수 있는데, 머리카락을 반으로 가르는 게 잘 안 돼요. 평소에는 시설 선생님이 빗으로 가르마를 타주거든요."

"우리 집에는 빗이 없는데. 브러시로 해도 되나?"

"아, 어쩌지?"

지코가 팔짱을 낀 채 생각에 잠긴다. 몇 초 후 "일단 해봐요!" 하고 주먹을 불끈 쥐더니 욕실에서 브러시를 들고 왔다. 브러시를 건네받은 유즈루는 지코의 등에 대고 "잘 부탁합니다." 하고 긴장된 목소리로 말했다.

"한 번도 해본 적이 없어서 이상할지도 몰라. 미안하다."

"미쿠는 갈래머리를 한 적이 없어요?"

"미쿠 머리는 늘 아내가 해줬거든."

"그렇구나. 아빠들은 안 하는구나. 하긴 나도 늘 여자 선생님한테 해달라고 했어요."

유즈루는 조심스럽게 머리카락을 빗어내렸다. 지코의 머리카락은 찰랑찰랑 부드러웠다. 열 살 여자아이의 뒷모습을 보며 머리를 빗어주고 있자니 소중한 딸이 살아 돌아온 듯한 착각이 들어 마음이 요동쳤다. 둘은 다른 사람이다. 뒷모습이 닮은 것뿐 성격도, 죽은 이유도 공통점이라고는 아무것도 없다. 하지만 벌써 오래전에 사라진 줄만 알았던 부성이 다시 눈을 뜨기 시작했다는 사실을 유즈루는 지금 뼈저리게 느끼고 있었다.

오른손에 든 브러시로 머리카락을 대충 좌우로 나눠봤다. 사유리가 미쿠의 머리를 묶어주는 모습을 여러 번 봐서 어떻게 하는지는 대강 알겠는데 막상 손이 따라주지 않았다. 가르마가 좀처럼 예쁘게 타지지 않아서 몇 번이고 다시 했다. 그러는 동안에도 지코는 천진난만하게 말을 걸었다.

"파파는 몇 살이에요?"

"마흔일곱이야."

'아, 여기를 이렇게 해서 이렇게 나누면 되나?'

"네? 미쿠가 열 살이라고 해서 더 젊을 줄 알았어요. 몇 살에 결혼했어요?"

"서른세 살."

'좋았어, 여기를 조금만 더.'

"미쿠 엄마 나이는요? 혹시 파파랑 동갑?"

"응."

'지코, 집중해야 하니까 제발 말 걸지 말아줄래?'

"와, 그럼 미쿠 엄마도 서른세 살에 결혼한 거예요? 여자는 스물다섯 살 넘으면 노처녀라던데."

"지코, 그런 말은 예의가 아니야."

가볍게 핀잔을 주고 나서야 뒤늦게 지코가 살았던 시대가 어땠는지 떠올랐다. 열 살 먹은 아이의 생각이 아니라 보나마나 시설 선생님이나 어른의 말을 그대로 따라 하는 거겠지.

"그리고 머리를 움직이지 않으면 좋겠는데."

"앗! 죄송해요!"

지코가 발레리나처럼 등을 똑바로 폈다. 하지만 말을 하고 싶어서 몸이 근질거리는 듯했다. 유즈루는 지코에게 스마트폰을 내밀었다. 홈 버튼을 길게 눌러 AI 음성 인식 기능을 보여주자 지코는 예상대로 흥분해서 달려들었다.

"말도 안 돼! 진짜로 대답을 해주네요!"

"나는 거짓말을 하도록 프로그래밍되어 있지 않습니다."

"우와! 이거 누구랑 전화가 연결된 거예요?"

"누구에게 전화를 걸까요?"

"아, 으응, 아니요. 근데 음…… 당신은 누구예요?"

유즈루의 예상대로 지코는 AI를 아주 흥미로워했다. AI에게 노래를 부르라고 시키거나 '사쿠라' 동요 가사를 외워보라고 하고, 자기랑 같이 있는 사람의 이름을 알아맞혀 보라고 황당한 문제를 내기도 했다. 그런 지코의 뒤통수를 바라보며 유즈루는 브러시를 쥔 손에 더 힘을 주고 찰랑거리는 검은 머리를 다시 손으로 매만졌다.

그때 문득 어제 지코가 한 말이 귀에 되살아났다.

―전쟁에는 졌지만, 일본이 엄청나게 훌륭한 물건들을 많이 만들어서 전 세계 사람들에게 팔고, 점점 더 부자가 될 거라고 생각했는데……. 내가 어른이 될 즈음에는 얼마나 멋진 미래가 펼쳐질까 엄청 기대했는데…….

어른이 될 즈음에.

갑자기 마음이 묵직하게 내려앉았다. 지코는 정말 모르는 것이다. 아무것도 기억하지 못했다. 자신의 진짜 이름이 요시이케 지카라는 것도, 유괴범에게 납치되는 것도, 겨우 열 살 나이에 욕조에서 익사를 당하게 된다는 것도.

'지코, 너는 어른이 될 수 없어. 이미 죽어버렸어. 이 미래 여행이 끝나면 과거로 돌아가는 게 아니라 그대로 하늘로 올라갈지도 몰라.'

마음이 너무 아팠다. 숨이 쉬어지지 않을 만큼. 마음이 찢어지는 것 같았다. 지코에게는 '미래'가 없다. 그 시절에는 같은 나이, 같은 학년이었지만, 지금 유즈루와 같은 나이의 어른이 되는 '미래'는 평생 오지 않는다.

미쿠와 똑같다. 영원히, 열 살 소녀인 채 그대로.

—유즈루 씨, 너무 괴롭겠지만 당신에게는 아직 살아야 할 인생이 있잖아요. 마음을 강하게 먹어요.

1년 전 누군가가 유즈루에게 했던 말이 문득 떠올랐다. 미쿠의 고별식에서였다. 먼 친척인지 아니면 이웃 사람인지 모를 고령의 여성이 유즈루에게 말을 걸었다.

—분명 신이 처음부터 정했던 거예요. 이 아이의 생명은 열 살까지라고요. 미쿠는 처음부터 그런 운명을 짊어지고 유즈루 씨 딸로 태어난 거예요. 그렇게 생각하면 마음이 조금 편해지지 않아요?

누구인지도 모르는 그 문상객은 슬픔에 잠겨 상주 노릇도 제대로 하지 못하는 유즈루에게 그런 말을 했다. 유즈루는 강한 반감을 느꼈다.

'열 살까지? 그런 운명? 신이 정했다? 그럼 나는 신을 원망하면 되나? 아니면 병을, 미쿠의 돌연변이 뇌세포를, 그걸 일으킬지도 모르는 DNA를 저주하면 되나? 마음이 편해져? 지금 그걸 말이라고 해?'

유즈루는 그런 신은 원하지 않았다. 생각해보면 초등학교 4학년 무렵 요시이케 지카가 죽었을 때는 마음을 정리하는 게 어렵지 않았다. 유즈루와 일상을 함께하던 사람이 아니었으므로 일부러 떠올리지 않으면 그 죽음을 의식하지 않을 수 있었다. 게다가 지카를 살해한 비열한 범인에게 얼마든지 분노를 쏟아낼 수도 있었다.

그러나 미쿠는 달랐다. 일상으로 돌아가려 하면 할수록 거기에 있어야 할 딸의 부재가 더 크게 느껴졌고 몸 한가운데 뚫린 구멍이 점점 더 커져갔다. 마음의 통증은 전혀 줄지 않았고 미쿠의 죽음을 책임질 사람도 없었다. 분노를 어디에 쏟아야 할지도 알 수 없었다.

열 살 딸이 죽은 자리에 남은 것은 '무無'였다.

"파파, 왜 그래요?"

지난 일을 생각하느라 그만 손이 멈췄던 것 같다. 스마트폰을 보던 지코가 뒤로 고개를 돌려 말을 건 순간, 유즈루는 현실로 돌아왔다. "미안." 하며 브러시를 다시 잡고 두세 번 시도한 후에야 겨우 만족스러운 모양이 나왔다.

"고마워요! 거울 보면서 땋고 올게요!"

지코는 머리를 단단히 움켜쥐고는 복도로 달려 나갔다. 그리고 잠시 후 예쁘게 땋은 머리를 하고 돌아왔다. 작은 리본이 달린 빨간 머리끈이 달랑달랑 매달려 있었다. 그 갈래머리가 또다시 유즈루의 오래전 기억을 자극했다.

"오늘은 뭐 할까요? 파파는 뭐 하고 싶어요?"

지코가 들뜬 목소리로 물었다. 유즈루는 잠시 고민하다가 되물었다.

"지코는 뭘 하고 싶어?"

"저요?"

지코의 눈이 반짝 빛났다.

"저는 제가 하고 싶은 것보다, 파파가 미쿠랑 하고 싶었던 걸 해야 한다고 생각해요."

"지코가 하고 싶은 걸 말해봐. 아이가 원하는 걸 해주고 싶은 게 부모의 마음이니까."

"미쿠는 안 그랬나요? 파파는 미쿠가 더 어리광을 부리길 바랐어요?"

"응, 그런 것 같기도 해."

솔직히 말하면 미쿠랑 하지 못했던 일 중 하고 싶은 게 몇 가지 있다. 구체적으로 열거할 수도 있었다. 그러나 지금은 어쩐지 그러고 싶지 않았다. 딸과 지낸 10년을 돌아보며 가장 후회에 남는 건 가족 셋이 휴일을 보낼 때 미쿠의 의견을 적극적으로 물어보지 않았다는 점이다. 자기주장이 강하지 않았던 미쿠는 부모가 결정한 일정을 항상 순순히 따랐다. 바다, 수영장, 캠핑, 등산, 놀이공원에서 찍은 수많은 사진 속 미쿠의 웃는 얼굴을 보면 진심으로 즐거워했던 건 맞다. 다만 미쿠를 잃은 지금은 딸의 의견에 더 귀를 기울였으면 좋았겠다는 후회를 멈출 수가 없다. 부질없는 미련인 줄 알면서도. 미쿠는 부모와 같이 무엇을 하고 싶었을까? 이제는 알 수 없어진 그 답을 눈앞의 지코에게 듣고 싶었다.

"정말요? 내가 정해도 돼요? 음, 뭐 하지? 파파랑 뭘 하면 좋을까?"

보고 있는 사람까지 웃음이 지어질 정도로 지코는 잔뜩 신이 나 있었다. 시설에서 지내면 아무래도 이런 기회가 많지 않을 테니 흥분할 만하다. 아주 신중하게 고민하는지 제자리에서 종종걸음을 치며 좌우로 고개를 갸웃거렸다. 드디어 뭔가 떠올랐는지 유즈루를 바라보며 눈을 반짝거렸다.

"생각났어요. 디즈니랜드에 가고 싶어요!"

"디즈니랜드?"

"네! 작년에 반 아이들 몇몇이 갔다 왔다고 자랑해서 부러웠거든요. 시설에서는 거기까지 데리고 갈 여유가 없다고 해서 우린 아직 못 가봤어요. 진짜 꼭 가보고 싶어요. 아직 아침이니까 갈 수 있죠?"

지코는 흥분한 기색으로 말을 이었다. '작년'이라 함은 지코가 살던 시대에서 1년 전, 즉 1983년이겠지. 디즈니랜드가 처음 생겼을 때 전국에서 엄청난 인파가 몰려들었다. 오픈하고 6개월 정도 지났을 무렵 유즈루도 부모님과 같이 가서 우뚝 솟은 신데렐라 성과 성대한 퍼레이드를 보며 감탄했던 기억이 난다.

"아, 디즈니랜드……."

유즈루가 곤혹스러워하자, 지코가 깜짝 놀란 얼굴로 물었다.

"혹시…… 망해서 문 닫았어요?"

지코의 빗나간 질문에 "아니아니." 하고 웃으며 고개를 저었다. 설령 일본의 모든 놀이공원이 망하더라도 디즈니랜드는 마지막까지 남아 있지 않을까. 그 점은 걱정할 필요가 없다.

"그래, 디즈니랜드 가자."

"정말요? 아싸!"

지코가 환호성을 지르고 방 안을 뛰어다니기 시작했다. 아래층까지 소리가 울리지 않도록 요령 있게 발끝으로 착지하는 모습에 웃음이 났다. 지코만큼 감정 표현이 풍부하지는 않았으나 미쿠도 디즈니랜드에 가기 전날에는 많이 들떠 있었다.

"그런데 오늘은 못 갈 수도 있어."

"왜요? 목요일엔 영업을 안 해요?"

"아니, 그건 아니야. 얼마 전 뉴스에서 봤는데, 요즘 디즈니랜드 티켓을 구하기 힘들대. 추첨제인지 사전예약제인지, 그런 시스템으로 운영되는 것 같아."

"네에?"

지코의 눈이 휘둥그레졌다.

"생긴 지 40년이나 됐는데, 아직도 그렇게 인기가 많아요?"

"그게 아니고……."

"앗! 혹시 일본 인구가 엄청 늘었나요?"

"아니, 그것도 아니고."

유즈루는 지코의 말을 자르고 코로나 때문에 놀이공원 입장객 수를 제한하고 있다는 이야기를 간단하게 설명했다. 그러고 나서 스마트폰으로 디즈니랜드 티켓 예약 방법을 검색했다. 미쿠가 살아 있을 때 이런 일은 사유리가 도맡아 했기 때문에 이렇게 직접 정보를 찾는 건 처음이었다.

티켓을 사는 방법을 설명한 글들을 몇 개 찾아 읽어보니 지금 당장 티켓을 구하기는 불가능에 가깝고, 한 달 전에 미리 티켓을 예약해야 하는데 그것도 매우 힘들다는 게 공통된 얘기였다. 게다가 매주 수요일 오전 10시에 홈페이지 예약을 개시하는데, 그때 사람들이 한꺼번에 몰려서 서버가 다운될 정도로 경쟁이 치열하다고 한다.

"아, 수요일이면 어제였잖아요…… 벌써 다 팔렸겠네요?"

옆에서 스마트폰을 들여다보던 지코가 낙담한 표정을 지었다.

"그래도 일단 시도해보자. 주말이나 공휴일 티켓도 가끔 남아 있을 때가 있다니까, 평일 티켓은 더 쉽게 구할 수 있을지도 몰라."

"하지만 8월은 여름방학 기간인데……."

"일단 뭐라도 해봐야지."

하지만 과연 지코가 한 달 후에도 여기 있을까? 내일 갑자기 '미래 여행'이 끝나버릴 수도 있다. 아니면 모레? 일주일 후?

하지만 "하느님, 제발! 티켓을 구하게 해주세요!" 하고 필사적으로 기도하는 모습을 보고 있자니 그런 말로 찬물을 끼얹을 수는 없다. 혹시라도 지코와 디즈니랜드에 가지 못하더라도 워낙 인기 있는 티켓이니까 다른 사람에게 넘기면 된다. 웃돈을 붙여 되팔 꿍꿍이는 없지만 샀던 가격에 티켓을 살 사람은 분명 많을 것이다.

예약을 하려면 큰 모니터로 하는 게 좋겠다 싶어 책상 위에 놓아둔 노트북을 켰다. 그러자 지코가 고개를 갸웃거리며 스마트폰을 가리켰다.

"예약은 전화로 하는 거 아니에요? 아니면 티켓을 어디서 파는지 알아보시는 거예요?"

"아, 인터넷으로도 티켓을 살 수 있어. 컴퓨터든 스마트폰이든 인터넷이 연결되어 있으니까."

"진짜요?"

지코가 놀란 듯 몸을 젖히더니 눈동자를 빛내며 물었다.

"인터넷이라는 걸로 그런 일까지 돼요? 스마트폰 하나로 전화에 시계 보기, 길찾기, 독서, 쇼핑까지 할 수 있다는 말이네요? 그러면 혹시 쇼핑한 걸 집으로 가져다주기도 하나요?"

"응. 티켓 같은 건 집에서 직접 인쇄하거나 스마트폰 화면을 보여주면 되고, 일상용품은 거의 다 배달이 돼."

유즈루는 스마트폰을 꺼내 몇 번 이용해본 온라인 슈퍼마켓 사이트를 열었다. 상품을 장바구니에 담는 걸 보여주자, 지코는 "나도 해보고 싶어요!" 하고 스마트폰을 가져가더니 양배추며 시금치며 눈에 보이는 상품을 닥치는 대로 장바구니에 넣기 시작했다. 기세를 몰아 그대로 주문 버튼을 누르려는 것을 겨우 뜯어말린 뒤 "우리, 디즈니랜드부터 해결하자." 하고 원래 목적을 상기시

켜야 할 정도였다.

지코가 눈을 빛내며 지켜보는 가운데, 유즈루는 검색창에 디즈니랜드 티켓 판매 페이지를 입력하고 접속을 시도했다. 그러나 노트북 화면에는 접속이 원활하지 않다는 에러 메시지가 떴다. 아까 찾아본 글에 쓰여 있는 그대로였다. "5백 번에서 3천 번 정도 새로고침해야 겨우 한 번 연결될 정도"라는 내용을 보고 설마 그렇게까지 어려울까 싶었는데 어쩌면 그보다 더 힘든 싸움이 될 것 같았다.

결국은 의논 끝에 지코는 스마트폰으로, 유즈루는 노트북으로 각각 접속을 시도하기로 했다. 브라우저 화면 위쪽의 새로고침 버튼을 끝없이 클릭해도 똑같이 뜨는 에러 메시지를 보고는 "연결이 안 되네.", "전혀 안 돼요." 하고 이따금 말을 나누면서.

그렇게 30분 정도 지나자 유즈루는 결국 두 손을 들었으나 지코는 전혀 포기할 기색이 없었다. 결국 유즈루도 냉장고에서 꺼내 온 콜라를 홀짝거리며 다시 노트북을 열었다. 갑자기 생긴 딸과 보내는 '여름방학' 첫날은 이다지도 조용하고 현대적으로 시작되었다.

그렇게 오전 시간이 지나갔다. 탄산 빠진 콜라가 미지근해지고 안구 안쪽에서 뻐근한 통증이 느껴지기 시작했다. 거기서 두 시간이 더 흘렀을 즈음 "앗!" 하고 지코가 소리를 질렀다. 그러고는 "나왔다! 나왔어요!" 하고 떨리는 손으로 스마트폰을 건넸다. 지코와 유즈루는 한 손으로 하이파이브를 한 뒤 신중하게 구입 버튼을 눌렀다.

다음 화면으로 바뀌기까지 시간이 꽤 오래 걸려서 혹시 도중에 에러가 나는 건 아닐까 전전긍긍했으나 십여 분이 넘는 긴 절차를 마치고 무사히 8월 중순 날짜의 티켓을 구매하는 데 성공했다. 두 사람은 운동회 가족 달리기에서 우승한 아빠와 딸처럼 "잘했어!", "파파도요!" 하고 활짝 미소를 지으며 함께 기쁨을 나눴다.

"우와, 진짜 가는 거예요! 디즈니랜드, 디즈니랜드!"

"아직 시간이 많이 남았지만, 그때쯤에는 올림픽도 끝났을 테니 마침 딱 좋겠네. 왔다 갔다 할 때 전철도 복잡하지 않을 테고."

"올림픽이요?"

텔레비전과 침대 사이의 좁은 공간에서 신나게 춤을 추던 지코가 그 자리에서 입을 떡 벌린 채 유즈루를 쳐다보았다.

"왜 올림픽 때문에 전철이 복잡해져요? 로스앤젤레스 올림픽은 시설 사람들이랑 같이 텔레비전으로 봤는데……. 지금은 안 그래요?"

1984년 LA 올림픽을 말하는 것 같다. 유즈루도 당시에 텔레비전으로 봤을 텐데 아무것도 기억나지 않았다. 1984년이면 칼 루이스가 활약하던 시절 같은데 그 밖에 더 떠오르는 것이 없었다.

그런데 37년이 지난 올해 또 일본에서 올림픽이 열린다. 전 세계 사람들의 맹렬한 반대 또는 무관심 속에서.

"올해는 도쿄 올림픽이야."

"도쿄 올림픽은 내가 태어나기 전에 열렸다고 들었는데요?"

"그건 첫 번째야. 올해는 두 번째."

"네? 또 일본에서 올림픽을 한다고요? 대단해요!"

"원래는 작년에 열려야 했는데, 코로나가 유행해서 올해로 연기됐어."

유즈루가 설명하자 지코가 눈을 반짝거리며 박수를 치기 시작했다.

"그럼 우리 올림픽 보러 가요. 그 티켓도 살 수 있어요?"

"올림픽 티켓?"

"나, 육상이나 배구 경기 직접 보고 싶어요! 아까처럼 열심히 할게요!"

"아니, 그건 힘들어!"

예상하지 못했던 요청에 당황한 유즈루가 황급히 변명을 덧붙였다.

"올림픽 티켓 판매는 재작년에 이미 끝났어. 내가 아는 사람 중에는 당첨된 사람도 없고, 있어도 양보해주지 않을 거야. 게다가 무관중으로 진행될 가능성도 있고……."

"아, 그럼 됐습니다."

지코가 짐짓 어른스러운 말투로 말했다.

"올림픽은 텔레비전으로 봐도 돼요. 디즈니랜드에 가는 것만으로도 전 대만족이에요!"

선뜻 올림픽 티켓을 포기한 지코를 보며 유즈루는 가슴을 쓸어내렸다. 딸이 하고 싶은 걸 다 해주고 싶은 게 부모의 마음이라고, 조금 전에 그렇게 호언장담했으나 그래도 할 수 있는 일과 할 수 없는 일이 있는 법이다. 디즈니랜드 티켓은 상당히 번거로운 절차를 거쳐야 하는 사전예약제였고, 올림픽은 이변 중의 이변으로 사상 처음 홀수년에 열리게 됐다. 여러모로 어려운 시대였다. 이 아이가 미래에 대해 많이 오해하지 않을까 불안했다. 2019년까지는 그래도 지금보다 상황이 조금 더 나았다고 언젠가 한번 짚어줄 필요가 있을까?

하물며 이 '미래 세계'에서 만난 사람이 하필 의지도 안 되고 재미도 없는 중년 아저씨인 자신이라니……. 부디 저세상에 돌아가기 전까지의 한때를 마냥 즐겁게 지내면 좋으련만.

요시이케 지카. 지코가 누구인지를 의식할 때마다 가슴이 찌르듯 아파왔다. 열 살의 자신이 상상하던 참혹한 죽음의 광경이 순간순간 의식의 표면까지 올라와 격렬한 자기혐오에 사로잡히기도 했다. 그런 속내를 감추려 유즈루는 일부러 밝은 목소리로 물었다.

"참, 오늘 할 일을 다시 정해야겠다. 어디 가고 싶거나 하고 싶은 일은 없니?"

"앗, 그렇구나. 디즈니랜드는 한 달 후에 가는 거니까요."

지코가 팔짱을 낀 채 고민에 빠졌다. 바로 대답이 나올 줄 알았는데 좀처럼 그다음 말이 나오지 않았다. 디즈니랜드 말고는 딱히 떠오르는 곳이 없는 듯했다. 자신이 먼저 몇 가지 선택지를 제안해봐도 좋을 것 같다.

"그럼 해수욕은?"

"음."

"수영장은 어때?"

"음."

"캠핑? 등산? 피크닉?"

"음."

"조금 멀리 가면 포도 따기 체험 같은 것도 할 수 있어. 그리고 목장에 가서 아기 동물들을 보거나 소프트아이스크림도 먹고."

전부 예전에 미쿠가 살아 있을 때 함께했던 이벤트였다. 유즈루와 사유리는 외출하는 것보다 집에 있는 걸 좋아했지만 '아이가 자연 속에서 많은 경험을 하게 해줘야 한다'라며 의무감에 불타는 사유리의 강력한 의지에 따라, 휴일만 되면 매번 차를 타고 여러 곳을 다녔다.

덕분에 미쿠가 병을 얻기 전까지 아이가 좋아할 만한 곳들은 얼추 다 가볼 수 있었다. 부모 마음대로 행선지를 정했던 일은 후회로 남았으나 미쿠의 학교 과제로 쓸 만한 체험은 부족하지 않았을 것이다.

"그렇지! 공원에서 철봉이나 줄넘기 할까?"

"음…… 줄넘기라."

너무 멀리 가는 게 부담스러운가 싶어 일상적인 제안을 해봤으나 지코의 반응은 여전히 신통치 않았다. 비록 임시 아버지지만, 유즈루를 나름 배려하는 걸까? 디즈니랜드 티켓을 샀을 때는 그렇게나 좋아하더니.

아이의 속마음을 알아보려고 "평소에는 뭘 하고 놀아?" 하고 묻자 "거의 밖에서 놀아요." 하는 대답이 돌아왔다. 하긴 피부가 이렇게 그을린 것을 보니 고개가 끄덕여진다.

"그리고 요요 같은 놀이도 좋아해요."

지코가 덧붙인 말에 유즈루도 고개를 끄덕였다. 생각해보니 유즈루 역시 요요에 빠져 지냈던 때가 있었다. 마침 지금의 지코와 비슷한 나이였던 것 같다.

"하지만……."

지코가 눈을 내리깔고 한참 주저하다가 말했다.

"사실은 집에서 노는 것도 아주 좋아해요. 그림을 그리거나 책도 읽고."

"그래?"

"방과 후에는 늘 밖에 나가서 놀아요. 그러지 않으면 시설 선생님한테 혼나거든요. 날 좋은데 밖에서 친구랑 놀아라, 감기 걸린 것도 아닌데 왜 안에 있니 하면서……. 얼음땡, 피구, 철봉, 줄넘기도 좋아하고 바다도, 수영장도 다 좋아하긴 하는데요. 그냥 파파하고 집에서 편하게 보내는 것도 해보고 싶어요."

지코의 말을 들으며 한편으론 마음이 뜨끔했다. 이런저런 제안을 입으로 늘어놓으면서도 사실 유즈루는 미쿠와 집에서 함께 충분히 시간을 보내지 못한 지난날이 좀 후회스럽다는 생각을 했다. 휴일마다 가족여행을 떠났던 건 그것대로 좋은 추억이지만 너무 분주하게 지냈다는 아쉬움도 있었다. 방에 누워 한가롭게 DVD를 보거나 과자를 먹으며 빈둥거리는 시간을 보내도 좋지 않았을까 하고……. 문득 긴장이 풀리면서 미소가 지어졌다.

"지코도 집에서 노는 걸 좋아하는구나. 실은 나도 그래. 다행이야."

"정말요? 잘됐다!"

지코 역시 안심했다는 듯 미소를 지어 보였다. 그 표정이 다시 미쿠의 얼굴과 겹쳐지면서 유즈루의 가슴을 울렸다. 사랑스럽지만 어쩐지 쓸쓸한 마음.

"하지만 머리도 예쁘게 땋았는데 아무 데도 안 나가도 괜찮아? 오늘은 비도 안 내리는데."

"괜찮아요. 머리는 내가 파파하고 같이 해보고 싶어서 한 거니까."

그 말에 어쩐지 자꾸 웃음이 났다. 유즈루가 브러시로 서툴게 가르마를 타던 그 시간조차도 지코에게는 결코 쓸데없는 일이 아니었던 모양이다. 유즈루 역시 그랬다.

"그럼 오늘은 집콕이나 할까?"

"집콕이요?"

"혹시 집콕이 무슨 뜻인지 모르니?"

유즈루는 신조어에 너무나 익숙해진 나머지 '집콕'이 과거에는 쓰이지 않았던 말이라는 사실을 완전히 잊고 있었다. '집콕'은 집에서 나오지 않고 즐거운 시간을 보낸다는 뜻이라고 설명했다.

"집에서 편안히 지내자, 그렇게 평범하게 말하면 되잖아요."

지코는 뾰로통한 표정을 지었다.

"어제도 파파가 텔레비전 보면서 '훈남'인가? 아무튼 잘 모르는 말을 했어요. 그런 이상한 단어를 쓰니까 꼭 외국인 같아요!"

"사실은 나도 지코가 쓰는 말들이 낯설 때가 있어."

"네에?"

유즈루는 노트북을 닫고 일어나 옷장을 열었다. 지코가 다가와

옷장을 들여다보며 물었다.

"뭐 찾아요?"

"혹시 네가 가지고 놀 만한 게 있을까 해서. 초등학생 장난감은 없을 것 같지만, 지코가 좋아할 만한 물건을 좀 찾아보자."

미쿠의 유품이 든 큰 상자를 바닥에 내려놓고 뚜껑을 열어 위에 있는 옷부터 꺼냈다. 추억이 담긴 잡다한 물건들이 그 아래에 빼곡하게 들어차 있다. "네가 한번 찾아볼래?" 하고 권하자 지코는 조심스럽게 상자를 들여다보다가 차츰 과감하게 상자 안을 뒤지기 시작했다.

갓 태어난 미쿠가 한번 쥐면 절대 손에서 놓지 않았던 애착 딸랑이. 친척에게 출산 선물로 받은 목제 소꿉놀이 세트. 유치원 시절부터 하도 많이 봐서 너덜너덜해진 종이접기 책. 어린이집 졸업 앨범은 사유리가 가지고 있지만 동영상 DVD는 상자 안에 있었다. 쌩쌩이를 할 수 있게 해준다는 소문에 부랴부랴 구입했던 줄넘기. 3학년까지 매일 쓰던, 중간에 멈춰버린 일기장. 미쿠 사촌 언니에게 선물 받아서 입원 중에도 가끔 사용했던 재봉 세트.

"저, 이거 써도 돼요?"

지코가 기쁜 목소리로 외치며 가슴에 끌어안은 것은 그림물감 세트였다.

"파파랑 그림 그리면 재미있을 것 같아요. 같이 그림 그려요!"

그 말을 듣고 유즈루의 눈이 다시 휘둥그레졌다. 지코의 제안을 들은 순간 한 장면이 뇌리를 스쳤기 때문이었다. 이혼 신고서를 관청에 제출하고 며칠 뒤, 사유리와 같이 유품을 정리할 때였다. 유즈루가 가져가기로 한 물감 세트를 어루만지며 사유리는 후회 가득한 얼굴로 중얼거렸다.

—그림물감은 한번 쓰고 나면 정리하는 게 번거로워서 항상 어린이집이나 학교에서만 하라고 했어. 시간을 내서 같이 하면 좋았을걸. 그림 그리는 걸 좋아했는데 집에서는 색연필이나 크레용만 쓰게 했던 게 마음에 걸리네.

그때 유즈루도 가만히 고개를 끄덕였다. 그림물감으로 수채화 그리기. 건강하던 미쿠에게 유즈루 부부가 해주지 못한 일. 10년간 해주지 못했던 구체적인 한 가지.

그걸 지코가 먼저 제안할 줄은 상상도 못 했다. 물론 유품 중에 지코가 사용할 만한 게 많지 않아서일 수도 있다. 그렇다 해도 이렇게 단번에 물감을 고르다니, 종이접기 책이나 재봉 세트가 있는데도 망설이는 기색 없이 제일 먼저 그림물감을 고르다니. 뭔가 찡하면서도 따뜻한 온기가 몸 안으로 퍼져나갔다.

'아, 그렇구나.'

정말로 이 세계에 신이 존재한다면, 신이 이 아이를 보내준 것일지도 모른다는 생각이 들었다. 작년 여름, 하늘로 떠나간 도모나가 미쿠의 정식 대리인으로.

"근데 도화지가 없네요."

"여기다 그리면 어떨까?"

유즈루는 서랍 안쪽을 뒤져 비닐에 들어 있던 달력을 꺼냈다.

작년 말 회사에서 나눠준 달력을 집에 가져오기는 했으나 굳이 벽에 걸 필요성을 느끼지 못해서 계속 서랍에 처박아두었다.

비닐을 찢고 달력을 내밀자 아니나 다를까 지코가 얼굴을 찌푸렸다. 올해 달력을 이면지로 쓰는 게 아까운 눈치였다.

"이미 지나간 6월까지는 뜯어도 되겠지?"

유즈루의 말에 지코는 그제야 납득한 얼굴로 달력을 뜯어냈다.

"크기는 충분할 것 같네."

"너무 커요. 반으로 잘라요. 그럼 우리 둘이 각각 여섯 장씩 그릴 수 있어요."

"그렇게 많이 그리게?"

"다 그릴 거예요!"

의욕 넘치는 지코에게 가위를 꺼내 주자 달력 뒷면에 조심스럽게 금을 긋고 작은 손으로 종이를 잘라나갔다. 그렇게 도화지 열두 장이 완성되었다.

그림물감 준비는 지코가 했다. 파우치에서 꺼낸 물통에 물을 담고 물감 튜브가 든 상자를 열었다. 그동안 유즈루는 어제 어머니가 보낸 택배 상자에 들어 있던 신문지를 꺼내 왔다. 그걸 침대 옆 바닥에 깔아 즉석 화실을 만들었다. 그러자 팔레트를 펼친 지코가 "완벽해요!" 하고 환호성을 질렀다.

"좋았어! 이제 그릴까요? 파파는 뭐 그리고 싶어요?"

"지코가 그리고 싶은 걸 그려."

"그럼 파파랑 같이 그리는 의미가 없잖아요."

의미가 없진 않다고 생각했지만 지코의 기분을 이해하지 못할 바도 아니었다. 지코가 원하는 건 그림 그리기 자체보다는 부모의 온기일 테니까. 유즈루가 지코에게서 미쿠의 흔적을 찾고 있듯이.

"그럼 서로 뭘 그릴지 주제를 정해줄까?"

유즈루는 자기가 뱉은 말을 금세 후회했다. 원래도 그림을 못 그리는 데다 수채화는 30년 이상 그려본 적이 없으니 제대로 그릴 수 있을 리가 없다.

하지만 이미 늦었다. "좋아요! 파파는 신데렐라 성을 그려요!" 하고 지코가 유즈루가 그릴 주제를 단번에 정해버렸다. 유즈루는 입을 꾹 다문 채 신데렐라 성이 어떻게 생겼는지 떠올려보려 애썼다. 끝이 뾰족한 탑이 많이 세워져 있고 외벽 색깔은 하늘색과 흰색, 아니, 파랑과 크림색이었던가? 어딘가에 금색도 들어갔던 거 같은데. 신기하게도 생각하면 할수록 머릿속의 이미지가 흐릿해졌다.

"파파, 나는 뭐 그릴까요?"

"바다는 어때? 오키나와 바다 같은 예쁜 색깔 바다."

"알았어요! 자, 시작!"

도화지 위에 더듬더듬 선을 긋는 유즈루와 달리 현역 초등학생인 지코의 손은 재빠르게 움직였다. 팔레트에 몇 가지 그림물감을 섞더니 금세 새로운 색을 만들어냈다.

'에메랄드그린은 바다, 오렌지는 태양, 물빛은 하늘, 흰색은 배인가?'

물감을 흠뻑 머금은 붓으로 지코는 대담하고 유쾌하게 도화지 위에 선명한 색을 펼쳐나간다. 하지만 바다에 비해 신데렐라 성은 훨씬 난이도가 높았다. 스마트폰으로 이미지를 검색해서 그려볼까 생각도 했지만 지코는 아무것도 보지 않고 그리는데, 어른이 돼가지고 베껴 그린다는 건 자존심이 허락하지 않았다.

일단 지코가 하는 대로 붓에 물을 적시고 파란 물감을 섞어보았다. 종이에 붓을 미끄러뜨리자 점점이 색이 번졌다. 초등학교 수업 시간에 늘 그리던 수채화가 이렇게 어려웠나? 그렇다기엔 유즈루의 실력이 너무 부족했다. 제대로 시작도 하기 전에 단념하지 말고 아무튼 해보자 싶어 흰 종이 위에 탑을 몇 개 그렸다.

'음, 이게 뭘까? 이걸 신데렐라 성이라고 할 수 있나?'

파란 돌연변이 성게처럼 보였다. 그때 맞은편에 앉아 있던 지코가 유즈루의 그림을 보고는 웃음을 터트렸다.

"뭐예요, 그게! 파란 고슴도치?"

"아, 그렇게 볼 수도 있겠구나."

"아니면 말미잘."

"굳이 따지자면 성게 쪽이 가깝겠어."

"신데렐라 성을 그리라니까요."

"그래, 그랬지."

"알면서 그렇게 그린 거예요?"

"지코는 디즈니랜드에 가본 적이 없어서 진짜를 못 봤잖아. 사실은 이런 색과 모양에 가까울 수도 있어."

"말도 안 돼! 사진이랑 텔레비전으로 봤거든요!"

지코는 뾰로통한 얼굴로 투덜거리더니 유즈루 그림에 붓을 뻗어왔다. 색은 더 물빛에 가깝게, 탑은 하늘을 향해 똑바로, 지코는 유즈루가 그리던 그림을 열심히 수정했다. 결국 둘이 의견을 나누며 신데렐라 성을 함께 그리기 시작했다.

"어딘가 금색이 있었던 것 같은데."

"아니에요. 전부 파란색이 맞아요."

"그랬나?"

"맞다니까요."

"탑 지붕 이외에는 전부 흰색으로 칠하면 될까?"

제대로 그렸는지 확인할 겸 스마트폰으로 신데렐라 성 사진을 검색해본 두 사람은 웃음을 터뜨리며 바닥에 쓰러졌다. 둘이 그린 탑은 전부 파란색만 가득했는데, 진짜 신데렐라 성의 탑은 찬란한 금색이었다. 외벽 색도 위쪽은 아이보리색, 아래쪽은 옅은 회색이었는데, 두 사람의 그림은 그냥 전체적으로 시커멓게 칠해져 있었다.

지코가 볼펜을 들고 그림 위 여백에 '백 년이 지나 더러워진 신데렐라 성'이라고 제목을 쓰자 유즈루는 휘파람을 불며 "뭐, 신데렐라는 '재투성이'라는 뜻이니까 아주 틀린 말은 아니네." 하고 그럴듯한 설명을 덧붙였다.

그렇게 두 사람 모두 어느새 그림 그리기에 정신없이 빠져들었다. 지코가 그린 바다에 유즈루가 우스꽝스러운 물고기나 조개를 그린다든가, 유즈루가 그린 무인도에 지코가 키 큰 야자수를 심는다든가 하면서. 팔과 팔이 교차하고, 스쳤다가 금세 떨어졌다. 굵은 붓과 가는 붓이 유즈루의 큰 손과 지코의 작은 손 사이를 왔다 갔다 했다.

그러는 사이 유즈루는 몇 번이나 미쿠의 이름을 부를 뻔했다. 머리로는 알고 있었다. 지코는 지코였다. 미쿠가 아니었다. 열 살 소녀라는 점만 같을 뿐이고, 살아가는 시대마저 달랐다. 그럼에도 문득문득 시선을 빼앗겼다. 완전히 집중해서 그림을 그리는 지코의 옆모습이 책상에 앉아 학교 숙제를 하던 미쿠와 너무 닮아 보였기 때문이다. 얼굴 생김새가 전혀 다른데도. 지코가 실은 과거에서 온 요시이케 지카임을 알고 있는데도. 자신의 딸일 리가 없고, 이제 만난 지 하루가 지나지 않았는데도. 천진난만한 웃음소리나 파파 하고 부르는 소리 하나하나가 가슴 깊이 박힐 만큼 아릿한 그리움으로 다가왔다. 이 아이는 미쿠다. 미쿠가 아니지만, 미쿠다. 계절이 한 바퀴를 돌아 미쿠가 이번 여름, 자신에게 돌아왔다.

유즈루가 당혹스러울 만큼 벅차게 밀려오는 추억 속에 빠져 있는 동안 시간은 순식간에 지나갔다. 각각 네 장씩 그림을 완성했을 즈음, 지코의 배에서 꼬르륵거리는 소리가 크게 났다. 스마트폰으로 시각을 확인하니 이미 오후 1시가 지나 있었다. 조금 전에 아침밥을 먹은 것 같은데 벌써 점심시간이 되었다니.

두 사람은 팔레트와 도화지를 그대로 펼쳐놓고 식재료를 사러 슈퍼에 갔다. 오늘 점심, 저녁 그리고 내일 아침식사를 위해 장을 보는 데 무려 한 시간이 넘게 걸렸다. 유즈루는 양손에 묵직한 봉투를 들고, 지코는 과자가 가득 든 가벼운 봉투 하나를 들고 둘이 나란히 빌라로 걸어 돌아왔다.

점심으로 볶음밥을 만들기로 했다. 거창한 요리는 아니고 봉지에서 꺼낸 냉동볶음밥을 접시에 담아 전자레인지로 데우기만 하면 된다. 직접 만든 음식을 하나쯤 해주고 싶었지만 내일 아침은 계란프라이, 오늘 저녁에는 맑은 된장국으로 메뉴를 정하고 나니 점심은 뭘 해 먹어야 할지 도저히 떠오르지 않았다.

'나는 참 미덥지 못한 부모구나. 용서해줘.'

하지만 지코는 불평 하나 없이 냉동볶음밥을 맛있게 먹으며 오히려 감탄했다.

"이렇게 간단하게 밥을 만들 수 있다니 정말 대단해요. 미래에서 먹은 것들은 다 맛있어요!"

지코는 숟가락을 쥔 채 눈을 빛냈다. 아까 살까 말까 고민하다 내려놓은 냉동그라탱과 냉동햄버거도 도전해보고 싶다고 했다. 다행히 요리를 직접 하지 않아도 당분간 어떻게든 지낼 수 있을 것 같았다. 엄청나게 다양한 냉동식품, 인스턴트식품들이 나오는 2020년대라서 다행이다.

점심을 다 먹은 두 사람은 다시 그림 그리기로 돌아갔다. "이번에는 어떤 주제를 그릴까?" 하는 유즈루의 질문에 지코가 곧바로 대답했다.

"나, 미쿠 그릴래요."

"어? 미쿠?"

"친구라고 생각하고 예쁘게 그릴게요."

지코는 텔레비전 장식대 끝에 놓여 있는 사진 액자를 집어 들었다. 역광에다 멀리서 찍은 사진이라 얼굴을 잘 알아보기 어려울 텐데……. 기왕이면 한 번도 만난 적 없는 미쿠보다 지코가 좋아한다는 마쓰다 세이코나 나카모리 아키나를 그리는 편이 훨씬 즐거울 텐데. 어린 지코의 세심한 마음 씀씀이에 유즈루의 코끝이 찡하니 뜨거워졌다.

"그럼 나는 뭘 그릴까?"

"미쿠 옆에 있는 마마를 그리면 어때요?"

아무렇지 않게 사진 속 사유리를 가리키던 지코가 깜짝 놀란 듯 유즈루를 올려다봤다.

"미안해요. 이혼한 아내라서 좀 그런가요?"

"그렇지는 않아."

아이에게 별걸 다 신경 쓰게 했구나 하고 반성했다. 헤어졌지만 사유리가 싫어진 건 아니었다. 미쿠의 죽음을 계기로 엇갈렸을 뿐이다. 이혼과 상관없이 사유리는 자신이 사랑하는 딸의 어머니이자 연애와 결혼을 합쳐서 22년을 함께한, 유즈루 인생의 단 한 명의 파트너였다.

그렇게 지코가 미쿠를, 유즈루가 사유리를 그리면서 부녀 수채화 교실의 오후 타임이 시작되었다. 바다나 꽃밭 그림을 그릴 때와는 달리 지코는 인물을 그리며 제법 고심하는 것 같았다. "이런", "허 참"처럼 지코가 살던 시대를 짐작하게 하는 감탄사를 이따금 내뱉었지만, 그래도 가느다란 붓으로 세심하게 미쿠의 전신 일러스트를 완성해갔다. 보브컷 스타일의 검은 머리카락이 바람에 날리는 모습, 조심스럽게 브이 사인을 하고 있는 포즈까지, 사진 속 미쿠를 충실히 재현하려고 애썼다. 정성껏 붓을 놀리는 터치에 그런 노력의 흔적이 뚜렷하게 담겨 있었다.

그런데 불현듯 지코가 붓질을 멈추었다. 연분홍 티셔츠와 데님 반바지를 다 그리고, 모래 위에 서 있는 맨발을 그리기 시작했을 때였다. 미쿠의 흰 피부를 칠할 셈이었는지 팔레트에는 연한 주황색에 흰색이 많이 섞여 있었다.

그때 갑자기 지코가 눈을 크게 뜨고 붓을 든 채로 굳어버렸다. 그리고 잠시 뒤 온몸을 떨면서 불안한 손짓으로 갈색 튜브를 집어 난폭하게 뚜껑을 열고 팔레트에 물감을 짰다. 조금 전처럼 조심스레 색을 섞어서 원하는 색을 만드는 게 아니라, 붓을 갈색 물감에 그대로 푹 찍더니 단번에 도화지 속 미쿠의 흰 다리를 칠하기 시작했다.

"지코, 왜 그러니? 지코?"

유즈루가 지코의 돌발 행동에 깜짝 놀라 외쳤지만, 지코에게는 유즈루의 목소리가 전혀 들리지 않는 듯했다. 그저 붓을 쥔 작은 손을 격렬하게 움직일 뿐이었다. 미쿠의 다리와 하반신은 순식간에 갈색 물감에 덮여 사라졌다.

잠시 뒤 지코는 장거리 달리기를 마친 사람처럼 거칠게 숨을 몰아쉬었다. 그러더니 자신의 레몬색 치마에서 뻗어 나온 건강한 다리를 내려다보았다. 지코는 손톱으로 자기 맨다리를 힘껏 긁어 상처를 냈다. 원래 있던 찰과상 주변으로 벌건 상처가 더해졌다.

"지코! 대체 왜 그래?"

다시 한번 큰 소리로 이름을 부르며 어깨를 흔들자 지코는 겨우 정신이 들었는지 유즈루를 올려다보았다. 마스크 너머로 이가 딱딱 부딪히는 소리가 들렸다.

"……수건."

"응?"

"큰 수건 주세요. 그리고 파파는 양말 신어요. 제발……."

지코의 목소리가 마치 다른 사람 같아서 유즈루는 저도 모르게 벌떡 일어났다. 그러고는 옷장에서 목욕 수건을 꺼내 건넸다. 수건을 건네받은 지코는 마치 소름 끼치는 것을 덮어 감추듯 자신의 다리를 푹 덮었다. 그리고 유즈루가 지코의 요청대로 양말을 갖춰 신자 안심한 듯 눈을 감았다. 창백했던 지코의 얼굴에 서서히 다시 핏기가 돌기 시작했다.

얼마쯤 시간이 지나고 지코가 눈을 뜨더니 눈앞의 수채화로 시선을 떨어뜨렸다. 그림 속 미쿠의 흰 다리가 갈색으로 덮인 것을 보고는 미안하다는 듯한 표정을 지었다. 그리고 옆에 있는 가족사진을 본 지코가 짧게 숨을 들이켜더니 황급히 시선을 돌렸다. 조금 전까지, 어떤 이유인지는 알 수 없지만 사진 속 무엇인가가 지코를 두렵게 한 게 분명했다. 유즈루는 액자를 서둘러 집어 텔레비전 장식대 끝에 올려놓았다.

사진 속에서 바다를 배경으로 브이 사인을 하는 미쿠는 모래밭에 맨발로 서 있었다.

"이제 괜찮아?"

조심스럽게 묻자 지코는 꾸벅 고개를 끄덕였다. 혹시 어떤 기억이 떠올랐냐고 물었지만 고개만 저을 뿐이었다. 행여 정신을 더 불안정하게 할까 봐 유즈루는 그 이상 묻지 않았다.

"미안해요, 파파……. 제가 왜 그랬는지 잘 모르겠어요."

혼란스러운 표정의 지코가 물감이 채 마르지 않은 도화지를 손으로 잡았다.

"미쿠의 그림이 엉망이 됐어요. 열심히 그렸는데……."

"신경 쓰지 마."

어떻게 해야 위로할 수 있을까? 유즈루는 열심히 머리를 굴리다가 말했다.

"이 그림도 좋아. 독창적이잖아."

"독창적이요?"

"뭔가를 흉내 낸 게 아니라 자신만의 느낌을 담아냈다는 뜻이야. 자, 이 부분 말이야. 미쿠가 모래찜질을 하는 것처럼 보이잖아. 모래 속이 따뜻해서 분명 좋아하고 있을걸?"

유즈루는 자기가 생각해도 꽤 그럴듯한 해석 같아 만족감이 들었다. 유즈루가 팔짱을 낀 채 그림을 들여다보자 지코가 "모래찜질이요?" 하며 몸을 기울였다. 동그란 검은색 눈동자에 호기심의 빛이 떠올랐다.

"그게 뭐예요? 모래가 왜 따뜻해요? 다리에 모래를 끼얹는 거예요?"

"끼얹는 게 아니고 다리를 묻는 거야. 다리만 묻어도 되고 온몸을 묻어도 되고. 나도 해본 적은 없어."

"와, 진짜로 그런 게 있어요?"

"응, 가고시마의 이부스키 온천이 모래찜질로 유명하지."

아주 오래전, 오토바이를 타고 혼자 여행을 다녀온 친구가 들려준 이야기가 언뜻 떠올랐다. 취직 빙하기 시대에 정직원 채용 따위 바라지도 않는다며 프리터가 된 그 친구는 지금은 어떤 인생을 살고 있을까.

"우리 이부스키 온천에 가요!"

"뭐? 가고시마에? 장거리 여행이라서…… 음."

"안 돼요? 코로나 시국이라?"

"그래."

"그럼 됐어요."

지코는 포기가 빠른 편이었다. 1980년대에서 몇십 년이나 건너뛰어 이상한 곳에 떨어졌지만 아이 특유의 유연한 사고력으로 2020년대의 상황을 완전히 진지하게 받아들이고 있는 듯했다. 진짜 모래찜질을 하는 곳에는 못 가도 가까운 스파 리조트라도 데려가야겠다고 유즈루는 다짐했다.

결국 조금 전 지코가 왜 그런 이상한 행동을 했는지는 알 수 없었다. 이제는 완전히 기분 전환이 되었는지 콧노래를 부르며 모래찜질 그림을 그리고 있을 따름이다. 도화지 전체를 갈색으로 칠하고 미쿠가 가고시마의 이부스키 온천에서 반신욕을 한다는 설정으로 그림을 수정하고 있었다. 어쨌든 평화로운 시간이 돌아와 다행이었다.

마지막 한 장 남은 도화지에는 지코의 제안으로 서로의 초상화를 그리기로 했다. 그렇지만 지코는 마스크를 벗을 생각이 없는지 "코랑 입은 알아서 귀엽게 그려줘요!" 하고 말했다.

진지하게 서로 얼굴을 관찰하며 그림을 그리는 시간은 생각보다 훨씬 쑥스러웠다. 미쿠와도 이렇게 서로를 오래 마주 본 적은 없었다. 지코의 얼굴, 정확하게는 가지런한 앞머리, 그 아래 눈썹과 눈, 다갈색 피부와 너무 큰 마스크를 가까운 거리에서 보고 있자니 생각이 과거로 끌려가는 듯한, 아주 소중한 무엇인가를 잊고 살았던 듯한 이상한 감각에 휩싸였다. 그도 그럴 만했다. 37년 전에 만난 적이 있는 지코와 어제 재회하고도 그 사실을 좀처럼 떠올리지 못했으니까. 요시이케 지카는 유즈루가 태어나 처음 사랑의 감정을 느낀 상대이자 미처 가까워질 틈도 없이 이 세상에서 사라져버린 밝고 활발한 여자아이였다. 그러니 이 아이를 옛날부터 잘 알고 있었던 것 같은 마음이 들 수밖에 없었다. 그 마음은 초상화를 그리면서 점차 확신으로 변해갔다.

"좋아, 다 됐다."

드디어 완성된 그림을 지코가 볼 수 있게 들어 올렸다. 지코는 유즈루의 그림을 보자마자 웃음을 터뜨렸다.

"하하, 엉망진창이다! 완전히 똑같이 그렸잖아요."

지코가 두 장의 도화지를 번갈아 가리키며 웃었다. 그 말을 듣고 보니 조금 전 사유리를 그린 초상화와 지금 완성된 지코의 초상화는 거의 차이가 없었다. 다른 점은 헤어스타일과 피부색 정도? 눈 모양이며 콧구멍 크기, 입술 두께에 얼굴 윤곽까지 자신이 보기에도 기가 막힐 정도로 비슷했다.

"엉망이라고 할 정도는 아닌데……."

"혹시 사람 얼굴을 다 똑같이 그리는 거 아녜요?"

"사실 그럴 가능성이 높지."

남은 도화지가 없어서 이 자리에서 검증하지 못하는 것이 유감이었다.

"그러는 지코는 어떤 걸작을 그렸어?"

유즈루가 놀리듯 말하자 지코의 갑자기 얼굴이 빨개졌다. "나도 별로 잘 못 그렸지만……." 하고 고개를 숙이며 조금 전 뒤로 감췄던 도화지를 두 손으로 내밀었다.

집에 틀어박혀 지낸 탓에 조금 길어진 검은 머리, 그 사이로 보이는 옅은 눈썹, 크지도 작지도 않은 개성 없는 눈, 코, 입. 아직 초등학교 4학년인 만큼 그림의 완성도는 유즈루와 엇비슷했으나 초상화 위 여백에 볼펜으로 크게 쓴 글자가 눈길을 끌었다.

'파파, 사랑해요!'

그 순간 유즈루의 몸에서 모든 생리적 반응이 동시에 일어났다. 심장이 빠르게 고동치면서 체온이 상승했고, 시야가 흐려졌다. 입술도 부르르 떨렸다. 그래 봐야 열 글자도 안 되는 짧은 문장, 그 문장이 유즈루의 뇌를 잠시 마비시켰다. 지코가 주뼛거리며 어떠냐고 묻는 소리가 귀에 들어왔지만 도무지 목소리가 나오지 않았다.

이 빌라에 온 뒤 무의미하게 보낸 9개월 동안의 일상이 주마등처럼 머릿속을 스쳐 지나갔다. 기상, 편의점, 식사, 술, 텔레비전, 컴퓨터, 스마트폰, 술, 취침, 기상, 텅 빈 냉장고, 편의점, 식사, 술, 텔레비전, 컴퓨터……. 아무 변화도 없고, 미래에 대한 희망도, 절망도 없는 그저 단조로웠던 나날들. 누구에게도 방해받지 않았다. 예상 외의 사건은 하나도 일어나지 않았다. 그저 고독하게, 자신한 사람을 위해 살며 생을 갉아먹고 있을 뿐이었다. 그리고 그런 일상이 죽을 때까지 반복되리라고 확신했다.

그런데 지금은……. 건네받은 자신의 초상화를 물끄러미 바라본다. 문득 손에 힘이 들어가면서 도화지 끝이 콱 구겨졌다.

"쑥스럽네."

꽉 잠긴 목소리를 겨우 쥐어짜 짐짓 침착하게 말했다.

"같이 지낸 지 아직 만 하루밖에 안 됐는데."

"하지만 진짜인데!"

즉시 돌아온 것은 한 치의 계산도 개입되지 않은, 그저 명랑한 목소리와 천사 같은 미소였다.

"왜냐하면 처음 보는 나를 집에 데리고 와줬고, 더러운 옷도 깨끗이 빨아줬고, 미쿠의 소중한 원피스까지 빌려주고, 이렇게 같이 그림도 많이 그려주고……. 파파는 정말 다정해요. 엄청 좋은 사람이에요. 나는 알 수 있어요."

—유즈루는 좋은 사람이니까.

연애 시절 사유리가 했던 말이 문득 떠올랐다.

—누군가에게 좋은 사람이라고 말하기는 쉽지만 정말 좋은 사람은 흔치 않아. 유즈루처럼 진심으로 타인에게 친절한 사람은 더더욱 흔치 않지.

예전에 사유리는 유즈루에게 그렇게 말해줬다. 평범하기 이를 데 없는 자신에게서 유일한 장점을 찾아내 칭찬해주었다. 지금 눈앞에 있는 지코처럼.

그럼 미쿠는, 그토록 소중했던 외동딸은 어땠을까? 요리도 못하고, 업무 때문에 늘 지쳐서 귀가하는 아빠, 모든 걸 아내에게 의지만 하던 아빠였는데. 미쿠도 그렇게 생각해줬을까? 자신을 다정하고 좋은 아빠라고…….

"잠깐 화장실 좀."

유즈루는 잠긴 목소리로 겨우 한마디를 내뱉고는 복도로 뛰쳐나갔다. 욕실로 들어가 문을 닫자마자 입을 막고 오열했다. 세면대에 손을 짚고 서서 하염없이 흐르는 눈물을 은빛 배수전으로 흘려보냈다. 이 눈물을 어떻게 멈춰야 할지 모르겠다. 이렇게 눈물을 흘린 게 언제였더라. 슬픔의 눈물 따위는 이제 다 말라버렸다고 믿었다. 그럼 지금 이렇게 끝없이 흐르는 눈물은 기쁨의 눈물일까.

미쿠가 하늘로 떠난 지도 어느덧 1년, 사유리와 헤어진 지도 벌써 9개월이다. 무미건조하고 아무 기복 없이 지내온 날들을 생각하니 지금 이 현실이 꿈만 같았다.

지코가, 딸이, 내 옆에 있다. 내일도, 모레도. 글피도, 그다음 날도. 같이 밥을 먹고, 거리를 함께 걷고, 실없는 이야기를 나누고, 같은 방에서 잠들고. 이 행복을 영원히 잃어버린 줄 알았는데, 순도 백 퍼센트 진짜 관계는 아닐지도 모르지만 분명한 행복이 지금, 여기에 있었다.

지코와 시간을 보내며 유즈루는 오랜만에 떠올렸다. 상실감이라는 감정 뒤에 감춰져 있던 미쿠와의 즐거웠던 나날을. 그리고 결심했다. 지코가 언젠가 이 여행을 마치고 하늘로 돌아갈 때까지, 아버지로서 최고의 추억을 만들어주자고. 자신의 슬픔은 잠시 뒤로 미루고 모든 사랑을 쏟아주겠다고. 가족의 사랑도 충분히 누려보지 못한 채 37년 전 공포와 절망 속에서 짧은 인생을 마친 이 아이가 부디 이 세계를 차갑고 슬프게 기억하지 않도록, 진심 어린 소망을 담아서.

"파파, 왜 그래요? 배 아파요?"

욕실 문 바로 너머에서 걱정이 가득 담긴 지코의 목소리가 들려왔다.

유즈루는 "괜찮아, 금방 나갈게." 하고 코맹맹이 소리로 대답한 뒤 사용하지도 않은 변기 물을 내리며 어푸어푸 얼굴을 씻고는 거울에 비친 새빨간 눈을 보며 그럴싸한 변명을 생각했다.

'최근에 맞춘 콘택트렌즈가 눈에 잘 안 맞아서 부작용이 생겼다고 할까? 아니면 눈에 먼지가 들어갔다고? 지코, 소프트 콘택트렌즈가 뭔지 아니? 그럼 원데이 렌즈도 알아? 요즘 젊은 사람들은 컬러 렌즈라는 걸 끼거든. 컬러 렌즈라는 건 컬러 콘택트렌즈를 줄인 말인데…… 좋았어, 이 작전으로 가자.'

유즈루는 마음을 다잡고 문손잡이를 움켜쥐었다.

"배 아프면 서두르지 말고 천천히 나오세요."

문 너머에서 사려 깊은 지코의 목소리가 들렸다.

푸른 하늘에 흰 유화 물감을 몇 겹이나 겹쳐 바른 듯한 거대한 뭉게구름이 떠 있었다. 유즈루는 비치 파라솔 아래에 누워 바다를 바라봤다. 모래밭을 오가는 수영복 차림의 사람들 사이로 에노시마 섬이 얼핏 보였다 사라졌다 했다. 파란 바다와 하늘, 흰 구름, 푸른 섬, 거기에 알록달록한 수영복과 돗자리까지. 이곳의 모든 색이 선명하고 또렷하다.

"파파!"

통통 튀는 목소리와 함께 작은 그림자가 유즈루의 파라솔 아래로 뛰어들었다. 졸음으로 무거워진 눈꺼풀을 겨우 들어 올리니, 하늘색 수영복을 입은 미쿠가 유즈루의 발아래 다소곳이 앉아 있었다. 조금 전까지만 해도 물에 젖어 있던 짧은 머리카락이 강한 햇빛 때문에 어느새 바싹 말라 있었다.

"아까 마마하고 노는데, 공이 다른 텐트 쪽으로 굴러갔거든. 근데 거기에 있던 할머니가 그러시는 거야. '귀여운 아이네. 1학년이니?' 하고!"

"이런, 꽤나 어리게 보셨네."

"나도 이제 3학년인데 말이야. 항상 그래. 왜 다들 나를 어리게 보는 거야? 근데 두 살이나 어리게 본 건 이번이 처음이야."

미쿠는 분홍빛 입술을 삐죽 내밀며 어깨를 늘어뜨렸다. 그 뒤에서 감색 수영복 위에 얇은 점퍼를 걸친 사유리가 나타났다. 아내는 수박 무늬 비치볼을 가슴에 안고 딸 옆에 앉았다.

"미쿠가 귀여워서 어리게 보셨나 봐. 그렇게 속상해?"

"올해도 우리 반에서 내가 제일 작단 말이야."

"파파랑 마마도 그랬어."

"그렇지?" 하고 사유리가 유즈루에게 동의를 구했다. 유즈루가 상반신을 일으키며 끄덕이자 미쿠는 "우리 집은 꼬맹이 가족이네." 하고 체념한 듯 말했다.

"쓰무기, 하루토, 유토 오빠들은 다 키가 크던데."

"아아, 그건 요이치 고모부가 크니까 그렇지."

요이치는 유즈루의 누나인 와카코의 남편인데 키 180센티미터가 넘는 장신이다. 누나 부부의 세 아이, 즉 미쿠의 사촌들은 아무래도 부계 유전자를 물려받은 듯했다. 명절 연휴에 모였을 때 보니 다들 놀랄 만큼 키가 커져 있었다.

"저번에 할머니 댁에서 다 같이 만나서 너무 좋았어. 가까이 살면 오늘도 같이 올 수 있었을 텐데."

"고모부가 전근이 잦아서 어쩔 수 없어. 앞으로 3년 정도 지나면 다시 가나가와로 돌아올 수 있을 것 같다고 하던데."

"그때쯤에는 쓰무기 오빠가 고등학생이 되잖아. 하루토랑 유토 오빠도 중학생이고. 그때는 나랑 같이 바다에서 놀아주지 않을 것 같아."

"걱정 마. 꼭 와줄 거야."

사유리가 다리에 자외선 차단 크림을 바르며 부드러운 말투로 말했다.

"다들 고모를 닮아서 건강하고 밝으니까."

"정말 같이 와줄까?"

"다음에 만나서 약속하면 되겠다. 그치?"

"응, 그럼 그렇게 할래!"

미쿠는 금세 기분이 좋아진 것 같았다. "같이 놀 수 있는 사촌이 세 명이나 있고, 미쿠는 좋겠네." 하고 사유리가 머리를 쓰다듬자 겸연쩍은 듯 몸을 배배 꼬았다.

누나 와카코는 유즈루와 달리 이른 나이에 결혼했지만 둘만의 신혼생활을 충분히 즐기고 싶다며 아이들을 늦게 낳았다. 그래서 사촌들과 미쿠는 터울이 그리 크지 않다. 명절이면 본가에 모두 모여 떠들썩하니 사이좋게 어울렸고 사유리도 이런 점을 아주 좋아했다. 자신도 부모도 외동인 데다 친척들과도 워낙 교류 없이 자랐기 때문에 이런 분위기가 더 부러웠을 것이다.

유즈루와 사유리도 사실 누나 가족처럼 아이를 여럿 낳아 미쿠에게 남동생이나 여동생을 만들어주고 싶었지만 뜻대로 되지 않았다. 아마 나이 탓일 것이라고 의사가 말했다. 6년 전, 그럼 부모인 자신들이 미쿠와 더 많이 놀아주자고, 부부는 긍정적으로 마음을 먹었다.

"좋았어! 그럼 쓰무기 대신 파파가 바다에 들어가줄까?"

"신난다! 가자, 가자!"

"아, 그런데 아직 너무 피곤하다."

유즈루가 돗자리 위에 다시 뒹굴 드러눕자 "파파, 너무해." 하고 아쉬워하는 소리가 들려왔다. 미안하다고 생각하면서도 체력의 한계는 어쩔 수 없었다. 뜨거운 햇볕 아래에서 튜브를 낀 미쿠를 끌면서 수영을 한 탓인지 온몸의 근육이 물에 젖은 종이처럼 무거웠다. 가벼운 탈수 증상도 있는 것 같았다. 이제 젊을 때와는 몸이 완전히 다르다는 사실을 절절히 깨닫는 순간이었다.

"파파랑 오전 중에 많이 놀았으니까 이제 나랑 놀자."

"바다에 들어가고 싶어!"

"좋아, 음료수 먹은 다음에 갈까?"

지칠 줄 모르는 초등학생 딸과 점심 전까지 계속 놀아주느라 사유리도 체력을 상당히 소모했을 터였다. 그러나 사유리는 지친 기색 없이 챙이 넓은 모자를 다시 깊이 눌러 쓰더니 점퍼를 벗고 파라솔 밖으로 나갔다. 그 뒤를 튜브를 든 미쿠가 졸졸 따라갔다.

유즈루는 그런 아내를 보며 대단하다고 생각했다. 일찍이 지쳐 떨어진 자신에 비하면 아내의 인내심과 체력은 존경심이 들 정도였다. 유즈루는 아이와 놀아주다가도 조금 피곤하고 귀찮으면 그늘에서 쉬자고 하거나 아이가 혼자 놀면 좋겠다고 남몰래 이기적인 마음을 품곤 하는데 말이다.

결국 태양이 서쪽으로 기울 때까지 사유리에게 미쿠를 맡겨버렸다. 유즈루는 기온이 다 내려간 다음에야 겨우 기력을 되찾아 비치발리볼 놀이에 합류했다. 수박 무늬 비치볼을 허공에 쳐 올리고 "아아, 더 이상은 못 치겠어", "아니! 이쪽으로 줘야지!"라고 외치면서 다 같이 웃음을 터뜨렸다.

저녁이 다가오자 드디어 사유리의 얼굴에도 피로의 빛이 드리웠다.

"오늘은 드라이브스루에서 햄버거 사서 돌아갈까?"

유즈루의 제안에 사유리는 저녁을 준비하지 않아도 된다는 사실이 반가운지 활짝 웃었다. 비치볼을 안고 있는 미쿠는 집으로 돌아가기가 아쉬워 보였다. 그렇게 세 사람은 나란히 걸었다. 이미 시각은 오후 5시에 가까웠으나 한여름 바닷가는 여전히 밝았다. 태양 빛을 받아 반짝이는 바다를 바라보며 미쿠는 조심스럽게 발바닥에 묻은 모래를 털어냈다. 오늘 볕에 많이 그을렸는지 평소에는 하얗던 뺨과 어깨가 새빨갛게 올라와 있었다.

"즐거웠어! 내년에도 또 와요!"

티 없이 밝은 목소리에 "물론이지!" 하고 사유리가 바로 대답한다. 아내가 모자를 벗고 긴 앞머리를 쓸어 올렸다. 이마는 땀범벅이었지만 입가에는 행복한 미소를 머금고 있었다.

이상적인 딸. 이상적인 아내이자 어머니. 그런 두 사람에 비해 유즈루는 어땠을까? 남편으로서, 아버지로서. 잘 모르겠다. 적어도 두 사람을 마음 깊이 사랑했던 것만은 사실이다. 그러나 '사랑했다'만으로는 아무래도 부족했다. 지금까지는 후회만 했다. 왜 그때, 아내와 딸을 내버려두고 그늘에 드러누워 있었을까? 다음 날 바로 출근하는 것도 아니었는데 왜 같이 바다에 들어가 놀아주지 않았을까? 생각해보면 그날 아침, 자신이 멍하니 텔레비전을 보는 동안 비치볼에 공기를 넣은 사람도 사유리였다. 그날이 가족 셋이 마지막으로 함께 보내는 평범한 여름방학이라는 걸 알았다면……. 지금이라도 조금쯤 돌이킬 수 있을까? 돌이킬 수 있다고 믿고 싶었다.

제5장

사소한 행복

두 사람이 느긋하게 시간을 보내는 동안 간토고신 지역의 장마가 끝났다. 해가 잘 드는 집이 아니라서 유즈루도 지코도 바로 깨닫지는 못했다. 그저 아침부터 에어컨이 시끄럽게 윙윙거리네, 저렇게 열심히 돌아가는데 별로 시원하지가 않네, 에어컨 수명이 다 됐나 하고 중얼거리며 멍하니 텔레비전을 켰을 뿐. 그러다가 낮 최고기온이 33도까지 오른다는 일기예보에 깜짝 놀라고 말았다. 긴 장마가 끝나고 한여름 무더위로 훌쩍 넘어간 것이다.

“예전에는 이렇게까지 덥지 않았는데…….”

어린 시절을 떠올리며 중얼거리던 유즈루는 어쩌면 일본에서 그 사실을 가장 실감할 사람은 37년 전에서 타임 슬립한 지코일지도 모르겠다는 생각을 했다. 어쨌든 아주 잠시만 밖에 서 있어도 저절로 비명이 터지는 날씨라 두 사람은 며칠 전부터 아예 집에만 틀어박혀 지내고 있었다. 아침은 계란프라이와 토스트로 때우고, 꼭 필요한 물건이 있을 때만 역 앞으로 쇼핑을 하러 나갔다.

텔레비전을 보거나 수다를 떨었고, 그것도 지겨워지면 백엔샵에서 사 온 트럼프 게임을 했다. 잠이 오면 낮잠을 자고 밤에는 지코가 점찍은 신제품 냉동식품을 데워 먹거나 근처 음식점에서 포장해 오기도 했다.

그런 자유롭고 평화로운 시간이 일주일 넘게 이어졌다. 심심할 만큼 아무 일 없이 흘러가는 하루하루였지만 이상하게 그런 나날이 싫지 않았다. 타인과 함께 생활하고 있다는 의식이나 긴장은 같이 수채화를 그리면서 깨끗이 사라진 터였다.

지코도 마치 오래전부터 같이 살아온 사람처럼 이 좁고 허름한 빌라 생활에 익숙해졌다. 인터넷으로 구입한 이불 세트도 무사히 도착했고(쇼핑몰에서 상품을 선택한 사람도, 의기양양하게 구입 버튼을 누른 사람도 지코였다) 동영상 무제한 구독 서비스도 이용 중이다(지코는 다양한 애니메이션 목록에 환호했다). 집은 두 사람이 지내기에 쾌적한 공간으로 변해갔다.

그러나 지코는 식사 중에도, 욕실에서 나와도, 잠자리에 들 때도 마스크를 벗으려 하지 않았다. 이렇게 친해졌는데도 맨얼굴을 보여주지 않는 게 서운해서 몇 번인가 슬쩍 권해봤으나 "자신의 몸을 지키기 위해서라도 마스크를 꼭 써야 한대요. 텔레비전에서 어떤 높은 사람이 말했어요"라고 진지한 얼굴로 주장했다. 서운하긴 해도 맞는 말이었다. 만에 하나 지코가 바이러스에 감염된 상태로 원래 시대로 돌아간다면 지금과는 다른 역사가 펼쳐질 텐데, 그런 비극만은 유즈루 역시 사양하고 싶었다.

"오늘은 외출하고 싶어요."

지코가 창밖을 내다보며 그렇게 말한 것은 도쿄 올림픽 때문에 생긴 나흘 연휴의 셋째 날, 날씨 좋은 토요일이었다.

"오늘도 상당히 덥다는데 괜찮겠어?"

"네, 느긋하게 지내는 것도 좋지만 여름방학 추억이라고 하기에는 왠지 좀 아쉬운 느낌이 들어요."

"최고기온이 34도라는데."

지코는 한순간 흠칫 놀란 것 같았지만 "그래도 괜찮아요!" 하고 큰소리를 쳤다. 그러나 몇 초 후 "나 원래 시대로 돌아가면 지구온난화가 되지 않도록 전기를 절약하고 살 거예요"라며 신음하듯 덧붙였다. 유즈루는 '지코가 1984년의 세계로 돌아갈 수 있을까?' 하는 걱정이 들었다. 유즈루의 표정을 읽은 지코가 "돌아갈 수 있겠죠?" 하고 불안한 눈으로 유즈루를 올려다봤다. 아차 싶어 유즈루는 한껏 밝은 목소리로 대답했다.

"물론이야. 그렇지만 우리 그 생각은 안 하기로 했잖아."

"헤헤, 맞다. 내가 먼저 그러자고 말해놓고……."

지코가 부끄럽다는 듯 쓴웃음을 지었다.

"좋아, 어디 가고 싶은 곳 있어?"

"파파는요?"

"전에도 말했던 것 같은데, 부모는 아이가 원하는 곳이라면 어디든 좋아."

"나는 파파가 미쿠랑 하고 싶었던 걸 하는 게 좋아요."

지코가 유즈루의 말을 그대로 가져다가 대답했다. 잠시 옥신각신했으나 지코는 마음을 바꿀 기색이 없어 보였다. "일주일 동안 애니메이션도 많이 봤고, 포장 음식도 많이 먹었고, 하고 싶은 건 충분히 했으니까요." 하고 조곤조곤 말하는데 달리 더 할 말이 없었다.

사실 유즈루가 따로 생각해둔 일정이 있기는 했다. 요 며칠간 뭘 하면 지코가 좋아할지, 혹은 미쿠가 살아 있다면 뭘 좋아할지 계속 고민하던 참이었다.

"옷을 사러 가는 건 어떨까?"

"옷이요?"

"미쿠 원피스까지 포함해도 옷이라고는 세 벌밖에 없잖아. 다음 달에는 디즈니랜드에 가야 하니까 옷을 좀 사두는 게 좋겠어."

"그거."

지코가 의심하는 눈으로 유즈루를 올려다봤다.

"정말 파파가 미쿠랑 하고 싶은 일이에요?"

"물론이지."

"내가 옷이 별로 없으니까 불쌍해서 그런 건 아니고요?"

지코의 날카로운 지적에 유즈루는 뜨끔했다. 지코 말마따나 이건 요시이케 지카를 위한 일이기도 했다. 오래된 기억을 되새기다가 '사랑의 집' 아이들이 남에게 물려받은 듯한 낡은 옷을 입고 다녔던 모습이 떠올랐다. 처음 마주쳤던 날, 지코도 토끼 그림이 그려진 흰 반팔 티셔츠에 곰 모양 와펜을 덧댄 레몬색 치마를 입고 있었는데, 그건 빈말로도 세련되었다고 말하기 어려운 차림새였다. 그래서 옷을 사주면 좋아하지 않을까 했는데 오히려 지코의 마음을 배려하지 못한 제안이었나?

"사실은 미쿠가 살아 있을 때 같이 옷을 사러 간 적이 없거든."

"네? 한 번도요?"

"응, 아내가 알아서 하겠거니 하고 관심 두지 않았어. 그래서 미쿠 옷을 사는 건 늘 아내 몫이었지. 어쩌다 셋이 외출해서 옷을 사러 가도 난 다른 곳에서 쇼핑이 끝날 때까지 기다렸어. 같이 옷도 골라주고 신경 썼어야 했는데, 이제야 그런 일 하나하나가 다 후회가 되네."

변명하듯 덧붙인 말이었지만 진심이었다. 요시이케 지카를 위해, 그리고 미쿠를 위해. 실제로 유즈루네 가족 셋이 휴일에 옷을 사러 가는 일은 흔치 않았다. 얌전한 성격이었던 미쿠는 사유리가 퇴근하는 길에 유니클로 같은 곳에서 사 온 옷을 별 불평 없이 입었다. 확고한 취향이 없어서 그랬을 수도 있지만 어쩌면 그냥 말을 안 하고 참았을지도 모른다. 미쿠의 본심을 이제 알 길은 없지만.

유즈루의 말을 유심히 듣던 지코는 두 손을 허리에 짚고 잠시 고민하다가 말을 꺼냈다.

"그런 이유라면, 알았어요. 옷 사러 가요!"

짐짓 어른스럽게 말할 생각이었던 것 같지만, 어느새 지코의 입이 귀에 걸려 있었다. 전혀 예상치 못한 제안이었을까? 자신이 좋아하는 옷을 고르고 부모에게 사달라고 하는 그 별것 아닌 일로 한껏 기대에 부푼 지코를 보며 유즈루도 웃음이 비실비실 새어 나왔다. 오늘 날씨가 엄청나게 더울 거라는 예보 따위는 둘 다 이미 까맣게 잊은 듯했다. 유즈루는 이제 제법 익숙해진 솜씨로 지코의 머리를 땋고 지갑과 스마트폰을 챙겨 집을 나섰다.

둘이 멀리 외출하는 건 처음이었지만 역 앞 음식점이나 드럭스토어는 자주 드나들어서 가는 길이 이젠 꽤 익숙했다. 두 사람은 그렇게 작은 공원 옆을 지나 오래된 상점가를 향해 걸어갔다. 그곳을 빠져나가면 곧 역 로터리가 나타날 터였다.

그러고 보니 지코와 역 앞까지 오는 것도 처음이었다. 지코는 유즈루에게 차가 없다는 사실을 듣고 깜짝 놀라면서 2020년대에 살면서 어째서 차가 없냐고 의아해했다. 그랬던 지코가 지금은 개찰구 앞에서 눈을 동그랗게 뜨고 멈춰 섰다.

"저게 뭐예요?"

"저거?"

"역무원이 없어요."

"아아, 자동 개찰구 때문에 놀랐구나."

"다들 표도 안 사고 들어가요."

유즈루는 자동 개찰이 보급된 시점이 언제였는지 기억을 더듬었다. 처음으로 전철 통학을 시작하던 고등학생 무렵만 해도 역무원이 직접 티켓을 끊어주었다. 티켓에 구멍 뚫는 펀치를 능수능란하게 움직이는 역무원에게 정기권를 보여주고 통과하던 일은 이제 정말 먼 옛날의 일이 되어버렸다.

"너는 IC 카드가 없으니까 무인 발매기에서 어린이용 티켓을 사야 해."

지코는 발매기의 터치스크린을 직접 눌러 구매한 티켓을 두 손에 소중히 쥐고 눈을 반짝였다. 개찰구 앞에서 티켓을 어디에 어떻게 넣어야 할지 몰라서 당황하긴 했지만 유즈루의 도움을 받아

어찌어찌 무사히 통과했다. 지코는 “사람들이 저를 이상한 초등학생이라고 생각할지도 몰라요”라며 주변을 둘러보았지만 그럴 일은 없었다. 요즘은 IC 카드 이용이 너무 일반적이라 도리어 티켓 구입이나 사용 방법을 모르는 초등학생도 많을 테니까. 아마미쿠 역시 그래 보였을 것이다.

두 사람의 행선지는 JR 가와사키 역이었다. 요코하마 역에서 열차를 갈아타고 도카이도 선으로 한 정거장 더 가야 하지만 시간은 30분도 걸리지 않았다. 사유리가 그 지역 출신이라 역과 연결된 큰 쇼핑몰에 몇 번 간 적이 있다. 이따금 라이브 공연이 열리기도 해서 요코하마 역 주변 백화점이나 상가보다 아이와 함께 가기에 더 좋았다. 쇼핑몰 안에 영화관도 있어서 지코가 원한다면 영화도 볼 수 있다.

두 사람은 가장 가까운 역에서 전철을 탔다. 지코는 흥분을 감추지 못했다. 열차 안을 둘러보며 계속해서 속삭였다.

“우와, 전철에 텔레비전이 몇 대나 있어요!”

“다들 스마트폰만 봐요.”

요코하마 역에서 갈아타면서도 지코는 재개발 중인 역 구내를 요리조리 둘러보며 통통 뛰듯 걸음을 옮겼다.

“토요일 오전인데 애들이 왜 이렇게 많아요? 학교는요? 벌써 여름방학인가?“

“남자애들 반바지가 되게 길어요. 무릎 근처까지 내려와요.”

지코는 눈에 들어오는 풍경 하나하나에 다 감탄하면서 JR선의 개찰구를 빠져나갔고, 곧 도카이도 선의 플랫폼으로 이어지는 계단을 올랐다. 첫 장거리 외출에 들떠서 재잘거리던 지코가 갑자기 조용해진 건 요코하마에서 가와사키로 가는 구간에서였다. 전철이 속도를 올리며 작은 역을 그냥 지나치고, 선로 너머에 있는 맨션과 집들이 순식간에 시야 밖으로 사라져갔다. 지코는 은색 손잡이를 꼭 잡은 채 가만히 창밖만 바라보았다. 아무 말도 하지 않았고 얼굴 가득하던 미소도 사라졌다. 유즈루는 처음엔 대수롭지 않게 여겼다. 미래의 역과 전철을 실컷 보고 떠들더니 이제는 '미래의 거리' 풍경 감상에 흠뻑 빠졌겠거니 여겼던 것이다.

"파파……."

마스크에 가려진 지코의 낯빛이 심상치 않게 창백하다는 걸 알아챈 때는 지코가 SOS 신호를 보낸 다음이었다.

"속이 좀 안 좋아요."

"왜 그래? 멀미 나?"

"모르겠어요. 머리도 아파요."

아무래도 도카이도 선을 탄 다음부터 몸 상태가 안 좋은 걸 참고 있던 듯했다. 유즈루는 아예 축 늘어져 등을 기대오는 지코를 부축하며 전철이 가와사키 역에 정차하자마자 급히 플랫폼으로 내려섰다. 벤치를 찾으려고 했으나 내리고 타는 사람들이 너무 많아서 앉을 만한 곳을 쉽게 찾을 수 없었다.

"괜찮아? 역 밖으로 나가서 쉴 만한 곳을 찾아볼까? 토할 것 같으면 화장실에……."

"아니, 괜찮아요."

지코는 초췌한 모습으로 힘없이 고개를 가로저었다.

"파파, 요코하마로 돌아가요. 쇼핑 안 할래요."

"지금 바로 전철을 타면 속이 더 안 좋을 텐데?"

"괜찮아요. 빨리 돌아가고 싶어요."

지코가 손가락으로 유즈루의 등 뒤를 가리켰다. 돌아보니 마침 반대편 플랫폼으로 도카이도 선 하행 전철이 미끄러져 들어오고 있었다. 정말 괜찮으냐고 몇 번이나 확인하고 나서야 유즈루는 요코하마로 돌아가는 전철에 올랐다. 다행히 전철은 올 때보다 한가했다. 옆좌석에 나란히 앉자 지코가 머리를 기대왔다. 괴로운 듯 눈을 감아버린 지코의 어깨를 안고 유즈루는 발밑을 내려다본 채 생각에 잠겼다.

'멀미인가?'

아마 아닐 거라는 직감이 들었다. 차나 버스라면 몰라도 전철의 흔들림 때문에 이렇게 급격하게 멀미가 나지는 않을 것이다. 거기다 요코하마 역까지 올 때는 아무렇지 않았다. 구토뿐 아니라 머리까지 아프다는 점도 신경이 쓰였다.

불현듯 지난주 집에서 같이 수채화를 그리던 때의 일이 떠올랐다. 그때 지코는 갑자기 넋이 나가 그림 속 미쿠의 다리에 정신없이 덧칠을 했다. 유즈루에게 빨리 양말을 신으라고 느닷없는 요구를 하기도 했다. 분명히 맨발을 두려워하는 것이다. 이유는 알 수 없었다. 당시 지코의 동요를 생각하면 다시 물어볼 수도 없었다. 다만 그 뒤로 유즈루는 지코 앞에서 맨발을 보이지 않도록 조심했다. 오늘도 지코와 유즈루 모두 양말을 신고 운동화를 신었다. 이 갑작스러운 컨디션 저조와 지난주 그 일은 상관이 있을까?

대체 무엇 때문에 이렇게 힘들어할까? 유즈루는 몸을 움직이지 않도록 조심하면서 시선만 돌려 지코를 바라봤다. 잠들었나 싶었는데 원피스의 가슴 부위를 움켜쥐고 있었다. 마치 구토를 참고 있는 것처럼, 혹은 갑자기 몰아치는 불안함을 애써 가라앉히려는 것처럼 보였다.

그렇게 10분쯤 달리자 전철이 요코하마 역 플랫폼에 멈춰 섰다. 지코의 상태가 계속 좋지 않으면 이대로 후지사와나 히라쓰카까지 쭉 가야겠다고 마음 먹은 그 순간, 차량 문이 열리자마자 지코가 벌떡 일어나더니 유즈루보다 먼저 전철에서 내렸다.

"음료수 마셔도 돼요?"

자판기를 발견한 지코가 유즈루를 돌아보며 물었다. 한결 목소리가 밝아지고 컨디션도 회복된 듯했다. 유즈루는 일단 안도했다.

"일사병이었는지도 몰라요. 오늘 너무 더웠는데 집에서 역까지 걸으면서 햇빛을 꽤 오래 쬐었잖아요, 맨날 집 안에만 있다가. 이럴 때는 수분을 보충해야 한대요."

"그럴지도 모르겠네."

일사병이라고 생각하니 조금 전 지코의 석연치 않은 두통도 납득이 갔다. 유즈루는 스마트폰을 자판기에 가까이 가져다 대며 물었다.

"뭐 마실래?"

"역시 주스보다 물이 낫겠죠?"

"포카리스웨트도 괜찮을 것 같은데?"

일사병이라는 표현도 오랜만이었다. 유즈루는 파란 패키지의 페트병을 가리켰다. 그러자 지코가 눈을 반짝이며 말했다.

"이게 포카리예요? 캔도 아니고 영어로 쓰여 있어서 몰랐어요!"

아마 가타카나로 '포카리스웨트'라고 쓰여 있던 옛날 디자인의 캔을 말하는 것 같았다. 유즈루도 어릴 때 분명 그 캔을 봤을 텐데 이제는 어떻게 생겼는지 잘 떠오르지 않았다. 사람의 기억이란 무서운 데가 있다. 언젠가 갔던 여름 축제에서 당시 막 나온 포카리 음료수를 받아 마시면서 좋아했던 기억은 이렇듯 또렷한데.

"그럼 이걸로 할래요."

지코가 포카리스웨트 버튼을 가리키며 말했다. 유즈루가 모바일로 결제하자 음료수가 탕 소리를 내며 배출구로 떨어졌다. 스마트폰의 수많은 기능에 제법 익숙해진 지코도 자판기 음료수를 스마트폰으로 결제하는 모습은 새삼 신기한지, 페트병을 꺼내며 "진짜네!" 하고 눈을 동그랗게 떴다.

포카리를 단숨에 반 정도 마시자 지코의 표정이 한결 나아졌다. 그렇지만 안색이 완전히 돌아온 건 아니라서 방심할 수는 없었다. 집으로 돌아가 쉬겠냐고 물었더니 지코는 피곤한 얼굴로 고개를 끄덕였다.

집에서 가와사키 역까지 왕복했던 시간을 합쳐봐야 겨우 한 시간. 함께 장거리 외출을 한다고 기대했던 터라 어쩔 수 없이 아쉬운 마음이 들었다. 행여라도 그런 마음을 지코가 눈치채지 못하도록, 유즈루는 담담하게 지코의 발걸음에 맞춰 걸었다.

그러나 집에서 제일 가까운 역으로 향하는 전철 안에서 지코가 먼저 조심스레 말을 꺼냈다.

"파파."

"왜?"

"다시 쇼핑하러 가고 싶어요."

유즈루는 저도 모르게 "뭐어?" 하고 큰 소리를 내고 말았다. 지코가 미안한지 어깨를 움츠리며 말을 이었다.

"이대로 집에 가려니까 너무 아쉬워요. 기껏 시간 들여 머리도 땋았고, 미쿠의 귀여운 원피스도 빌려 입었는데 그대로 돌아가면 너무 아깝잖아요."

"하지만 몸이 안 좋잖아."

"지금은 다 나았어요!"

지코가 아무렇지 않게 말했다.

"아깐 진짜 왜 그랬을까요? 지금 이대로 쭉 전철을 타고 멀리까지 가고 싶어요!"

이 전철을 계속 타고 가면 도심에서 점점 멀어질 뿐이었다. 그러니 쇼핑을 하려면 다시 가와사키로 가야 한다고 말하려다 문득 좋은 계획이 떠올랐다. 쇼핑몰은 가와사키에만 있는 게 아니다. 이 전철의 종점은 에비나였다. 옛날에는 작은 시골이었으나 약 20년 전부터 대대적인 재개발이 진행되어 지금은 유즈루의 출신지인 가나가와현 중앙 지역에서 제일 번화한 곳이 되었다. 에비나에도 역에서 바로 이어진 쇼핑몰이 있다. 영화관이 있는 것도 가와사키와 똑같았다. 사유리, 미쿠와 살던 집은 JR선 근처라서 아내나 아이와 함께 전철로 에비나까지 간 적이 없었다. 하지만 지금은 가와사키든 에비나든 시간상으로 크게 차이가 나지 않았다. 교통비도 오히려 덜 들었다.

다만 열사병에 걸렸을지도 모르는 아이를 무리하게 멀리 데려가도 될까 망설여졌다. 유즈루는 지코가 정말로 괜찮아진 건지, 아니면 멀쩡한 척하는 건지 알아보려고 지코의 얼굴을 뚫어지게 쳐다봤다. 그러자 지코는 간지럽다는 듯 눈을 가늘게 뜨고 웃었다. 발그레한 볼에 파란 여름 하늘처럼 맑은 표정을 짓는 지코는 평소 모습 그대로였다.

"정말 다 나은 것 같네."

"그렇죠? 포카리 덕분인가?"

"그럼 이대로 종점까지 갈까? 종점은 에비나라는 역인데 거기에도 역과 바로 연결된 큰 쇼핑몰이 있거든."

"우와, 에비나에 쇼핑몰이 있어요? 못 믿겠어요! 에비나가 미래에는 그런 곳이 되는 거예요?"

지코는 정말 많이 놀란 듯했다. 그 모습에 유즈루 역시 아차 싶었다. 천진난만한 지코를 정말 딸처럼 여기고 지내면서 지코가 '옛날 그 시절에서 온 아이'라는 사실을 깜빡한 것이다. 하지만 유즈루는 짐짓 시치미를 떼고 고개를 갸웃거렸다.

"에비나를 잘 알아? 혹시 지코가 이 주변 출신일까?"

유즈루의 물음에 지코가 조용히 숨을 삼켰다. 검은 눈동자가 눈에 띄게 흔들렸다.

"혹시 뭔가 생각났어?"

"아니, 전혀요."

"하지만 지명을 듣고 뭔가 떠오른 거 아니야?"

"모르겠어요. 그냥 기분 탓인가 봐요."

기대 반, 두려움 반으로 질문했으나 돌아오는 대답은 단호했다. 유즈루에게 아무것도 들키지 않겠다는 듯 시선 또한 한사코 차창 밖 주택가를 바라보고 있었다. 그 우울한 옆모습을 바라보면서 유즈루는 어떤 가능성을 깨닫고 말았다. 어쩌면 지코는 이미 자신이 '요시이케 지카'라는 사실을 알고 있는 게 아닐까? 갑자기 기억이 전부 돌아온 건 아닐까? 아니면 처음부터 기억을 잃은 적이 없었고, 지금껏 쭉 그 사실을 감췄던 걸까?

어느 쪽이든 유즈루에게 사실을 말하지 못한 이유는 짐작이 갔다. 자신은 이미 이 세상에 없는 사람이다. 유괴범에게 납치되어 살해당했다. 그런 잔혹한 사실을 만난 지 얼마 되지도 않는 '미래의 사람'에게 어떻게 쉽게 털어놓을 수 있을까.

만약 그렇다면 에비나에는 가지 않는 편이 낫지 않을까? 37년 전 지코가 살해당한 현장은 유즈루의 본가나 '사랑의 집'과 멀지 않은 곳이었다. 그 현장과 가까운 곳에 갔다가 공연히 타임 슬립 전의 기억을 자극할지도 모른다. 이런저런 걱정으로 머릿속이 복잡한 유즈루와 달리 지코는 전철 안의 안내 화면을 올려다보며 신이 난 듯 엉덩이를 들썩였다.

"집으로 가려면 다음 역에서 내려야 하죠? 우리 내리지 말고 에비나까지 쭉 가요!"

"정말 괜찮겠어?"

"파파랑 쇼핑하고 싶어요. 옷을 몇 벌이나 사달라고 할까?"

"얼마든지. 양손에 들 수 있는 정도라면."

"두 사람의 팔이 모두 네 개니까……."

"그렇게 많이 사려고?"

어깨를 들썩이며 웃는 지코를 보고 유즈루는 마음을 고쳐먹었다. 쇼핑에 대한 기대감으로 한껏 부푼 지코를 억지로 집에 데리고 갈 수는 없었다. 조금 전 가와사키로 갈 때와는 전혀 다르게 지코는 가는 길 내내 들떠 있었다. 같은 칸에 탄 아기를 보고 다정하게 손을 흔들고, 정차하는 역 이름을 하나씩 소리 내어 읽기도 했다. 종점에 가까워질 무렵에는 오히려 집을 나설 때보다 더 에너지가 넘쳐 보였다.

에비나 역에 도착해 전철 문이 열리자 지코는 두 발을 모아 펄쩍 뛰어 플랫폼에 착지하더니 곧장 폴짝폴짝 뛰어갔다. 유즈루는 그 뒤를 따라 개찰구를 나섰다. 계단을 통해 보행자 전용 보도로 올라가자 광장을 둥글게 감싸듯 서 있는 거대한 쇼핑몰이 눈에 들어왔다.

형형색색의 쇼핑몰 건물을 본 지코가 흥분하기 시작했다. 보행자 전용 보도에서 춤을 추듯 뛰어다니다가 흰 난간을 잡고 통통 튀어 오르며 "엄청나요! 꼭 놀이공원 같아요!" 하고 소리를 질러댔다. 그러고 보니 유즈루가 초등학생이던 시절에는 이런 대형 쇼핑몰이 하나도 없었다. 고만고만한 지역 상점들이 간간이 모여 있는 곳이 상권의 전부였다. 엄마에게 동전 몇 개를 받아 근처 채소 가게나 생선 가게로 심부름을 다녀오던 그 시절의 소박한 풍경이 문득 그리워졌다. 1990년대 이후 상업 시설이 한곳에 집중되면서 생활은 확실히 편리해졌지만 잃은 줄도 모르게 잃어버린 것도 수없이 많았다.

"미래에는 즐거운 일이 참 많네요. 가까운 곳에 놀이공원이나 영화 촬영지 같은 장소가 이렇게 많다니."

"여기도 세월의 흔적이 꽤 쌓였어. 2002년에 오픈했으니까 이제 곧 20년이 다 되어가는 셈이지."

"제가 서른 살도 되기 전이네요?"

"그렇지."

쇼핑몰이 문을 연 것은 유즈루가 스물여덟일 때였다. 하루하루 막연히 살아가는 사람에게는 세계가 변함없는 일상으로 지속되는 것처럼 보인다. 하지만 그 시간들이 10년, 20년 쌓여 흐르면서 세계는 유즈루가 상상도 못 할 정도로 달라지고 바뀌었다. 그리고 지코는 그렇게 바뀐 세상을 직접 볼 수 없을지도 모른다.

"자, 오늘 쇼핑의 콘셉트를 말해줄까?"

유즈루는 마음에 드리우는 어두운 그림자를 떨쳐내려고 애써 들뜬 목소리로 지코에게 말을 걸었다.

"'딸이 원하는 건 무조건 다 해주는 날'로 가자."

"하하, 그게 뭐예요! 꼭 철부지 공주님 놀이 같아요."

"공주님 놀이? 좋네."

"미쿠에게 해주고 싶었어요?"

"그래, 맞아."

아이와의 일상이 당연히 오래오래 이어질 거라고 생각하면 자연스럽게 지갑을 닫게 된다. 중학생이 되면 식비도 늘고, 고등학생이 되면 학비도 만만치 않게 들 테니까. 이런 장래에 대비하려면 더 열심히 저축해야 했다. 그래서 의식주에 드는 비용을 최대한 절약했다. 자신에게도, 아이에게도 낭비할 여유는 없었다. 그러나 미쿠의 삶은 10년 만에 끝나버렸다. 처음부터 그 사실을 알았더라면 참고 아끼지 않았을 텐데.

매주 여행을 가고, 명품 아동복을 사주고, 가마쿠라의 고급 음식점을 돌며 코스 요리도 먹게 해줬을 텐데. 그에 비하면 쇼핑몰에서 고작 하루 한바탕 노는 일쯤은 얼마나 검소한 낭비인가. 미쿠와 함께할 수 있는 날은 다시는 돌아오지 않는다. 지코와 함께하는 이 생활도 언젠가는 끝날 것이다. 그래서 오늘 유즈루는 과감해지겠다고 결심했다.

어느덧 정오가 되어가고 있었다. 식당이 붐비기 전에 점심부터 먹자고 하려고 했는데, 지코는 눈에 들어오는 간판을 전부 소리 내어 읽으며 돌아다니느라 정신이 없었다.

"우니큐로…… 무슨 가게지? 다이소, 코지 코너, 니토리…… 저건 뭐라고 읽어요? 스타벅스? 담배 가게예요?"

넓은 부지 안을 한차례 돌아다녔지만 지코가 아는 가게는 찾지 못한 것 같았다. 지코는 유즈루를 재촉해 푸드 코트로 들어갔고, 그곳에서 곧 주먹을 쥔 채 우렁차게 외쳤다.

"와! 베스킨라빈스다! 베스킨라빈스가 있어요!"

하긴 그나마 저 아이스크림 브랜드는 오래전부터 있었다. 1984년 당시 집 근처에는 없었지만 가끔 가족끼리 멀리 외출했을 때 부모님을 졸라 사 먹은 기억이 있었다. 시설에서 자란 지코 역시 먹어볼 기회가 있었겠지.

"아이스크림 먹고 싶어?"

"네, 점심 먹은 다음에요."

"먼저 먹어도 상관없어. 어차피 공주님 날이니까."

유즈루가 익살맞게 덧붙이자 지코는 눈이 동그래졌다.

"밥이랑 간식 먹는 순서까지 제가 정해요?"

"분부대로. 오늘은 그런 콘셉트야."

"음, 그래도 밥을 먼저 먹을래요. 아이스크림은 디저트니까요."

뜻밖의 모범생다운 대답에 유즈루는 점심 먹을 가게부터 찾아 나섰다. 그리고 레스토랑이 모여 있는 구역에서 오므라이스 전문점을 택했다.

"여기 유명한 레스토랑이에요? 엄청나게 맛있어요!"

부드러운 달걀과 주황색 치킨라이스를 숟가락 가득 떠서 왼손으로 마스크를 띄우고 정신없이 먹는 지코를 보고 있자니 마치 소문난 맛집에라도 온 듯한 착각마저 들었다. 그러나 이곳 역시 전국에 매장이 있는 대중적인 체인점이다. 유즈루는 냉동식품, 패밀리 레스토랑, 요식업계의 눈부신 발전에 새삼 감사할 따름이었다.

식사를 마친 두 사람은 오늘의 메인 이벤트인 옷을 사러 가기로 했다. 원래는 아이스크림을 먹으러 가려고 했으나 지코가 욕심을 부려 성인용 정식을 주문하는 바람에 배가 너무 불러서 못 먹겠다고 했다.

우선 미리 봐둔 의류 매장부터 차근차근 돌기로 했다. 어떤 브랜드에서 어린이 사이즈의 옷이 나오는지, 유즈루도 지코도 전혀 아는 게 없어서 생각보다 시간이 많이 걸렸지만 그래도 요즘 유행하는 음악이 흐르는 매장을 함께 들락날락하는 건 꽤 즐거웠다.

"아빠랑 딸이 같이 쇼핑을 하러 나오셨네요! 너무 보기 좋아요."

두 사람을 보고 흐뭇하게 웃는 점원의 말에 왠지 가슴이 간질거리기도 했다. 하지만 정작 옷은 많이 사지 못했다. 두 사람이 양손에 들어야 할 만큼 쇼핑할 거라고 기세 좋게 선언하던 지코가 막상 살지 말지 결정할 때가 되면 갑자기 소극적인 태도를 보였기 때문이다.

"잘 어울리네. 이걸로 사자." 유즈루가 이렇게 다독거리면서 상품을 계산대로 가져가려고 하면 "좀 더 둘러보고 정해요." 하고 제동을 거는 식이었다. 아마 유즈루가 돈을 너무 많이 쓰지 않도록 배려하는 것 같았다. 한없이 절약하며 살아야 했던 시대와 성장환경을 생각하면 지코의 행동을 이해하지 못하는 바는 아니었다. 그렇게 두 사람은 두어 시간쯤 쇼핑몰을 종횡무진하며 비교와 검토를 되풀이했다. 그리고 마침내 최종 결론을 내렸다.

"우니큐로의 미니 마우스 티셔츠로 할래요!"

그 말에 그만 유즈루의 웃음이 터져버렸다. 그런 반응을 예상하지 못했는지 지코의 얼굴이 홍당무처럼 빨개졌다.

"왜 웃어요? 우니큐로 유명한 상표잖아요. 저렴하고 품질이 좋아 외국에서도 인기라고 스마트폰에서 봤는데."

"그래, 맞아. 유니클로 제품이 좋긴 해."

"아, '유니클로'구나."

지코는 마스크 위에 손을 가져다 대고는 부끄러운 듯 몸을 배배 꼬았다. 사실 유즈루가 웃은 건 지코가 발음을 잘못해서가 아니었다. 미쿠가 살아 있을 때 늘 유니클로 같은 저렴한 옷을 사줬던 게 마음에 남아서 오늘 지코에게는 좋아하는 옷을 마음껏 고르게 해주고 싶었다. 그런데 지코 역시 유니클로 옷을 고르는 모습을 보고 웃음이 터진 것이다. 미쿠에게 못 해준 일을 만회하려고 했는데, 결국은 과거 유즈루와 사유리의 선택이 틀리지 않았다고 해주는 것 같아서, 유즈루는 그런 지코가 더없이 사랑스러웠다.

"미니 마우스 티셔츠 하나만? 다른 건?"

"그 근처에서 팔던 데님 스커트도 사고 싶어요."

"그리고?"

"더요? 그래도 돼요? 사실은 미키 마우스 흰 티셔츠랑 검은 티셔츠도 갖고 싶어요."

지코는 마치 큰 결심이라도 한 듯 다 갖고 싶다고 결연하게 말했지만 그래봐야 한 벌에 천 엔이라 세 벌을 합쳐도 3천 엔밖에 되지 않았다. 유즈루는 유니클로 매장에 들어가 지코가 원하는 옷들을 전부 다 구입했다. 그만 됐다고 만류하는 지코를 이끌며 아까 피팅룸에서 입어보고 지코가 마음에 들어했던 꽃무늬 원피스와 데님 반바지, 속옷과 양말, 파자마 세트도 추가로 결제했다. 그렇게 해도 만 엔이 넘지 않았다.

"맞다! 사고 싶은 신발은 없었어?"

매장을 나오면서 문득 생각이 나서 묻자 지코는 고개를 저으며 "이미 많이 샀으니까 신발은 됐어요." 하고 다시 소극적인 자세를 보였다. 그때 언뜻 떠오르는 장면이 있었다. 한 시간 전쯤 신발 매장을 둘러볼 때였다. 지코가 가던 길을 멈추고 어떤 진열 상품을 뚫어져라 쳐다보았다. 발등에 벨트가 달린 전형적인 메리제인 디자인의 빨간색 구두였다. 그 구두와 과거 기억 속의 한 장면이 겹치면서 유즈루는 가슴이 서늘해졌다. 지코가 친구를 위해 되찾아 주려고 했던, 결국 유즈루가 장난꾸러기 친구에서 빼앗아 돌려준 그 빨간 구두와 이 구두는 디자인은 물론 색감마저 똑같았기 때문이다. 돌아가신 엄마가 사줬다는 빨간 구두를 신는 친구를 물끄러미 지켜보던 지코가 떠올라 유즈루는 마음이 아팠다. 구두에 달린 가격표를 확인하니 3천 5백 엔이었다. 설마 가격 때문에 사달라는 말을 못 하고 주저한 걸까?

"그럼 신발은 내 마음에 드는 걸로 살게."

유즈루는 됐다고 거절하는 지코를 설득해 신발 매장에 다시 데려갔다. 그리고 망설이다가 어떤 옷에도 잘 어울릴 법한 흰색 구두를 골랐다. 조금 전 지코가 눈여겨보았던 빨간 구두와는 색만 다르고 디자인이 똑같았다.

계산을 마치자 지코는 "고마워요!" 하고 쇼핑백을 기분 좋게 끌어안더니 곧바로 상자를 열어 방금 산 구두에 볼을 비벼댔다. 유즈루는 그 모습을 흐뭇하게 바라보았다. 사달라고 말을 꺼내지는 않았지만 역시 이런 귀여운 디자인의 신발을 신고 싶었던 거다. 유즈루의 추측은 역시 틀리지 않았다.

오랜만의 외출이니 오늘 새로 산 옷으로 갈아입지 않겠냐고 유즈루가 묻자, 지코는 기다렸다는 듯 힘차게 고개를 끄덕였다. 그리고 몇 분 뒤, 지코는 분홍색 미니 마우스 티셔츠에 데님 미니

스커트, 흰색 구두까지 갖춰 신고 돌아왔다. 입고 있던 옷을 쇼핑백에 넣어 들고 돌아온 지코의 얼굴에는 그 어느 때보다 밝은 미소가 가득했다. "잘 어울리네. 정말 귀엽다." 하고 유즈루가 감탄하자 "그래요? 정말요?" 하고 부끄러운 듯 고개를 들지 못했다.

우여곡절이 있기는 했지만 두 사람은 그렇게 원래 목적한 대로 쇼핑을 무사히 마쳤다. 그리고 점심 때 먹지 못한 아이스크림을 먹으러 푸드 코트로 갔다. 유즈루는 턱 아래로 마스크를 내리고, 지코는 마스크를 위로 올린 채 달달한 아이스크림을 먹으며 거리를 걸었다. 8월 무더위에 두 스쿱을 겹쳐 쌓은 아이스크림은 금세 녹아내리기 시작했다.

"푸드 코트에서 먹을 걸 그랬어요."

"그러게. 이 더위에 왜 밖으로 나왔을까?"

두 사람은 서로 키득거리며 울퉁불퉁한 와플콘 위로 흘러내리는 아이스크림을 열심히 핥았다. 결국 지코의 마스크가 아이스크림으로 끈적끈적해져서 유즈루가 새 마스크를 사러 편의점으로 달려갔다.

아이스크림을 먹고 난 뒤에는 유즈루의 제안대로 영화관으로 향했다. 오늘만큼은 실컷 놀자고 결심한 사람들답게 신나게 거리를 활보했다. 전철 안에서 낯빛이 창백해져 집으로 돌아가자고 했던 모습이 믿기지 않을 만큼 지금 아이스크림을 먹으며 걷고 있는 지코는 활력이 가득했다.

영화관에 도착한 두 사람은 상영시간표와 상영작을 꼼꼼히 훑었다. 지코도 잘 아는 〈도라에몽〉 영화를 보고 싶었지만 그건 개

봉 시기가 안 맞았고, 어린이 애니메이션 영화라고는 〈날아라! 호빵맨〉 밖에 없었는데 그나마도 오전에 상영이 끝난 모양이었다. 〈짱구는 못 말려〉는 코로나19의 영향으로 상영이 연기되어 다음 주에나 볼 수 있었고, 남은 건 〈명탐정 코난〉뿐이었다. 원래는 고등학생이던 탐정이 초등학교 1학년으로 변했다는 사전 정보 없이도 지코가 재미있게 볼 수 있을지 의문이었지만 그래도 다른 영화들보다는 나아 보였다. 〈도라에몽〉을 제외하면 전부 1984년에는 없었던 애니메이션이라는 점에서 어차피 다 마찬가지였다.

그런데 정작 지코가 손가락으로 가리킨 영화는 〈귀멸의 칼날: 무한열차편〉였다. 전혀 예상치 못한 선택에 유즈루는 잠시 망설였다.

"아하, 이건 작년에 엄청나게 흥행했던 영화 같은데…… 음."

"애니메이션이죠? 어린이가 보는 만화가 아니에요?"

"글쎄, 괜찮을 것 같기도 하고."

솔직히 인터넷 뉴스에서 제목을 본 적은 있지만 내용은 전혀 알지 못했다. 〈귀멸의 칼날〉이 크게 흥행했던 작년에는 딸을 잃은 슬픔에 잠겨 눈여겨볼 경황이 없기도 했다.

"3분 후에 시작한대요. 우리 이거 봐요. 파파, 빨리빨리!"

지브리의 〈센과 치히로의 행방불명〉 관객 기록을 갈아치웠다는 엄청난 흥행작에는 1980년대의 아이도 마음이 끌리는 법인가? 어쨌든 두 사람은 허둥지둥 티켓을 구매하고 상영관으로 달려갔다. 몇 시간 뒤 애니메이션을 보고 나온 유즈루의 눈은 촉촉하게 젖어 있었다. 아무 사전 정보 없이 본 영화였지만 지코도 어느 정도 스토리를 이해했는지 "좋은 이야기였어요." 하고 만족스러워했다. 유즈루는 자기가 울었다는 사실을 들키지 않으려고 영화관 바로 옆의 '게센'에 가자며 화제를 돌렸다.

그러자 지코가 말했다.

"요즘은 게임센터를 줄여서 게센이라고 해요? 이 시대의 사람들은 뭐든 다 줄여서 말하는 걸 좋아하네요."

지코는 80년대의 사람답게 제법 쓴소리를 내뱉었지만 정작 게임센터에 들어가더니 금세 '태고의 달인' 게임에 빠져서 천 엔짜리 지폐를 몇 번이고 동전으로 바꿔달라며 유즈루를 졸라댔다. 두 사람이 그렇게 게임에 빠져 북을 두드리는 사이, 눈물로 촉촉했던 유즈루의 눈가에는 어느새 웃음이 가득했다.

그러다가 게임센터 안쪽에서 추억의 아이스크림을 파는 구형 자판기를 발견했다.

"우와, 이건 아이스크림 자판기네요!"

눈이 휘둥그레진 지코의 말을 듣고 생각해보니 볼링장이나 수영장 같은 곳에서 이런 아이스크림 자판기를 처음 본 게 초등학교 고학년이 된 무렵이었다는 사실을 깨달았다.

"하나 먹어볼래?"

거절할 줄 알았는데 지코는 신이 나서 자판기 앞으로 달려갔다. 가끔은 하루에 두 번 아이스크림을 먹어도 괜찮다. 지코는 소다 플로트 아이스크림을 사고 유즈루는 다른 자판기에서 환타 그레이프를 사서 게임센터를 나섰다. 아까 예비 마스크도 미리 사뒀기 때문에 아이스크림을 흘려도 문제없었다.

오후 6시가 넘으니 한낮의 열기가 사라졌다. 두 사람은 자연스럽게 쇼핑몰 밖으로 향했다. 그리고 어둑해진 광장 구석에 놓인 벤치에 나란히 앉았다. 아이들이 뛰어다니던 한낮의 광장이 한산해지고, 사람들은 보행자 전용 보도와 이어진 전철역으로 바쁘게 걸어가고 있었다. 지코가 유즈루에게 가만히 몸을 기대왔다. 머리를 가볍게 쓰다듬자 지코는 안심했다는 듯 작게 숨을 내쉬고는 마스크를 위로 올려 소다 플로트 아이스크림을 핥았다.

'이런 시간이 소중했구나.'

불현듯 그런 생각이 들었다. 미쿠가 곁에 있는 게 당연하던 그 시절에는 미처 깨닫지 못했다. 마음을 단단히 먹고 나섰던 해수욕이나 캠핑, 이런 평범한 휴일, 평범한 시간들이 아빠와 딸 사이의 둘도 없는 소중한 추억이 될 줄이야. 자판기 주스를 사달라고 졸라도 끝내 사주지 않았던 일, 아이스크림은 늘 제일 작은 걸로만 골라주었던 일, 그런 사소한 일들을 후회하게 되다니. 그래서 오늘 뒤늦게나마 조금 사치를 부리고 싶었다. 되새길수록 소중한 경험이었다. 너무 감상적이라고 해도 좋았다. 이렇게 지코와 하루를 보내는 것만으로도 가슴 한쪽을 막고 있던 모래알 같은 후회가 파도에 쓸려가듯 사라졌다.

"지코, 목말 태워줄까?"

"네? 저 4학년이고 몸무게가 26킬로그램인데요."

"20킬로대면 가볍네."

"그것도 미쿠한테 해주고 싶었던 일이에요?"

"미쿠한테도 해주고 싶었고, 너한테도 해주고 싶어."

만약 성인에게 이런 말을 했다면 설마 환타 마시고 취했냐며, 나잇값도 못 하고 〈귀멸의 칼날〉을 따라하는 거냐며 핀잔을 들었겠지만, 지금 지코는 행복하게 웃고 있었다. 다 먹은 아이스크림 막대기를 벤치 끝에 내려놓고는 그대로 유즈루의 목에 매달렸다.

유즈루가 허리를 숙이자 지코는 나무를 타는 것처럼 어깨에 두 다리를 걸쳤다. 아이스크림 쓰레기와 쇼핑백을 정리해 한 손에 든 채 유즈루는 조심스럽게 몸을 일으켰다. 깜빡 잊고 챙기지 않은 음료수 페트병도 몸을 기울여 주웠다.

"허리 다치지 않게 조심해요."

"괜찮아."

"파파가 다치면 우리는 집에 못 가요."

"이 정도는 거뜬해."

유즈루는 지코를 목말 태운 채 광장 한가운데를 가로질러 에비나 역 쪽으로 걸었다. 자신의 이마를 단단히 붙잡고 있는 땀이 밴 작은 손. 그 그리운 감촉이 유즈루를 다시 '아버지'로 만들었다.

오늘 하루 딸과 함께 일상을 보냈다. 유즈루는 이 사소한 기쁨을 다시 경험할 수 있어서 행복했다.

어스름한 저녁, 서늘한 바람이 이마를 스쳤다. 새로 산 흰 구두의 뒤꿈치가 유즈루의 명치에 가볍게 닿았다.

'지코, 함께해줘서 정말 고마워. 부디 내가 너에게 열 살의 여름을 채색할 소중하고 좋은 추억을 많이 줄 수 있으면 좋겠다.'

천천히 지나가기를 바랐으나 시간은 순식간에 흘러갔다.

하루에 아이스크림을 두 개 먹은 그날 이후 지코가 유즈루를 대하는 태도가 한결 편안해졌다. 이따금은 죽은 미쿠를 위한다는 명분을 잊은 듯 이걸 하고 싶다, 어디에 가고 싶다 보채는 등 아이다운 어리광을 부리기도 했다.

그래도 좋았다. 지코는 진짜 딸 같았다. 미쿠는 아니지만 유즈루에게는 한없이 딸에 가까운 존재였다. 밥을 먹거나 잠을 잘 때, 지코가 옆에 있기만 해도 흑백이던 나날이 본연의 색을 되찾고 활기를 띠었다.

하루는 둘이 같이 미용실에 갔다. 역 근처 미용실에서 '가족 커트' 할인 행사를 하는 걸 지코가 봐둔 것이다. 두 사람은 천 엔을 할인받기로 하고 어떤 스타일을 할지 의논했다.

"어떤 스타일로 하고 싶어?"

미용사가 물었다.

"세이코 짱 스타일이요."

다 지난 80년대 스타를 당당히 언급하는 지코를 유즈루는 당황하여 얼른 뜯어말렸다.

또 다른 날은 둘이 관광 겸 요코하마 시내에 갔다. 1984년에 베이브리지는 아직 공사 중이었다. 코스모 월드 관람차는 1989년, 요트 돛 모양의 인터컨티넨탈 호텔은 1991년, 랜드마크 타워는 1993년에 완공되었다. 180도 달라진 미나토미라이의 경치를 보고 지코가 어떻게 반응할지 걱정이 되었다. 그러나 전부 기우였다. 올해 4월에 오픈한 로프웨이를 타자 지코는 종점에 도착하기까지 5분 내내 창문에 매달려 환호성을 질러댔다.

에노시마 스파 리조트에도 갔다. 아쉽게도 근처에 모래찜질을 할 수 있는 시설은 없었지만 그래도 지코는 새로 산 분리형 래시가드 수영복을 입고 실내 스파 온탕에 기분 좋게 몸을 담갔다. 노란색 캐미솔에 감색 반바지 수영복은 옛날 수영복과 완전히 다른 디자인으로 지코가 인터넷 쇼핑몰에서 찾아내 호들갑을 떨며 장바구니에 넣은 것이다. 코로나 바이러스 감염을 두려워하는 지코를 위해 수영장용 방수 마스크도 같이 구입했다.

둘이 바다로 해수욕을 하러 가기도 했다. 스파 리조트에 다녀온 직후, 유즈루가 먼저 제안했다. 사유리, 미쿠와 셋이 여름방학을 보낸 고난 지역의 바다를 지코에게도 보여주고 싶었다. 비록 1년이나 늦긴 했지만 내년에도 다시 오자던 미쿠의 말을 어떻게든 이뤄주고 싶은 마음이었다. 그런데 코로나 바이러스 탓에 작년에는 해수욕장이 개장을 하지 않았다고 한다. 어떻게 보면 미쿠와의 약속을 지켰다고도 할 수 있나.

그 바다에서 유즈루는 지코를 튜브에 태우고 힘차게 헤엄쳤다. 2년 전 여름처럼 쉽게 지쳐버리지 않게 컨디션을 체크하며 자주 쉬고, 간간이 음료도 마셨다. 그랬더니 반나절 이상 지코와 놀 수 있었다. 마흔일곱 살의 중년 남자도 마음만 먹으면 할 수 있구나. 유즈루는 백 엔짜리 비치볼을 공중에 띄우며 지금 여기에 사유리도 같이 있었으면 좋았겠다는 생각에 문득문득 감상에 젖었다.

그러나 뭐니뭐니 해도 두 사람은 집에 있는 걸 가장 좋아했다. 집에서 동영상 구독 서비스로 영화나 드라마를 보고, 새로 산 닌텐도 스위치나 트럼프로 스피드 대결을 했다. 미쿠에게는 비디오

게임기를 사준 적이 없었다. 사유리와 유즈루는 게임이 교육상 좋지 않다고 생각했기 때문이다. 그러나 미쿠가 떠난 뒤에는 그 결정을 두고두고 후회했다. 그냥 아이가 원하는 게임기를 전부 다 사줄 걸 그랬다고 말이다. 유즈루는 이야기를 지어내 잠들기 전 지코에게 들려주거나 저녁식사 뒤에 간식을 사서 나눠 먹으면서 소위 아버지다운 일을 조금씩 했다. 두 사람은 바라는 것도 비슷해서 지코가 하고 싶다는 일은 대체로 유즈루도 한 번쯤 해보고 싶은 일들이었다. 뭘 하든 서로 마음이 잘 맞는다고 할까.

"제가 술 사 올게요!"

물론 밤 8시가 지나 지코가 혼자 가게에 가려고 할 때는 황급히 말려야 했다. 80년대와는 달리 지금은 아이 혼자 술을 살 수 없다는 사실을 찬찬히 알려주면서 말이다.

지코는 집안일도 적극적으로 도왔다. 저녁을 먹고 함께 설거지를 한 다음 그릇을 정리하거나 같이 빨래를 널곤 했는데 그럴 때면 마음이 더없이 평화로웠다. 결국 일상에서 느끼는 행복이 가장 소중하다는 사실을 미소를 띤 지코의 얼굴을 볼 때마다 유즈루는 절실하게 깨달았다.

지코와 유즈루가 같이 하고 싶은 일 목록을 하나씩 완수할 때마다 '딸'에 대한 유즈루의 마음도 나날이 더 깊어졌다. 정확히 말하면 그건 미쿠가 아니라 지코에 대한 애정이었다. 에비나에서 옷을 산 그날부터였다. 지코가 미쿠의 유품인 하늘색 원피스 대신 진짜 자기 옷을 입기 시작하면서부터.

그렇게 시간이 흘러 8월 초순이 지나갔다. 막상 뚜껑을 열어보니 의외로 반응이 좋았던 두 번째 도쿄 올림픽도 막을 내릴 즈음, 유즈루와 지코의 '여름방학'도 어느덧 후반에 접어들었다.

얼마 전 유즈루의 어머니가 전화를 걸어 명절에 집에 올 거냐고 물었을 때 일을 핑계로 거절했다.

"그래도 명절인데 집에 안 온다니 너무하구나."

어머니는 책망하듯 말했지만 지코를 이 빌라에 혼자 두고 갈 수는 없다.

"응차!"

오늘도 지코는 침대에서 기운차게 내려왔다. 바닥에 이불을 깔고 잔 유즈루는 몸을 뒤척이며 유니클로 체크무늬 파자마를 입은 '딸'을 올려다봤다.

"잘 잤어? 오늘 컨셉은 〈닥터 슬럼프〉 아리야?"

"당첨!"

"요즘 애들은 그런 말 안 써."

"아, 미래 사람처럼 말하기 어렵다."

지코가 툴툴거리며 세수하러 복도로 나갔다. 옷을 갈아입고 유즈루가 만든 계란프라이와 토스트를 먹고 접시를 정리한 다음 오늘은 뭘 할지 이야기를 나눴다. 여름방학 동안 만들어진 두 사람의 아침 루틴이었다.

"오늘은 파파랑 쿠키를 만들고 싶어요!"

지코는 오른손을 천장을 향해 똑바로 들고 선생님 앞에서 발표하는 모범생처럼 말했다. 유즈루는 팔짱을 낀 채 "그래." 하고 고개를 끄덕였다.

"근데 나는 쿠키를 만들어본 적이 없어. 지코는?"

"시설에서 선생님들이랑 만든 적 있어요."

"좋아, 해보자. 전자레인지에 오븐 기능이 있으니까 가능할 거야."

"만들어보긴 했지만 방법은 잘 기억이 안 나요."

"괜찮아. 문명의 이기에 도움을 청하면 돼."

"인터넷?"

지코가 윙크를 하며 검지를 세워 보였다.

잠시 뒤 두 사람은 인터넷에서 적당한 레시피를 찾았다. '맛있고 간단해요! 버터와 코코아를 듬뿍 넣은 고소한 마블쿠키'라는 제목과 사진에서 벌써 맛있는 냄새가 풍기는 것 같았다. 두 사람은 곧바로 이걸로 하자며 의견을 모았다.

오전에는 슈퍼마켓이나 백엔샵에 가서 필요한 재료와 조리 도구를 사기로 했다. 쿠키를 만들기 시작하면 시간이 꽤 걸리기 때문에 유명한 라멘 가게와 콜라보한, 삶은 계란이 토핑된 인스턴트 라멘으로 이른 점심을 먹었다.

"자, 이제 만들까?"

"알았토모요!* 아, 이것도 이제 안 써요?"

"〈닥터 슬럼프〉보다는 최근이긴 한데, 요즘 초등학교 4학년은 모를 거야."

---

* 〈와랏테 이이토모〉라는 일본 예능 프로그램에서 사회자가 "시작해도 될까요?"라고 물으면 패널들이 "이이토모(알겠습니다)!"라고 답하던 데서 유행한 말.

"이제 방송 안 해요?"

"6, 7년 전까지는 했던 것 같아. 이제 안 할걸?"

"의외로 오래 했네요!"

두 사람은 시시한 잡담을 나누며 노트북 앞과 주방을 오가면서 재료를 계량했다. 슈퍼에서 2천 엔이나 주고 산 디지털 저울 덕분에 쿠키 만들기는 착착 진행되었다. 버터와 설탕을 섞어 반으로 나눈 후 플레인과 코코아 반죽을 따로 구분해 만들기로 했다. 보울이나 고무 주걱을 두 개씩 준비하면 좋았겠지만 한 번만 쓰고 그만둘 수도 있으니 꼭 필요한 조리기구만 한 개씩 사 왔다. 그래서 둘 중 한 명이 반죽하다가 팔이 아프면 교대했다.

"파파는 미쿠랑 과자 만든 적 없어요?"

"부끄러운 얘기지만 요리는 늘 아내가 했거든. 밸런타인데이 전날에 생초콜릿인지 브라우니인지를 둘이 열심히 만드는 모습을 본 적은 있어."

"네? 미쿠한테 남자친구가 있었어요?"

"아마 그냥 우정 초콜릿이었을 거야."

그렇게 답하면서도 어쩌면 미쿠한테 좋아하는 남자아이가 있었을지도 모른다는 생각에 유즈루는 뒤늦게 속 좁은 아버지의 마음이 됐다.

"에? 우정 초콜릿이 뭐예요?"

"언제부터인지 여학생끼리도 초콜릿을 주고받는 풍습이 생겼거든. 오히려 지금은 친구끼리 주고받는 경우가 더 많을걸. 그래서 진짜 좋아하는 남자애한테는 오히려 초콜릿을 잘 안 주는 모양이야.”

“아아, 그래서 ‘우정 초콜릿’이구나.”

“나도 그 세대가 아니라서 잘은 모르지만. 좋아하는 사람한테만 초콜릿을 선물하는 특별함은 또 그것대로 좋아 보이더라.”

유즈루는 자신이 초등학생이었을 때, 밸런타인데이에 신발장이나 책상 서랍을 확인하고는 낙담하던 기억을 떠올리며 말했다.

“좋아하는 사람…….”

그 말을 하는 지코의 목소리가 미묘하게 들떴다. 어른스럽게 굴어도 이럴 때 보면 역시 초등학교 4학년 여자애구나 싶어 유즈루는 절로 미소가 지어졌다. 밸런타인데이니 화이트데이니 시대에 따라 의미는 조금씩 달라져도 좋아하고 사랑하는 감정의 본질만큼은 예나 지금이나 다를 게 없을 테니까.

다만 여러 의미에서 마음이 복잡했다. 자신의 첫사랑 요시이케 지카에게 좋아하는 사람이 있었다니. 어디 사는 말뼈다귀인지 모르는 남자애를 생각하며 뺨을 붉히기도 했단 말이지? 꼬리에 꼬리를 물고 옛 감정들을 되새기다 보니 어쩐지 고백도 못 해보고 차인 느낌이 들었다. 딸이 연애하는 모습을 우연히 훔쳐본 아버지처럼 한마디로 설명할 수 없는 복잡한 기분이었다.

하지만 지코가 좋아하는 사람에게 초콜릿을 주며 고백하는 날은 영원히 오지 않을 것이다. 생각이 거기까지 미치자 이번에는 도리어 마음이 무거워졌다. 요시이케 지카가 좋아했다는 남자아이는 아마도 같은 초등학교에 다니던 학생일 확률이 높았다. 어디 사는 누구인지는 몰라도 분명 그 아이도 지카의 죽음을 진심으로 애도했겠지. 공원에서 딱 한 번 같이 놀았던 유즈루조차 의연하고 밝은 지카를 쉽게 잊지 못했으니까.

"파파, 이제 그만 바꿔줘요."

생각에 빠져 있던 유즈루의 귓가에 불현듯 지코의 목소리가 날아들었다. 유즈루는 화들짝 놀라 고무 주걱을 받아 들었다.

"지금 알게 된 건데요. 이 레시피, 쿠키 마흔 개 분량이래요."

"엄청나네. 두세 번에 나눠서 구워야겠어."

"다 먹을 수 있을까요?"

"쿠키는 며칠 두고 먹어도 되니까 괜찮아."

"파파. 스펀지에 마마 레몬* 뿌려줄래요?"

다 쓴 보울과 계량컵을 씻기 시작한 지코가 젖은 손으로 스펀지를 내밀었다. '마마 레몬'이라는 이름을 듣는 게 실로 몇 십 년 만인가 싶어 유즈루는 저도 모르게 웃음을 지었다.

지코가 설거지를 하는 동안 유즈루는 완성된 반죽을 랩으로 싸서 냉장고에 넣었다. 반죽을 잠시 휴지시키는 동안 느긋하게 잡담을 나누다가 반죽을 꺼내 모양틀로 찍어서 세 번에 걸쳐 구웠다. 처음 만들었다는 사실이 믿기지 않을 만큼 쿠키는 달고 고소하게 잘 구워졌다. 두 사람이 너무 맛있다며 계속 집어 먹은 탓에 마흔 개 분량이라던 쿠키가 고작 열 몇 개밖에 남지 않았다.

"너무 많이 먹었나."

유즈루는 뒷머리를 긁적이며 민망하게 웃었다. 덕분에 저녁은

---

* 1969년에 발매된 주방세제.

양배추와 베이컨 채소볶음으로 가볍게 끝냈다.

"오늘도 즐거웠어요."

잠들기 전 지코가 늘 하는 그 말이 진심이길 바라며 유즈루는 "나도." 하고 대답했다.

"파파는 이제부터 재택근무해야죠?"

"그래."

"매일 바쁜데 나랑 많이 놀아줘서 고마워요."

"괜찮아, 어차피 한가한 부서니까. 지코가 잠든 다음 집중해서 일하면 돼."

"그래도요. 저는 먼저 잘게요. 안녕히 주무세요!"

"그래, 잘 자렴."

유즈루는 책상 위의 스탠드만 밝혀둔 채 방의 조명을 껐다. 그렇게 노트북을 켜고 멍하니 화면을 바라보는데 문득 등 뒤에서 "파파." 하고 작은 목소리가 들려왔다.

"왜 그래? 잠이 안 와?"

돌아보니 지코가 침대에서 몸을 일으킨 채 이불 끝을 꼭 쥐고 불안 가득한 얼굴로 이쪽을 바라보고 있었다. 선잠에 들다가 악몽을 꿨나 싶었는데 다음 순간 지코의 입에서 나온 말이 너무나 충격적이었다.

"나…… 이미 죽은 걸까요?"

유즈루는 자신이 동요하고 있다는 사실을 들키지 않도록 온몸의 근육에 잔뜩 힘을 주었다. 역시 지코는 알고 있는 것일까? 자신이 37년 전 유괴살인사건의 피해자 요시이케 지카이며 범행을 당한 직후 생명이 꺼져가는 동안 현대로 타임 슬립했을지도 모른다는 사실을.

"왜 갑자기…… 그런 말을 해?"

"미안해요. 아무것도 아니에요. 안녕히 주무세요, 파파."

지코는 힘없이 손을 흔들고는 침대에 누워 얼굴 위로 이불을 덮어버렸다. 왠지 걱정이 되어 잠시 지켜봤으나 다시 일어날 기색은 없었다. 그렇게 30여 분이 지나자 마침내 등 뒤에서 고른 숨소리가 희미하게 들려왔다. 시간이 많이 걸리긴 했어도 어쨌든 지코가 잠들었다는 사실을 확인하고 나니 마음이 놓였다. 그 뒤로 세 시간쯤 노트북으로 업무를 보고 자정이 지나서야 유즈루도 이불 속으로 파고들었다.

쏟아지는 졸음에 취해 깜빡 선잠이 들 무렵이었다. 어디선가 괴로움을 삼키는 듯한 울음소리가 들려왔다. 유즈루는 즉시 몸을 일으켜 침대로 가서 지코를 살폈다. 커튼 틈으로 들어온 가로등 불빛 아래 지코의 모습이 어렴풋이 보였다. 지코는 이불을 끌어안고 온몸을 웅크린 채 거칠게 숨을 몰아쉬고 있었다. 땀에 젖은 앞머리가 이마 위에 어지럽게 흩어져 있었다.

"어디 있어!"

지코가 갑자기 큰 소리로 외쳤다. 절박한 목소리에 놀라 지코의 뺨을 쓰다듬으려 손을 뻗었다.

"어디 있어! 응? 어디야?"

"지코?"

"못 찾겠어, 못 찾겠다고!"

"지코!"

이름을 외치며 어깨까지 흔들었지만 지코는 쉽게 정신을 차리지 못했다. 매트리스를 발로 구르면서 명확하지 않은 발음으로 뭔가를 계속 중얼거렸고, 얼굴을 심하게 일그러뜨렸다. 그냥 잠꼬대라기에는 상태가 심각했다.

그때 유즈루의 머리보다 몸이 먼저 움직였다. 지코의 작은 몸을 감싸고 어깨에 팔을 둘러 힘껏 안았다. 뺨을 꼭 붙인 채 "괜찮아, 괜찮아." 하고 귓가에 속삭였다. 미쿠가 밤에 악몽 때문에 깨서 울면 이렇게 안아주곤 했다. 아이가 부모의 온기에 안심하고 다시 깊게 잠들 수 있도록……. 유즈루의 팔에 안긴 지코가 신음하며 몸을 비틀었다. 유즈루가 힘을 주지 않으면 당장이라도 발작하며 튀어 나갈 것 같았다. 유즈루는 지코의 몸부림이 멈출 때까지 같은 자세를 유지하며 가만히 기다렸다.

한참 뒤에야 지코의 몸에서 힘이 빠지고 규칙적인 숨소리가 났다. 유즈루는 지코를 감싸 안았던 팔을 떼고 다시 잠이 들었는지 확인했다. 감고 있는 지코의 눈꼬리에 눈물이 맺혀 있었다. 잘 때도 꼭 챙겨 쓰는 마스크는 옆으로 흘러내린 상태였다. 몸을 뒤척이면서 마스크 끈마저 벗겨진 모양이었다.

그때서야 유즈루는 지코의 맨얼굴을 처음 보았다. 어둠 속이었지만 그 얼굴이 낯설지 않았다. 흐릿한 기억 속 얼굴 그대로였으니까. 무방비한 상태로 잠든 그 맨얼굴을 보고 있자니 어쩐지 가슴이 울컥했다. 마치 봐서는 안 되는 것을 본 기분이었다. 유즈루는 흘러내린 마스크를 원래대로 귀에 걸어주고 한동안 침대 끝에 걸터앉아 지코의 잠든 얼굴을 내려다보았다.

오래전 행복했던 시절이 떠올랐다. 유즈루와 미쿠, 사유리. 셋이 같은 침실에서 매일 나란히 잠들었던 기억, 가끔 밤에 잠이 깨 보면 미쿠가 유즈루의 배 위에 떡하니 다리를 올려놓고 자고 있기도 했다.

"마지막으로 셋이서 밥이라도 먹으러 가고 싶었는데."

유즈루는 지나가버린 시절을 회상하며 지코의 머리를 쓰다듬었다. 그 손길이 간지러웠는지 지코가 눈썹을 찌푸리며 뒤척였다. 행여 잠이 깨지 않도록 조심하면서 유즈루는 침대에서 내려가 다시 이불에 누웠다.

8월의 한밤, 자정이 지난 시각. 행복과 불안이 뒤섞인 복잡한 감정이 살랑살랑 유즈루의 마음을 간질였다. 이 평온하고 사랑스러운 나날이 언제까지 계속될까? 여름이 끝나고, 가을이 지날 때까지도 지코가 과연 자신의 곁에 남아 있을까? 지금은 그저 내일 아침에도 '응차!' 하고 기분 좋게 일어나는 지코의 모습을 볼 수 있기를 바랄 뿐이었다. 그러나 그것도 잠시, 이런저런 상념으로 뒤척이던 유즈루도 이윽고 깊은 잠 속으로 빠져들었다.

분홍색 미니 마우스 티셔츠에 데님 미니스커트, 그 아래 프릴이 달린 검은 양말. 오늘 지코는 3주 전 유니클로에서 산 옷으로 한껏 멋을 내고는 거울이 있는 욕실과 방을 아침부터 들락날락거렸다. 같은 날 산 흰색 구두도 현관에 가지런히 꺼내두었다.

"파파, 나 어때요? 예뻐요?"

"응, 예뻐."

"그냥 하는 말 아니에요?"

"아빠는 딸한테 거짓말 안 해."

이른 아침부터 이런 대화가 몇 번이고 되풀이되고 있었다. 코로나19 영향으로 디즈니랜드가 단축 운영을 하기 때문에 오전 10시에야 문을 연다고 말했는데도 지코는 새벽 5시부터 일어나 집 안을 종종거렸다. 요코하마에서 마이하마까지 가는 데 전철로 한 시간 이상 걸린다는 점을 감안해도 너무 이른 시각이었다. 어젯밤에 침대에 누워서도 쉽게 잠에 못 드는 눈치더니 유즈루가 샤워를 하고 돌아온 다음에도 "내일이 정말 기대돼요!" 하고 몇 번이고 외쳤다. 그만큼 지난 한 달 동안 오늘을 많이 기다려왔다는 뜻이겠지.

유즈루도 마찬가지였다. 디즈니랜드는 미쿠가 초등학교 2학년 때 간 이후로 약 3년 만이었다. 가족을 잃고 혼자가 된 자신이 솜사탕처럼 부푼 마음으로 누군가와 테마파크에 가는 일은 평생 다시는 없을 줄 알았다. 그것도 소중한 열 살짜리 '딸'과 함께.

두 사람은 늘 먹는 계란프라이와 토스트(지코는 의욕적으로 6등분한 식빵을 두 개나 먹었다)로 아침을 먹고 8시 전에 집을 나섰다. 아빠와 딸처럼 자연스럽게 손을 잡고 가장 가까운 역으로 향했다. 지코가 처음 유즈루의 손을 잡은 건 에비나에서 쇼핑하고 돌아오는 길에 목말을 태운 지코를 광장 출구에서 내려주고 역 개찰구로 걸어갈 때였다. 그때처럼 지코가 조심스럽게 내민 손을 꼭 잡자 지코는 반달처럼 웃는 눈으로 유즈루를 올려다봤다.

"오늘 꼭 타야 되는 건 '헌티드 맨션'이랑 '캐러비안의 해적', '정글 크루즈', '스페이스 마운틴' 그리고 또……."

스마트폰으로 테마파크 지도를 보면서 지코는 이미 놀이기구 이름을 다 외워버린 모양이었다. 유즈루 곁에서 기분 좋은 표정으로 통통 튀듯 걸으며 쉴 새 없이 재잘댔다. 그랬던 지코의 말수가 줄고 이마에 땀까지 맺히기 시작한 건 요코하마에서 도쿄로 향하는 전철로 갈아탄 지 5분 정도 지났을 무렵이었다. 이번에도 역시나 하는 생각에 유즈루의 기분이 무겁게 가라앉았다. 가와사키에 있는 쇼핑몰에 가려던 때와 또 똑같은 일이 벌어지다니. 전철이 요코하마에서 멀어질수록 지코의 안색은 점점 더 나빠졌다.

지난 3주간 지코와 외출할 때마다 비슷한 걱정이 앞섰다. 유즈루는 가와사키 역에 내렸던 날을 종종 돌아보면서 그날 지코가 아팠던 이유가 장거리 외출 때문이 아닐까 추측해보곤 했다. 영 터무니없는 짐작은 아니었다. 혹시 지코는 한 지역에서 벗어나면 안 되는 게 아닐까? 그래서 유즈루의 집에서 멀리 떨어질수록 상태가 악화되는 거라면? 그러나 요코하마의 미나토미라이 지구로 여행 갔을 때나 하행 전철을 타고 고난 지역의 스파 리조트, 해수욕장에 갔을 때 지코는 평소와 다름이 없었다. 심지어 에비나 쇼핑몰에서는 집에서보다 더 신이 난 얼굴로 내내 들떠 있었다. 그래서 한동안은 그날 컨디션이 나빴을 뿐이라 생각했다.

하지만 지금 지코는 또다시 같은 일을 겪고 있었다. 공교롭게도 그때처럼 JR 가와사키 역을 지나가는 상행선 안에서.

"괜찮아? 속이 안 좋아?"

유즈루가 고개를 숙여 물어보자 지코가 눈물 가득한 눈으로 유즈루를 쳐다보았다. 구토나 두통을 참고 있는 모습이 역력했다. 어지럽고 속이 메스껍냐고 묻자 지코는 힘없이 고개를 저었다.

"왜 이럴까요? 너무 걱정돼요."

"걱정돼?"

유즈루는 고개를 갸웃거리며 물었다.

"뭐가?"

"내가 이런 곳에 있어도 될까? 왠지 여기 오면 안 될 것 같은 기분이 들어요."

"전에 가와사키 역에 갔을 때도 그랬니?"

"응…… 하지만 신경 쓰지 마세요. 조금 있으면 익숙해질 거예요."

힘들면 집으로 돌아가겠냐고 여러 차례 확인했지만 지코는 단호하게 아니라고 대답했다. 그러는 사이 전철은 어느덧 요코하마시를 벗어나 가와사키시로 진입했다. 다마가와를 건너 도쿄도 내로 들어가면 컨디션이 다시 회복되지 않을까 막연히 기대했으나 지코의 안색은 점점 더 나빠졌다.

유즈루는 보름 전, 요코하마의 대표 명소인 아카렌가 창고 옆에서 지코와 함께 요코하마 베이브리지를 바라보던 때를 떠올렸다. 유즈루가 다음에는 오다이바의 레인보우브리지를 보러 가자고 제안하자 지코는 "음, 도쿄." 하며 별로 내키지 않는 듯 반응했다. 그때는 대수롭지 않게 넘어갔는데 지금 돌이켜보니 도쿄 쪽으로 가고 싶지 않았던 게 아닌가 하는 생각이 들었다.

전철을 갈아타고 지바 현에 들어서자 지코는 점점 더 심하게 얼굴을 찡그리며 괴로워했다. 가슴을 움켜잡고 눈썹을 잔뜩 찌푸린 모습이 아무래도 심상치 않았다.

'오면 안 될 것 같은 기분.'

조금 전 지코가 한 말이 어쩐지 묘한 뉘앙스로 다가왔다.

"안 되겠다. 집으로 돌아가자. 혹시 티켓값이 아까워서 걱정하는 거라면 괜찮아. 그리 비싸지 않아. 오늘은 일단 돌아가고 나중에 다시 예약해서 오자."

"안 돼요. 이게 파파와의 마지막 추억이 될 거란 말이에요."

지코가 힘겹게 쥐어짜듯 토해낸 말에 유즈루는 깜짝 놀라서 물었다.

"마지막…… 이라니?"

"디즈니랜드는 나랑 파파가 같이 보내는 여름방학의 마지막 추억이에요. 지난 한 달 동안 정말 얼마나 간절하게 기다렸는데요. 그러니까 반드시 꼭 가야 해요."

"하지만 이제 겨우 8월 중순이야. 여름방학이 끝나려면 아직은……."

"아마, 곧 끝날 거예요."

모깃소리처럼 작은 목소리. 지코는 시선을 내리깐 채 더 말이 없었다. 유즈루 또한 너무 당황해서 아무 말도 하지 못했다.

"디즈니랜드에 다녀온 뒤에 떠나겠다는 뜻이야?"

"그건 아니에요."

"그런데 오늘로 끝이라니, 왜 그런 슬픈 말을 해."

"몰라요. 그냥, 그런 느낌이 들어요."

창백한 얼굴로 몸을 잔뜩 웅크리고 있던 지코가 몸을 더 작게 웅크렸다. 어쩐지 그 모습이 평소보다 흐릿해 보였다. 지코가 당장이라도 눈앞에서 사라질 것만 같아서 유즈루는 급히 지코의 손을 잡았다. 손에 닿는 체온은 분명히 지코가 지금 여기에 존재한다는 사실을 증명하고 있었다.

더는 추궁하지 않는 편이 좋을 것 같았다. 지코 스스로도 설명할 수 없는 느낌인지도 모른다. 이를테면 자신이 이 세계에 머물 수 있는 시간이 이제 얼마 남지 않았다는 사실을 무의식적으로 예감하고 있다든지.

—제가 여름방학 동안 미쿠를 대신할게요! 미래 세계에 있는 동안 아저씨 딸이 될게요! 우리, 여름방학의 추억을 잔뜩 만들어요.

언제부터였을까? 지코가 옆에 있는 게 당연해졌다. 내일, 모레, 일주일 후, 한 달 후와 가을, 겨울에도 변함없이 함께할 거라고 어느새 그렇게 믿고 있었다. 특별한 사건이 벌어지지 않는 한 이 즐거운 '미래 여행'은 끝나지 않을 거라고, 그래서 지코가 자신의 곁을 떠나는 일도, 하늘로 돌아가는 일도 일어날 리 없다고 말이다.

그런데 고작 여름 한 철이라니. 이 기묘한 동거를 갓 시작했을 때만 해도 늘 '이별'을 의식하며 지냈다. 처음 만난 다음 날, 잠든 사이에 흔적도 없이 사라지지 않을까 싶었던 지코가 어느새 일어나 옷을 갈아입고 세수하는 모습을 보면서 당혹스러웠던 건 그 때문이었다. 디즈니랜드 티켓을 예매할 때도 혹시 지코가 떠나버려서 못 가게 되면 다른 사람에게 팔아야겠다고 생각했다.

하지만 어느새 둘이 함께 있는 '미래'가 더 자연스럽게 느껴졌다. 같이 수채화를 그리며 허물없는 시간을 보낸 그날 이후부터였을까? 아니면 쇼핑몰에서 즐겁게 쇼핑을 하고 새로 산 옷을 입을 날들을 당연하게 기대하면서부터였을까? 그렇지만 결국 그날은 찾아왔다. 짐짓 모른 체했던 사실을 직면하자 마음 저 깊은 곳에서부터 지진이 일어나는 느낌이었다.

"그럼 오늘은 밤늦게까지 신나게 놀자."

마치 무수한 바늘에 찔린 듯 가슴이 아팠지만 유즈루는 웅크리고 앉은 지코에게 웃어 보이며 말했다.

"하지만 절대 무리는 하지 마. 지코가 쓰러져서 구급차에 실려 가기라도 하면 큰일이니까. 자주 쉬면서 천천히 하나씩 하나씩 타자. 약속할 수 있겠어?"

"네!"

지코의 표정이 밝아졌다. 약해진 소녀를 순식간에 일으킬 만큼 디즈니랜드의 힘은 강력했다. 아니, 마법의 힘이라고 해야 하나.

전철 안에서 맥없이 늘어졌던 지코는 마이하마 역 플랫폼에 내리자 순식간에 생기로 가득 찼다. 열차 출발 신호인 디즈니 멜로디 리듬에 맞춰 몸을 좌우로 흔들며 경쾌하게 걸었다. 여전히 안색은 좋지 않았지만 본인이 괜찮다는데 자꾸 신경을 써도 지코를 불편하게 할 것 같아 그저 웃으며 지켜보기로 했다. 오늘이 마지막이라면 후회 없이 최대한 즐겁게 보내도록 해주자. 유즈루는 마음속의 안개를 헤치며 앞서가는 지코의 뒤를 서둘러 쫓았다.

10시 오픈보다 30분 일찍 도착했지만 입장 게이트 앞에는 이미 긴 줄이 늘어서 있었다. 그 광경을 본 지코가 입을 삐죽 내밀며 말했다.

"우리도 더 빨리 올 걸 그랬어요."

"미안! 사람이 이렇게 많을 줄 몰랐어."

"어쨌든 파파, 디즈니랜드 앱 사용 방법은 다 외웠어요?"

"사용 방법? 앱으로 디즈니랜드 지도랑 놀이기구 대기시간 보는 거 아니야?"

"아니에요! 앱으로 예약해야만 탈 수 있는 놀이기구가 있어요! 빨리 스마트폰 줘봐요."

열 살 아이의 적응력은 무시무시했다. 어느새 스마트폰 조작 방법과 앱 기능을 저렇게 능숙하게 익혔는지, 유즈루보다 더 익숙한 손놀림으로 스마트폰을 다뤘다.

지코의 설명에 따르면 유즈루가 디즈니랜드에 관심을 두지 않았던 지난 3년간 IT의 물결이 밀려왔다고 한다. 놀이공원 문이 열리자마자 인기 놀이기구를 먼저 탈 수 있는 패스트 패스를 사려고 사람들이 일제히 뛰어가는 광경은 이제 더 이상 볼 수 없는 모양이다. 코로나19의 영향으로 예약이며 추첨 시스템도 이것저것 달라진 부분이 많았다. 어쨌든 지코의 진두지휘에 따라 유즈루는 2020년대의 디즈니랜드 공략법을 단단히 머리에 집어넣었다. 그렇게 앱 사용법 공부를 하고 있으니 어느새 대기 줄이 움직이기 시작했다.

입구에서 배낭 검사를 받은 후, 두 사람은 밝은 음악에 떠밀려 디즈니랜드 안으로 들어갔다. 입구 근처에는 캐릭터 인형들이 앙증맞은 춤을 추며 입장객들을 환영하고 있었다.

"입장하자마자 바로 스페이스 마운틴으로 뛰어가야 하니까 파파도 힘내요!"

결연한 목소리로 유즈루에게 당부하던 지코도 연보랏빛 드레스 차림의 공주가 다가오자 수줍게 미소 지으며 손을 흔들었다.

여름방학 기간이라 사람이 많을 거라 짐작하고 나온 길이었다. 그러나 입장객 수를 제한한 디즈니랜드는 이제껏 본 중 가장 한산했다. 놀이기구 대기시간도 짧아서 덕분에 테마파크 안을 두루 돌아다니며 구경도 할 수 있었다. 고생해서 입장권을 산 보람이 있었다.

두 사람은 지코가 미리 계획한 코스를 따라 테마파크를 돌아다녔다. '스페이스 마운틴'의 속도감에 현기증이 오는 바람에 출구 근처에서 풀썩 쓰러져서 웃거나, '곰돌이 푸의 허니 헌트'에서는 귀여운 연출에 반해 세 번이나 더 타기도 했다. '잇츠 어 스몰 월드'에서는 잔잔한 감동을 느끼기까지 했다. '정글 크루즈' 속의 하마나 악어 앞에서 지코는 자기보다 어린 아이들보다 더 크게 비명을 질러댔다. '캐러비안의 해적'이나 '헌티드 맨션'에서도 유즈루에게 몸을 딱 붙이고 한시도 손을 놓지 않았다.

흥미로운 놀이기구 사이를 신나게 돌아다니다 보니 어느새 점심시간이 훌쩍 지났다. 두 사람은 레스토랑에 들어가 피자와 감자튀김을 주문하고 사이좋게 나눠 먹었다.

"파파, 배낭 주세요."

"마스크 바꾸려고?"

마스크에 토마토 소스와 포테이토 기름이 묻어 그런가 했는데 지코는 말없이 고개를 가로저었다.

"그건 나중에요. 내가 좋은 걸 가져왔어요."

지코가 배낭 안쪽에 손을 넣어 작은 반찬통을 꺼냈다. 반찬통 안에는 며칠 전에 만든 마블쿠키가 들어 있다.

"어? 이걸 언제 가방에 넣었어?"

"디즈니랜드에서 먹으면 좋을 것 같아서 파파가 안 볼 때 몰래 가방에 넣었지요!"

지코가 짐짓 잘난 체를 하며 웃었다. 유즈루는 주변을 둘러보고 근처에 사람이 없는 걸 확인한 다음 목소리를 낮춰 말했다.

"아무도 안 볼 때 얼른 먹을까?"

"네? 쿠키를 왜 몰래 먹어요? 누가 뺏어 먹을까 봐 그래요?"

"아, 디즈니랜드에 음식을 싸 오는 행위는 금지야. 페트병 음료나 떡, 껌 정도만 가지고 올 수 있어."

"진짜요? 원래 놀이공원에서는 가족끼리 도시락 먹는 거 아니에요? 파파가 도시락 쌀 생각을 안 하길래 대신 쿠키라도 가져온 건데."

지코의 진지한 표정과 말투에 유즈루의 입가에 다정한 웃음이 떠올랐다.

"놀이공원에서 먹는 도시락이라…… 이게 그거구나. 좋은 옛날

풍습이네."

"쿠쿵!"

"그런 리액션도 완전히 옛날식이야."

"가져오면 안 되는 줄 몰랐어요. 안미, 안미!"

"요즘 애들은 그런 말도 안 써."

"미래를 살기란 참 어려운 일이군요! OMG."

"너, 일부러 그러는 거지?"

좌절한 척 테이블에 푹 엎드린 지코의 어깨를 유즈루는 손가락으로 쿡쿡 찔러 일으켰다. 그러고는 킥킥 웃으며 반찬통에 든 마블쿠키를 재빨리 입 속으로 밀어 넣었다. 희미한 단맛이 흐릿한 배덕감과 함께 입 안 가득 퍼졌다. 규칙을 어겼다는 죄책감은 팝콘과 추로스를 두 개씩 구매해 디즈니랜드 매출을 올려주는 것으로 갚으면 된다.

오후 시간도 빠르게 지나갔다. 앱으로 예약한 미키 쇼를 보고, 긴 줄을 서서 기다린 끝에 도널드 덕과 기념사진도 찍었다. '빅 선더 마운틴'이나 '스플래시 마운틴' 같은 인기 놀이기구를 빠짐없이 다 타고, 대기시간이 짧은 놀이기구는 두세 번 연속해서 타기도 했다.

숨 쉴 틈 없는 일정이 지코의 컨디션 회복에는 오히려 도움이 되는 듯했다. 제트 코스터, 커피 컵을 아무리 타도 여전히 생생한 모습을 보면 오늘 아침의 증상은 아무래도 심리적 요인 때문인 것 같았다. 가끔 어지러운지 이마를 짚고 있기도 했지만 지코는 거의 내내 예쁜 웃음을 잃지 않았다. 그렇게 분주하고도 충실한 하루를 보냈다.

맨 앞줄에서 저녁 퍼레이드를 구경하고 레스토랑에서 부드러운 단맛의 카레로 저녁을 먹고 나니 어느새 문을 닫는 저녁 7시가 다가왔다.

"아아, 벌써 끝났네요. 코로나만 아니면 밤 10시까지 했겠죠?"

"그렇긴 한데 어쨌든 초등학생은 집에 돌아갈 시간이야."

"에이, 디즈니랜드에 왔는데, 이런 날은 초등학생도 좀 늦게 자는 거죠!"

이렇게 강하게 주장하는 모습을 보니 예전처럼 늦게까지 운영했으면 지코를 집에 데려가느라 고생깨나 했을 것 같았다. 야간 퍼레이드까지 다 보고 대기 줄이 짧은 놀이기구를 한 번씩 더 타고 다리가 퉁퉁 부어서야 겨우 일정이 끝나겠지. 그리고 집으로 가는 전철 안에서 지코가 깊이 잠들어버려서 집까지 힘들게 데려간 뒤 파자마로 갈아입히며 낑낑거리는 광경이 너무도 쉽게 머리에 떠올랐다.

두 사람은 레스토랑을 나와 인파에 묻혀 입구로 향했다. 땀이 밴 이마에 닿는 바람이 조금은 서늘했다. 아직은 해가 긴 8월 중순이었지만 어둑해진 하늘에는 어느덧 소슬한 밤의 기운이 감돌았다.

"파파, 저 돈 좀 주세요."

갑자기 걸음을 멈춘 지코가 말했다. 테마파크 출구까지 가는 동안 줄줄이 늘어선 기념품 가게를 내내 곁눈질로 흘끗거리더니 뭔가를 본 모양이다.

"기념품 사려고? 마음에 드는 걸로 골라. 내가 계산할게."

"그게 아니라, 제가 사고 싶어요. 5백 엔만 빌려주세요."

유즈루는 지갑을 꺼내 동전을 내밀었다. 지코는 5백 엔짜리 동전을 소중히 꼭 쥐고는 "파파는 여기에서 기다려요!" 하고 근처 가게로 뛰어갔다. 사람들이 오가는 아케이드에서 유즈루는 그렇게 혼자 서서 딸이 돌아오기를 기다렸다. 그러나 폐장 시간이 거의 다 될 때까지도 지코는 돌아오지 않았다. 그때까지 가게 입구를 지켜보며 아무 생각 없이 스마트폰을 만지작거리던 유즈루는 시간이 지날수록 차츰 불안해졌다.

마지막 추억, 여름방학의 끝, 오늘 아침 지코가 했던 말들……. 혹시 지코는 일부러 인파에 섞여 사라진 것이 아닐까? 하루를 즐겁게 보냈으니 유즈루가 보이지 않는 곳에서 몰래 하늘로 올라가 버린 걸까? 오늘 같은 날일수록 지코에게서 한시도 눈을 떼면 안 됐는데……. 꼬리에 꼬리를 무는 생각에 두려움이 극에 달했다. 유즈루는 정신없이 매장 쪽으로 달려가 실내를 살펴보았다. 그리고 바로 그 순간, 막 가게에서 뛰어나오던 아이와 정면으로 부딪칠 뻔했다. 지코였다.

오늘 아침 유즈루가 가르마를 타준 갈래머리, 둘이 같이 산 분홍색 미니 마우스 티셔츠가 눈에 들어오자 긴장이 풀리며 다리에서 힘이 빠졌다.

"파파! 왜 그래요? 저기서 기다리라고 했잖아요."

"아니, 네가 너무 안 와서……."

"생각보다 종류가 너무 많아서 오래 걸렸어요. 죄송해요."

지코가 손에 든 작은 쇼핑백을 내밀었다. 그러고는 수줍어하며 시선을 떨궜다.

"한 달 동안 정말 고마웠어요. 이거 선물이에요."

"뭐……."

"이제 못 만나겠지만, 나를 잊으면 안 돼요. 나도 파파를 잊지 않을 테니까."

그 순간, 내가 준 5백 엔으로 산 게 아니냐는 농담 같은 건 떠오르지 않았다. 한 달 동안 함께 지낸 딸의 깜짝 선물을 떨리는 손으로 건네받았을 따름이다.

"파파, 얼른 열어봐요."

지코의 재촉에 유즈루는 봉투 입구를 들여다봤다. 안에 은색 볼펜이 한 자루 들어 있었다. 미키 마우스와 미니 마우스 실루엣이 그려진 볼펜.

"포장을 안 한 이유는 지구온난화를 막기 위해서예요."

지코가 익살맞게 덧붙였다.

"집에서 일할 때 쓰세요. 지금은 회사에 가지 않으니까 볼펜에 미키 그림이 있어도 아무도 놀리지 않겠죠? 이거, 거스름돈이요."

지코가 작은 주먹을 불쑥 내밀었다. 50엔과 10엔 동전이 각각 하나. 동전에 실린 체온을 고스란히 느끼며 유즈루는 잔돈을 건네받았다. "고마워……." 하고 잠긴 목소리로 인사하자 지코는 뿌듯한 얼굴로 숨을 들이마시더니 가슴을 활짝 폈다.

"아주 즐거운 여름방학이었어요!"

지코는 유럽의 어느 거리를 본떠 만든 듯한 아케이드 지붕을 올려다보며 말했다.

그 순간 유즈루의 가슴속에서 무언가가 치밀어 올랐다.

'잊으면 안 된다니, 왜 그런 말을 하니? 사랑과 추억이 담긴 은색 볼펜 한 자루만 남기고 대체 어디로 가려는 거니? 공원에서 유난히 빛나는 소녀를 발견했던 37년 전 그날도, 진짜 아빠와 딸처럼 여름을 함께 보낸 지금도 나는 너를 진심으로 좋아하는데.'

잃고 싶지 않았다. 딸과 헤어지는, 몸이 찢겨나가는 듯한 고통은 두 번 다시 겪고 싶지 않았다.

'여기에 있어줘. 미쿠처럼 떠나지 말고 계속…….'

유즈루는 손안에 든 볼펜을 봉지째로 힘껏 움켜쥐었다. 손톱이 손바닥을 파고들 정도로 꽉 쥐었지만 통증조차 느낄 수 없었다. 오늘을 위해 자기가 가진 물건 중 가장 좋은 것으로 꾸민 지코를 유즈루는 머리부터 발끝까지 천천히 눈에 새겼다. 유즈루의 가슴에도 채 닿지 않는 자그마한 키, 그럼에도 의연한 빛이 감도는 두 눈, 그토록 좋아한 흰색 구두.

귓가에서 살랑 바람이 불었다.

문득, 깨달았다.

죽음이란 아름다운 것이 아니다. 영화나 드라마 속에서 죽음이 아름답게 묘사되는 이유는 그 역할을 연기한 배우들이 눈부신 생기를 발산하기 때문이었다.

물론 어렴풋이 알고는 있었다. 알고 싶지 않았어도 어쩔 수 없었다. 소중한 딸의 생명이 매일 한 움큼씩 서서히 스러져가고 있다는 사실을. 당연하게 존재하던 것이 이제 사라지려 한다는 사실을. 부드럽고 폭신한 검은 머리카락, 동그란 뺨, 까만 눈에 깃든 부드러운 빛, 태어난 후 단 한 번도 끊어진 적 없는 호흡, 박동하는 심장, 곁에 있는 이가 울부짖든 소리를 지르든 가차 없이 진행되는 죽음으로의 긴 여행.

아름다운 것이, 아름다워야 하는 것이 그렇게 손에서 조금씩 빠져나가던 바로 그 순간, 유즈루는 소리 높여 울었다. 가슴을 들썩이며 흐느꼈다. 두 손으로 감싼 미쿠의 손에는 아직 희미한 온기가 남아 있었다. 유즈루는 등을 굽힌 채 고개를 들지 못했다. 이제 더는 함께할 수 없는 딸의 모습을 자신의 눈에 새기기 두려웠다. "미쿠, 미안해. 그동안 괴로웠지?"라고 오열했지만 시선을 떨군 채 끊임없이 속삭였다.

"이제 싸우지 않아도 돼. 힘내지 않아도 돼. 이제 편안히 잠들렴."

그러고는 더는 견딜 수 없어 뒤를 돌아봤다. 사유리는 창가 소파에 몸을 기댄 채 흰 병실 천장을 올려다보고 있었다. 사유리 눈에 눈물은 없었다. 유즈루는 무력감과 함께 분노와 의문이 끓어올랐다.

'어떻게 눈물 한 방울 흘리지 않을 수가 있지?'

미쿠가 침대에서 일어나 건강해질 날을 꿈꾸며 유즈루는 필사적으로 간병했다. 그런데 사유리는 이미 모든 걸 체념한 태도로 미쿠의 앨범을 만드는 데만 몰두했다. 유즈루는 그런 사유리를 이해할 수 없었다. 그럴 시간에 미쿠를 살릴, 아주 실낱같은 가능성이라도 찾아야 했다.

어쩌면 이상한 사람은 유즈루 자신인지도 모른다는 생각도 했다. 미심쩍은 민간요법 책을 뒤지며 며칠씩 밤을 새우고 병원에서 지내던 날들. 진통제로 의식이 몽롱하던 미쿠에게 계속 그림책을 읽어주고, 끊임없이 이야기를 지어내서 들려주며 침대 곁을 떠나지 않았다. 다른 환자들에게 방해가 되니 그만두라고 주의를 주는 간호사에게 삿대질을 하며 화를 내서 사유리가 뜯어말린 적도 있었다.

도모나가 미쿠는 유즈루에게 그토록 소중한 존재였다. 특별한 장점도 개성도 없는 유즈루에게 삶의 의미를 부여해준, 둘도 없는 작은 생명.

미쿠와 헤어지는 마지막 순간, 유즈루는 간신히 고개를 들었다. 그래도 눈을 뜨지는 못했다. 그랬다가는 당장이라도 무너질 것만 같았다. 이런 고통을 견디느니 차라리 자신이 먼저 죽는 편이 낫지 않을까 싶을 만큼……. 차츰차츰 체온이 식어가는 작은 손을 꼭 잡은 채 유즈루는 감은 두 눈 너머로 떠올렸다. 건강하던 시절의 미쿠가 침대에 누워 눈을 감은 모습. 병마로 지친 흔적 하나 없는, 평안히 잠든 듯한 아름다운 얼굴, 그 거짓 없는 모습을 한심하게 콧물을 훌쩍이며 열심히 뇌리에 새겼다. 어떤 형태라도 좋으니 살아 있기를 간절히 바라면서.

다만 살아만 있기를, 살기를, 살아남기를.

제6장

그래서, 여기로

그날 밤, 지코는 사라지지 않았다.

비둘기가 구구 울음소리를 내는 아침이었다. 그 소리에 깨서 침대에서 내려온 지코는 아침 햇빛이 스며든 좁은 방 안을 이리저리 둘러보았다.

"잘 잤어? 일찍 일어났네."

유즈루가 이불에 누운 채 말을 걸자 지코가 놀란 듯 쳐다봤다.

"파파! 벌써 일어나셨네요. 안녕히 주무셨어요?"

"오늘은 아리 인사 안 해?"

"응차!"

지코는 오른손을 올리고 〈닥터 슬럼프〉의 주인공처럼 기운차게 인사했지만 어쩐지 조금 멋쩍어하는 얼굴이었다.

"이상해요. 분명 디즈니랜드가 파파와의 마지막 추억이 될 거라는 기분이 들었거든요. 그래서 어제 선물도 주고, 자기 전에 작별 인사도 한 건데……. 제가 착각했나 봐요."

"나는 좋은데. 오늘도 또 지코와 만날 수 있어서."

"저도요! 하지만……."

지코는 한 팔로 턱을 괸 채 천장을 올려다보며 생각에 잠겼다. 자신의 직감이 틀렸다는 사실이 영 이상한 모양이었다. 유즈루가 보기엔 그런 모습이 더없이 귀엽고 사랑스러웠다. 한편으로는 막막한 통증이 가슴을 짓눌렀다. 지코는 지금 이 상황을 이해하지 못하는 듯하지만 유즈루는 사실 어느 정도 짐작하고 있었다. 오늘 아침에도 지코가 자신과 같은 방에서 눈을 뜨리라는 사실 그리고 오늘 유즈루가 어떤 결정을 내리는가에 따라 지코와 진짜 작별의 순간이 찾아올 수 있다는 사실도.

어젯밤 집에 돌아와서 지코가 샤워를 하는 동안 유즈루는 누군가에게 전화를 걸었다. 그 통화로 알게 된 사실은 유즈루의 추측과 완전히 들어맞았다. 자신이 세운 가설을 정리하느라 유즈루는 밤을 꼬박 새웠다. 어제 디즈니랜드를 다녀온 피로가 다 풀리지 않았는데 잠도 자지 못했으니 피곤할 법도 했지만, 이상하게 머릿속은 무서울 정도로 맑았다.

'가고 싶지 않다.'

'그렇지만 가야 한다.'

가슴속에서 두 마음이 싸우고 있었다. 이별을 받아들이지 못하고 지코와 보내는 여름을 최대한 길게 이어가려는 자신과 지코를 위한 선택을 하라며 이성적인 판단으로 등을 떠미는 자신.

그건 마치 아이와 어른의 싸움 같았다. 감정적으로 떼쓰는 자신을 또 다른 자신이 열심히 달래는 꼴이었다. 오늘 유즈루가 그

곳에 데려가지 않는다면 지코는 조금 더 유즈루의 곁에 남아 있을까? 하지만 이미 깨달은 진실을 모른 척할 수는 없었다. 유즈루는 여전히 갈등하면서도 짐짓 웃는 얼굴로 지코에게 물었다.

"오늘 지코와 가고 싶은 곳이 있어. 같이 가줄래?"

"어디요?"

"비밀이야."

"음, 좋아요."

지코는 턱을 괸 채 천장을 올려다보며 말했다.

"오늘은 정말로 마지막 날이 될까요?"

"그럴지도 몰라."

유즈루는 억지로 대답하면서 덮고 잤던 이불을 정리했다.

"나가기 전에 우선 뭘 좀 먹자."

"계란프라이! 내가 할까요?"

"아니, 내가 할게. 오늘은 특별히 베이컨에그로 한다."

그렇게 말하며 냉장고를 열자 "아싸!" 하고 천진난만한 지코의 환호성이 들려온다.

지코는 어린 나이에도 제법 요리를 할 줄 알았다. 게다가 한 달 동안 유즈루와 같이 여러 요리에 도전하면서 실력이 더 늘었다. 그러니 계란프라이 정도야 간단히 만들 줄 알겠지만 함께 보내는 마지막 날이 될지도 모르니, 부모로서 뭔가를 해주고 싶었다.

바삭하게 구운 베이컨에그에 지코가 지난 한 달간 차린 메뉴 중 최고점을 준 150엔짜리 마트 식빵까지 바삭하게 구워 아침으로 먹고, 외출 전 옷매무새를 점검했다. 만일에 대비해 지코가 유즈루와 처음 만났을 때와 똑같은 옷차림, 토끼 그림이 있는 흰 티셔츠와 아플리케가 달린 무릎 길이의 레몬색 치마, 흰 운동화에 노란색 통학 모자까지 쓰게 했다. 혹시 몰라서 베이지색 트레이닝 재킷도 허리에 둘러주었다. 지코는 의아해하는 기색 없이 유즈루의 부탁에 따랐다. 디즈니랜드가 마지막일 거라는 예상은 빗나갔지만 어쨌든 곧 이별의 시간이 찾아온다는 사실을 어렴풋이 직감하는 듯했다.

집을 나온 두 사람은 역까지 걸어가 티켓을 샀다. 개찰구를 빠져나가 요코하마와 반대 방향의 플랫폼으로 향하자 "어? 오늘은 이쪽이에요?" 하고 지코가 물었다.

"혹시 또 에비나에 가요?"

"일단은."

"아직 쇼핑몰 문 안 열었을 것 같은데?"

"뭐 어떻게든 되겠지."

사실 오늘의 외출 목적은 쇼핑이 아니었다. 하지만 일단 대답을 얼버무리며 마침 플랫폼으로 들어온 전철에 올랐다. 도심으로 출근하는 승객들의 흐름과 반대 방향이라 그런지 전철 안은 텅 비어 있었다. 유즈루가 '이렇게 사람이 적으면 적자 나는 거 아닌가.' 하는 생각을 하며 앉아 있는 동안, 지코는 의자에서 일어나 부산스럽게 돌아다녔다. 노약자석 표시를 들여다보거나 차량 전광판에서 나오는 광고를 시청하느라 여념이 없었다.

종점에 가까워질수록 지코는 점차 더 환하게 웃는 얼굴이 되었다. 작은 새처럼 가볍게 움직이는 그 모습을 유즈루는 복잡한 기분으로 바라봤다.

에비나 역에 도착하자 지코는 오래 기다렸다는 듯 전철에서 바로 뛰어내렸다. 개찰구에 표를 넣고 쇼핑몰 방향으로 향하는 지코를 유즈루가 얼른 불러 세웠다.

"그쪽 아니야."

"어? 쇼핑몰 가는 거 아니에요?"

"여기에서 전철을 갈아탈 거야. 오늘은 조금 더 멀리까지 가려고."

전에 없이 밝은 지코의 얼굴 위로 놀란 표정이 떠올랐다. 그리고 한순간 눈을 내리깔았다. 지코도 오늘의 목적지가 어디인지 짐작한 것 같았다.

두 사람은 에비나 역에서 다른 노선으로 갈아탔다. 차창 밖을 내다보며 유즈루는 생각에 잠겼다. 모르긴 해도 지난 수십 년간 거리는 크게 달라졌을 것이다. 어떤 게 옛날부터 있던 건물인지, 또 어떤 건물이 새로 생겼는지 좀처럼 구별하기 어려웠다. 사람들은 작은 변화가 쌓여서 생긴 큰 변화에 이토록 둔감하다. 아내나 딸과 함께 다닐 때 주로 차를 타긴 했어도 대학 입학 후 본가를 떠나 살았던 25년 동안 유즈루는 종종 전철을 타고 이 거리를 지나쳤다. 그럼에도 변화를 한눈에 알아보기는 힘들었다.

그 사이 전철이 마침내 목적지에 닿았다. 지코는 플랫폼에 내려서 양팔을 좌우로 벌린 채 눈을 감고 심호흡했다. 마치 대자연의 깨끗한 공기라도 들이켜는 것처럼 진심으로 기분 좋은 얼굴이었다. 시가지에서 멀리 떨어진 교외나 공원이면 몰라도 도심의 역 주변 공기란 요코하마와 별 차이가 없을 텐데…….

"버스를 타거나 20분 정도 걸어야 하는데, 둘 중에 뭐가 좋아?"

"날씨도 좋으니까 걸을래요!"

"이제 '미래'의 더위에 익숙해졌구나."

"네! 디즈니랜드에서 신나게 돌아다니려고 한 달 동안 열심히 노력했거든요."

"어제 그 노력의 성과를 거두었지."

"그런데 어디 가는지 아직 비밀이에요?"

지코가 조심스레 물었다. 더 얼버무릴 필요도 없겠다 싶어 유즈루는 솔직히 말했다.

"여기가 내가 자란 마을이야."

"아, 그래요?"

지코의 대답은 의문형이었지만 말투가 영 어색했다.

"본가가 있는 동네에 가보려고."

"어? 파파의 엄마…… 그러니까 할머니 집에 데려간다는 말이에요?"

"아니, 그 근처까지만."

두 사람은 대화를 주고받으며 뜨거운 햇빛 속을 나란히 걸었다. 이렇게 멀리까지 외출하는 경우는 그리 많지 않았지만, 지난 한 달간 어디를 가든 언제나 지코와 동행했다. 그런데 이렇게 함께 걷는 일도 이제 마지막이라고 생각하니 아무리 더워도 지코의 손을 잡지 않을 수 없었다. 지코도 자신의 작고 아담한 손으로 유즈루의 손에 깍지를 끼며 맞잡았다.

두 사람은 땀이 밴 손을 잡은 채 버스가 다니는 넓은 도로변을 한참 걸었다. 그렇게 걷다 보니 어느새 눈에 익은 주택가에 들어섰다. 그곳은 예전 그대로였다. 당시에는 신축이었던 조립식 주택들이 낡고 색이 바랜 채 그대로 남아 있었다. 1980년대에 정점을 찍은 뒤, 마을 곳곳에서 왁자지껄 뛰어놀던 아이들은 다 사라지고 베이비붐 세대의 노인들과 함께 쇠퇴해가는 과거의 신흥 택지 지구……. 두 사람은 낡은 주택들이 질서 정연하게 늘어선 골목길을 천천히 걸었다.

'아아, 저기가 겐스케 집이지. 여기서 꺾으면 신네 집이 보일 텐데. 요타네 집은 조금 더 가서 초등학교 바로 옆이었지.'

벌써 25년이나 지났지만 초등학생 시절 이후 조금도 변하지 않은 거리를 보고 있자니 오래된 기억이 자연스레 되살아났다. 도중에 '사랑의 집'이 있던 곳도 지나갔다. 그곳이 최종 목적지라고 생각했는지 지코가 갑자기 걸음을 멈췄다. '사랑의 집'은 1990년대 후반 문을 닫고 건물이 헐린 뒤 분양지로 매각되었다. 그 자리에는 주택 단지가 들어섰다.

유즈루는 지코의 손을 잡은 채 그 앞을 지나 계속 앞으로 나아갔다.

"파파네 집은 어디쯤이에요? 여기서 가까워요?"

"저기 교차로에서 오른쪽으로 꺾으면 바로야."

"아, 저기서부터 길이 조금 넓어지죠?"

"여기에서 보이니? 난 잘 모르겠는데."

그렇게 말하며 목을 빼 살피는 시늉을 하자 지코는 아차 하는 표정을 짓더니 입을 다물어버렸다. 일부러 그런 건 아니지만 어쩐지 지코를 곤란하게 한 것 같아서 유즈루는 살짝 미안해졌다.

유즈루가 지코와 가려고 하는 목적지는 본가 앞 도로를 건너서 조금 더 안쪽으로 들어간 곳, 주택가의 끄트머리였다. 그네, 시소 같은 놀이기구가 전부 철거되어 이제는 찾아오는 아이들이 많이 줄었겠지만, 40년 전만 해도 얼음땡이나 땅따먹기를 하는 아이들로 늘 북적이던 넓은 공원이 그곳에 있었다.

"여기는……."

지코가 혼잣말처럼 중얼거렸다. 그리고 이미 다 알고 있다는 눈빛으로 유즈루를 가만히 올려다보았다. 37년 전 유즈루가 요시이케 지카와 만난 추억의 장소. 여기에 와야 했다. 지코의 몸은 처음부터 이곳으로 오기를 원하고 있었다. 과거에서 타임 슬립한 지코에게 지박령 같은 특징이 있는 게 아닐까 추측했는데, 어떤 의미에서 본다면 유즈루의 추측이 맞았다. 다만 지코의 몸이 무의식중에 끌린 장소는 유즈루가 사는 요코하마의 빌라가 아니라 본가가 있는 여기 가나가와현의 마을이었다.

그래서 이 마을에서 멀리 떨어질수록 이상하고 불편한 증상들이 나타났던 것이다. 같은 이유로 이 마을과 가까워지면 다시 쾌활하고 명랑해졌다. 요코하마나 고난에서는 괜찮은데 도쿄에 가까운 가와사키 북쪽 지역으로 가면 이상 증상이 나타난 이유는 간단했다. 이곳과 직선거리가 멀었다. 유즈루가 근처 고난 지역이 아니라 시즈오카의 바다로 갔다면 전철이 고난을 지나 현 경계에 접어들면서 가와사키 역이나 디즈니랜드에 갔을 때와 똑같은 일이 벌어졌을 것이다.

공원 입구에 잎이 울창한 큰 나무가 서 있었다. 그날 지코가 친구와 같이 올랐던 나무였다. 못 본 사이에 나무 둥치가 한 아름은 더 두꺼워진 듯했다.

유즈루는 덥다며 나무 그늘 밑으로 가자고 말했다. 지코가 종종걸음으로 뒤따라왔다.

"지코, 몇 가지 묻고 싶은 게 있어."

"뭔데요?"

유즈루가 조용히 말을 삼키자 지코는 긴장한 듯 표정이 굳었다. 그 얼굴을 보니 어디부터 말해야 할지 고민이 되어 유즈루는 한참을 주저했다. 지금부터 착각과 비밀로 가득했던 그들의 관계를 하나하나 다 수정해야 했기 때문이다.

유즈루는 천천히 숨을 들이켰다.

"우선, 첫 번째 질문. 지코는 처음 만났을 때부터 내가 누구인지 알고 있었지? 초등학교 4학년 때, 이 공원에서 같이 놀던 아이들 중에 도모나가 유즈루라는 이름의 남자아이가 있었잖아."

바로 어젯밤까지만 해도 유즈루는 지코가 자기가 누군지 모를 거라고 확신했다. 자신이 지코를 또렷하게 기억하는 이유는, 지코가 유즈루의 첫사랑인 동시에 잔혹한 범죄의 피해자가 되었기 때문이다. 그러나 지코에게 유즈루는 그저 열 명 가까이 있던 남자애 중 한 명에 불과할 뿐이다. 게다가 40년 가까운 세월이 지나 완전히 아저씨가 된 자신이 그때 그 소년임을 알아볼 리 없었다.

그러나 생각해보면 1984년 11월의 시대에서 온 지코에게 유즈루와 함께 놀았던 일은 바로 얼마 전의 일이다. 게다가 확실하지는 않지만 겐스케한테서 신발을 빼앗아 지코에게 돌려주면서 유즈루가 자기 이름을 말했던 기억이 난다. 만약 지코가 사실은 기억을 완전히 잃은 게 아니고, 자신이 누구인지 모른다는 말이 거짓이라면? 처음부터 의도적으로 그 사실을 감췄다면?

한 달 전, 두 사람이 거리에서 처음 만났을 때, 지코가 그리 흔치 않은 유즈루의 이름을 듣고 눈앞에 서 있는 중년 아저씨가 얼마 전 공원에서 같이 놀았던 남자아이와 같은 사람임을 알아차렸다고 해도 전혀 이상한 이야기는 아니었다.

"어떻게 알았어요?"

지코가 눈이 휘둥그레져서 조심스럽게 물었다. 돌이켜보면 힌트는 얼마든지 있었다. 예를 들면 유즈루가 처음 자신을 소개했을 때 지코가 보인 어색했던 반응, 지코라는 별명만 대충 알려주고는 본명도 사는 곳도 아무것도 모른다고 둘러댄 점, 에비나 지역을 잘 아는 것 같은데 그에 대해 물으면 거북해하면서 말을 흐린 모습. 그리고…….

"여러 가지 단서가 있었지만 제일 이상한 점은 역시 네가 마스크를 절대 벗지 않는 거였어. 처음에는 코로나 때문이라는 말을 그대로 믿었어. 하지만 서로의 초상화를 그리면서도 마스크를 벗지 않아서 이상하다고 생각했지. 디즈니랜드에서 피자나 감자튀김을 먹을 때도 그랬고……. 식사 시간이나 잠잘 때까지도 마스크를 철저히 쓰는 데에는 감염 예방이 아니라 다른 이유가 있는 게 아닐까? 혹시 얼굴을 감추려는 게 아닐까? 혹시 내가 원래 아는 사람이 아닐까? 이런 추론 끝에 깨달은 거야."

처음에 같이 햄버거를 먹으러 갔을 때만 해도 지코는 코로나 바이러스에 감염될까 봐 진심으로 두려워했고 유즈루와 한 자리를 건너뛰고 앉기까지 했다. 하지만 그 뒤로는 사실 감염에 그다지 신경을 쓰지 않았다. 언제나 마스크를 쓰고 있기는 했지만 벤치에 나란히 앉아 아이스크림을 먹었고, 마주 앉아서 대화하며 오므라이스를 먹을 만큼 감염에 대한 경계심이 많이 누그러진 상태였다. 밤에 잠을 잘 때까지 마스크를 쓰는 것 역시 감염 예방을 위한 행동이라고 보기 어려웠다. 두 사람은 멀리 떨어져 잘 뿐 아니라 방 환기도 자주 하는데 굳이 마스크를 쓴 이유는 얼굴을 가려야 했기 때문이었다.

"하지만 시간이 엄청나게 많이 흘렀는데 어떻게 나를 기억했어요? 파파에게는 어렸을 때 일이잖아요? 마스크를 쓴 얼굴만 보고 기억이 떠오른 거예요?"

지코는 진심으로 궁금하다는 얼굴로 유즈루를 올려다봤다. 유즈루는 뭐라고 대답해야 할지 망설였다. 네가 첫사랑이라 그렇다고 솔직하게 털어놓을 수는 없었다.

"아니, 그건 전혀 아니야. 힌트는 얼굴이 아니라 이름이었어. '지코'라는 별명을 가진 아이는 내 인생에서 단 한 명밖에 없었으니까."

"우와, 말도 안 돼! 잊지 않았구나! 다른 아이들이 나를 '사랑의 집' 아이라고 불러서 유즈루 군도 내 별명을 모를 줄 알았는데, 실패했네."

지코는 자기도 모르게 유즈루를 '유즈루 군'이라고 불렀다.

"근데 어릴 적 같이 놀던 사이라는 걸 왜 그렇게까지 숨기고 싶었어? 24시간 내내 마스크를 쓰면서까지……."

유즈루가 물어보자 지코는 의외의 대답을 했다.

"그야 부끄러우니까."

"부끄럽다고?"

"왜냐하면 미래에서 만난 친절한 아저씨가 얼마 전에 같이 놀았던 남자애라니! 나도 엄청 놀랐어요. 30년도 넘게 시간이 지났으니까 이제 나 같은 건 당연히 잊어버렸을 줄 알았지만, 혹시 기억하고 있으면 그건 곤란하니까……."

막연한 대답이었지만 그 마음을 헤아릴 수는 있었다. 입장을 바꿔 생각하면 충분히 이해가 간다. 갑자기 타임 슬립을 한 상황도 기가 막힌데, 미래에서 마주친 중년 아저씨가 바로 얼마 전에 공원에서 같이 놀던 아이랑 동일 인물이라는 사실을 알게 되면 크게 당황할 수밖에 없을 것이다. 게다가 상대는 그 일을 완전히 잊어버렸을 가능성이 크다. 자기라도 그런 상황에 처한다면 구구절절 세세하게 설명하기보다는 전혀 모르는 사람인 척했을 것이다. 아무튼 지코도 비슷한 판단하에 정체를 숨겼다는, 뭐 그런 이야기였다.

"지금까지 정말 잘 숨겼네. 어느 정도 시간이 지난 다음에는 밝혀도 좋았을 텐데."

"미안해요."

"이름이나 사는 곳이 어딘지 기억이 안 난다는 말도 전부 나한테 힌트를 주지 않으려고 꾸며낸 거짓말이었어?"

"맞아요. 잘못했습니다."

지코는 눈에 띄게 풀 죽은 모습으로 고개를 움츠렸다.

"아, 괜찮아. 나 지금 너한테 화내는 거 아니야."

서둘러 달래보았지만 지코의 표정은 나아지지 않았다.

"또 묻고 싶은 게 뭐예요? 두 번째는요?"

지코가 재촉하자 유즈루는 망설이면서 입을 뗐다.

"요시이케 지카."

유즈루는 그 이름을 말하면서 지코의 반응을 관찰했다. 기억이 나지 않는다는 말이 전부 다 거짓은 아닌 듯했다. 이름, 사는 곳 같은 기본적인 정보는 기억하고 있었지만 기억 일부를 잃은 것만은 확실해 보였다.

—아저씨, 나는 그냥 길을 잃은 아이가 아니에요. 왜 하필 지금 여기, 무서운 바이러스가 퍼진 곳에 와 있는지 모르겠어요. 제발 도와주세요. 어떻게 해야 제가 살던 시간대로 돌아갈 수 있을까요?

처음 빌라 앞에서 만났을 때 지코는 매우 혼란스러워했다. 그때 지코의 말에서 거짓은 느껴지지 않았다. 실제로 지코는 타임슬립을 하기 직전에 일어난 일들은 아무것도 기억하지 못했다. 자신이 갑자기 미래로 오게 된 원인을 모르는 게 분명했다.

"지카는 왜요? 제 친구인데."

초조함을 견디지 못했는지 지코는 재촉하듯 유즈루에게 물었다. 그 말에 유즈루는 몸 안의 힘이 전부 빠져나가는 기분이었다.

"어떤 아이였는지 가르쳐줄래? 외모나 성격 같은 거."

"키가 아주 커요! 나랑 같은 4학년인데 벌써 150센티미터나 돼요. 얼굴도 예쁘고 피부도 하얗고 스타일도 좋아서 주위에서 다 모델 같다고 해요. 운동은 잘 못하지만. 유즈루네 초등학교 아이들이랑 사이가 좋아서 같이 많이 놀았고……."

많이 좋아하는 친구였을까? 친구에 대해 설명하는 지코의 뺨은 빨갛게 상기되어 있었다. 더 들을 필요도 없었다. 전부 유즈루의 착각이었다. 37년 전 그날, 유즈루가 '사랑의 집' 아이들과 처음으로 같이 논 날이었다. 모인 아이들이 너무 많아서 한 사람씩 이름을 소개할 시간은 없었다. 키 큰 여자아이가 작은 아이를 '지코'라고 부르는 걸 또렷이 들었을 따름이다. 그 직후 나무에 올라가는 지코를 홀린 듯 바라보던 유즈루에게 같은 반 요타가 히죽거리며 말했다.

—너도 반했구나? 지카 엄청 귀엽지? 모르는 사람이 길에서 말을 건 적도 있대.

그래서 '지카'가 '지코'의 이름이라고 생각했다. 하지만 그날 요타가 엄청 귀엽다고 말한 상대는 지코가 아니라 그 옆의 키 큰 친구였다.

유즈루는 나무 그늘 아래 서 있는 지코를 가만히 내려다보았다. 유즈루의 가슴에도 닿지 않을 만큼 작은 키. 초등학교 입학 후 줄곧 앞번호였다고 한다. 사람들이 늘 자기 진짜 나이보다 어리게 본다는 말도 했다. 몸집이 아담했던 미쿠의 원피스가 딱 맞을 정도로 작은 키의 초등학교 4학년. 지코는, 요시이케 지카가 아니었다.

그 사실을 깨닫고 나니 그간 뭔가 묘하게 어긋난 느낌을 주던 정보들이 줄줄이 떠올랐다.

당시 언론 보도에 따르면 초등학교 4학년인 요시이케 지카는 가나가와 여학생 연쇄 유괴살인사건의 피해자 다섯 명 중 가장 나이가 어렸다. 다른 피해자들의 나이는 초등학교 6학년 한 명, 중·고등학생 세 명이었다. 피해자 중 초등학생이 두 명이나 있어서 범인은 '롤리타콤플렉스'를 가진 '소아성애자'가 분명하다고 선정적으로 보도되기도 했다. 그러나 그때 그 보도들이 과연 어떤 근거를 가진 이야기였을까? 후에 밝혀진 바에 따르면 범인의 방에는 세일러복을 입은 애니메이션 여성 캐릭터들의 피규어가 장식장 가득 진열되어 있었다고 한다. 즉, 범인이 범행 대상으로 삼은 아이들은 '소아성애자'의 타깃인 어린 아동이 아니라 그보다는 성인에 가까운 연령의 학생들이었을 것이다. 그렇게 생각하면 고작해야 초등학교 2, 3학년으로 보이는 지코는 애초에 범행 대상과 맞지 않았다. 이 지점에서 의문이 생긴다. 다른 친구들이 연예인처럼 귀엽다고 떠들던 여자아이를 앞에 두고도 왜 유즈루는 그 옆에 있는 작고 활발한 지코에게 눈길을 빼앗겼을까. 답은 간단하다. 모델처럼 스타일이 좋은 아이는 유즈루의 취향이 아니었다. 유즈루는 옛날부터 작은 키를 콤플렉스로 여겼다. 성인이 되어서도 회사 선배가 모닝구 무스메 멤버 중에서 누굴 가장 좋아하냐고 물으면 미니모니의 쓰지라고 대답한 탓에 "도모나가는 검은 머리의 아담한 타입을 좋아하는구나." 하는 말을 들은 적도 있었다. 이렇듯 취향이란 사람마다 다른 법이다.

그날, 유즈루의 눈에 가장 빛나 보이던 사람은 그 누구도 아닌 지코였다. 그런 사소한 엇갈림으로 유즈루는 지코의 본명이 요시이케 지카라고 착각했다.

그리고 며칠 후 유괴사건이 발생했다. 피해자의 이름이 요시이케 지카라는 사실을 듣자마자 유즈루는 그 충격에 압도되고 말았다. 텔레비전이나 신문에서 피해자의 얼굴을 봤다면 자신이 착각했다고 깨달았겠지만 그 당시에는 사건에 관한 정보는 그게 무엇이든 떠올리는 것조차 힘들어서 뉴스를 전혀 보지 않고 지냈다. 지나치게 무거운 사건이었기에 반 친구들 사이에서도 그 일을 입에 올리는 건 금기였다. 게다가 그 뒤로는 두 번 다시 '사랑의 집' 아이들과 같이 어울린 적이 없었다. 그래서 유즈루는 지금껏 큰 착각을 한 채로 살아온 것이다.

37년 전 이 공원에서 같이 놀았던 유즈루의 짧은 첫사랑, 지금 눈앞에 있는 아이는 요시이케 지카가 아니었다. 잔혹한 연쇄 살인범에게 살해당하지 않았다. 타임 슬립이 끝나도 하늘나라로 가지 않는다. 지코는 살아 있다.

"근데 지카에 대해서는 왜 묻는 거예요? 아, 혹시 파파도 지카를 좋아했어요? 지카는 확실히 남자애들한테 인기가 많았으니까."

어쩐지 의기소침한 표정으로 진지하게 말하는 지카를 보자 유즈루는 그만 웃음이 나올 뻔했다.

'그게 아니야. 어릴 때 내가 좋아했던 사람은 너야.'

하지만 중년 아저씨가 된 지금 그런 말을 내뱉을 수는 없다. 상상만 해도 곤란하다. 유즈루는 경직된 얼굴로 표정을 감추면서 조심스레 말을 이었다.

"그게 아니라, 나는 지코가 이 시대로 타임 슬립한 이유가 지카와 관련이 있는 것 같거든."

"지카와?"

"조금 더 가르쳐줄래? 지카가 평소에 아주 소중하게 여기는 물건이 있었지? 기억하니?"

"아, 빨간 구두!"

지코의 말이 술술 이어졌다.

"돌아가신 어머니가 마지막으로 준 선물이라 지카한테는 정말 소중한 구두였어요. 사실 뛰어놀 때 신기에는 불편했을 텐데, 곧 작아질 것 같다면서 언제나 그 구두를 신었어요. 돌아오면 언제나 천으로 깨끗이 닦아두었고. 그날 어떤 남자애가 그 구두를 빼앗아 달아났을 때, 지카가 막 우니까 파파가 곧바로 찾아줬잖아요! 그래서 다른 남자애들이 지카를 좋아하는 거 아니냐고 놀려서 파파는 곧장 집으로 가버렸고……. 실은 그때 지카가 속으로 아주 기뻤다고 말했는데…… 아!"

너무 많은 말을 털어놓았다 싶은지 지코가 뒤늦게 마스크를 손으로 가리며 입을 다물었다.

그리고 갑자기 누군가를 찾듯 공원 안을 황급히 둘러봤다. 에비나를 나온 후 내내 혈색 좋던 얼굴이 급격히 창백해졌다. 한여름 햇빛이 내려앉은 눈동자마저 점점 공허해졌다.

"지카……."

지코는 비틀거리며 나무를 손으로 짚었다.

"지카!"

지코는 등을 나무에 기댄 채 서서히 땅으로 무너져 내렸다. 옆에서 지켜보던 유즈루는 작게 웅크리고 앉은 지코의 어깨에 조금이나마 위로가 되길 바라며 가만히 손을 얹었다. 나도 그 마음을 안다고 말해주고 싶었다. 다른 초등학교에 다니던 자신조차 반년 넘게 그 충격을 떨쳐내지 못했으니 지코는 더욱 상심이 컸을 것이다. 같은 시설에서 지내던 친한 친구가 유괴되어 살해당했다. 타임 슬립 직전에 발생했을 그 비극적인 사건을 지코는 마침내 지금 떠올렸다.

깊은 밤, 악몽을 꾸고 흐느끼던 모습을 보면 완전히 잊은 것은 아닐지도 모른다. 다만 최근 한 달 동안은 그 참혹한 기억이 의식의 표면으로 떠오르지는 않았을 터였다. 어쩌면 한여름의 '미래 여행'을 조금이라도 즐기게 해주려는 신의 배려였을까?

그런 괴로운 기억을 되살리게 했다는 죄책감에 유즈루는 점점 더 마음이 무거워졌다. 하지만 이 사건의 충격을 극복하지 않으면 지코는 '목적'을 달성할 수 없다.

그렇다. 이 모든 일의 계기가 된 것은 구두였다. 디즈니랜드에 갔던 날, 아케이드 지붕을 올려다보는 지코의 모습을 물끄러미 바라보다가 유즈루는 처음으로 그런 결론에 도달했다.

작고 아담한 체구의 지코와 운동화를 신은 발끝에 시선이 머물다가, 지코가 전날 신은 흰색 구두가 떠올랐다. 37년 전 요시이케 지카의 빨간 구두와 상당히 비슷한 메리제인 구두였다. 그 순간 어떤 장면이 뇌리를 스쳤다. 에비나의 쇼핑몰에서 신발 매장을 둘러볼 때였다. 지코는 놀란 듯 발걸음을 멈추더니 한참 동안 선반에 진열된 빨간 메리제인 구두를 응시했다. 그땐 친구가 신던 것과 비슷한 구두를 보고 부러워하는구나 생각했는데, 그게 전부가 아니었을지도 모른다는 사실을 문득 깨달았다. 유즈루가 흰색 구두를 사주자 품에 안고 기뻐했던 걸 보면 메리제인 구두에 대한 동경이 있던 건 분명하다. 그렇지만 구두를 본 순간 깜짝 놀란 표정을 지은 모습은 역시 이상했다. 그렇게 곰곰이 생각해보니 흩어져 있던 단서들이 차츰 연결되었다. 37년 동안 정정할 기회가 없었던 대단히 큰 착각……. 지코가 마스크로 얼굴을 가린 진짜 이유는 따로 있었다.

머리 위의 나뭇가지 어딘가에서 매미가 큰 소리로 울기 시작했다. 맑고 푸른 하늘과 울창한 초록잎 아래 주저앉은 지코와 유즈루를 차분하게 내려다보면서.

"지코, 혹시 기억하니? 며칠 전에 지코가 무서운 꿈을 꾸다가 심하게 가위에 눌린 적이 있었어. 다리까지 버둥거리면서 '어디 있어!', '못 찾겠어!' 하고 필사적으로 외치더라."

"내가 그런 잠꼬대를……."

창백해진 얼굴로 고개를 갸웃거릴 뿐 정작 지코는 아무것도 기억이 나지 않는 모양이었다.

"나를 처음 만났을 때 네가 왜 미래로 왔는지 이유를 모르겠다고 했지?"

"그건 지금도 그래요. 여기로 오기 바로 전에 무슨 일이 있었는지 전혀 기억이 안 나요."

"이건 내 추측인데, 지코는 구두를 찾고 있었던 게 아닐까?"

"구두?"

매미 울음소리에 지지 않을 만큼 또렷한 목소리로 지코가 되물었다.

"그러니까 지카의……?"

그러고는 다음 순간 천천히 고개를 끄덕였다.

요시이케 지카 유괴살인사건이 발생한 시점은 바로 유즈루와 지코가 공원에서 함께 놀던 날 저녁이었다. 지카는 5시 종이 울리기 전에 혼자 시설로 돌아가다가 범인에게 납치되었다고 했다. 그 사실을 알게 된 여자아이들 몇몇이 하마터면 자신이 피해자가 되었을지도 모른다며 가슴을 쓸어내렸다. 요시이케 지카는 실종된 시점으로부터 며칠 뒤, '사랑의 집' 뒷문 근처에서 변사체로 발견되었다. 시신은 실 한 오라기도 걸치지 않은 상태였다고 한다. 최초 발견자는 같은 시설에 사는 초등학생이라고 했다. 유즈루는 그 사실을 어머니에게 들었다. 지카를 발견한 그 아이가 울면서 시설로 돌아가서 옷을 가져다가 친구에게 입혀주려 했다는 소문과 함께. 그때 그 소문 속의 초등학생이 혹시 지코였을까?

그게 아니라 해도 평소 지카와 친했던 지코라면 발견 소식을 듣자마자 바로 현장에 달려가지 않았을까? 그렇다면 그녀는 똑똑히 목격했을 것이다. 처참하게 버려진 친구의 시신을, 친구가 그토록 소중히 여기던 빨간 구두가 벗겨진 하얀 맨발을.

유괴된 당일 지카는 분명 그 구두를 신고 있었다. 겐스케가 장난으로 빼앗아 간 구두를 유즈루가 되찾아주었고, 지카는 집에 갈 때 다시 신었으니까. 요시이케 지카가 살해되었다는 사실에 큰 충격을 받은 그 순간, 지코의 뇌리에 강하게 새겨진 것은 신고 있어야 할 것을 신지 않은, 친구의 벗겨진 맨발이었다. 친구의 목숨뿐 아니라 친구가 소중히 아끼던 구두까지 사라지다니.

'범인이 가져가버렸어. 구두를 빼앗겼어.'

'돌려줘. 돌려줘야 해. 내 친구가 보물처럼 소중히 여기던 어머니의 유품이야.'

그래서 지코는 경찰이 요시이케 지카의 시신을 이송하는 동안 현장에서 뛰쳐나갔다. 죽은 친구를 위해, 홀로 그 빨간 구두를 찾아나섰다.

'어디 갔어? 어디 있어? 어디에…….'

'못 찾겠어. 대체 어디에 있지?'

"지카가 죽은 뒤에 그 빨간 구두를 찾다가…… 미래까지 와버렸다는 뜻이에요?"

지코가 눈썹을 찌푸리며 말했다. 쉽게 납득하지 못한다 해도 이해가 갔다. 지금 유즈루 앞에 있는 지코는 초등학생이었다. 방치된 친구의 시신을 보고 엄청난 충격을 받았을 것이다. 그림을 그리다가 미쿠의 흰 다리에 충동적으로 물감을 칠해버린 이유도 그 사건으로 인한 트라우마 때문일 것이라는 말은 꺼낼 수 없었다. 괴로운 기억을 굳이 다시 들춰내고 싶지 않았다.

"그래."

유즈루는 지코가 질문한 것에 대해서만 대답했다.

"지카가 사망한 1984년에는 범인이 어딘가에 버린 구두를 찾을 수 없었어. 하지만 지코는 반드시 그 빨간 구두를 찾아 지카의 관에 넣어주고 싶었던 거야. 그 마음이 지코를 지금 이 2021년으로 끌어당긴 게 아닐까?"

"사라진 구두를 미래에서 찾으려고? 그걸 위해 내가 1980년대에서 2020년대로 왔다고요?"

근거가 희박하긴 했다. 그렇지만 유즈루는 직감적으로 알 수 있었다.

"짐작 가는 곳이 있어."

유즈루는 가자, 하고 지코의 등에 손을 얹었다. 지코는 순순히 일어나면서도 이상하다는 듯 공원을 둘러보며 중얼거렸다.

"아, 파파가 나랑 같이 오고 싶다는 곳이 여기가 아니었어요?"

사실 지코를 이 공원으로 데려온 이유는 오래전 그날의 추억을 다시 떠올리고 싶어서였다. 유즈루는 지코와 함께 이글거리는 태양 아래에서 다시 묵묵히 걸음을 뗐다. 그러면서 어젯밤부터 내내 사로잡혀 있던 의문들을 머릿속에서 꺼내어 되새겼다.

'지코가 하필 2021년으로 소환된 이유는 대체 뭘까?'

'37년이나 지나서 왜 하필 '지금'인 걸까?'

지코가 과거에서 타임 슬립한 일도, 하필 유즈루가 있는 요코하마로 온 일도 그리고 지난 한 달간 일어난 여러 가지 일들까지, 이 모든 것이 필연이라면?

오랜만에 본가가 있는 마을에 온 유즈루의 눈에 들어온 이곳의 유일한 변화……. 유즈루는 조금 전 지나친 교차로까지 돌아가 왼쪽 골목으로 방향을 꺾었다.

"이 골목에 파파의 본가가 있어요?"

"그래, 바로 저기야. 근데 오늘 갈 곳은 여기야."

유즈루는 본가의 흰색 대문을 흘깃 쳐다본 뒤 공사용 펜스를 쳐놓은 부지를 가리켰다.

"여기……."

지코는 눈을 깜빡거리며 빛냈다.

"공사 현장이요?"

"집을 해체한 현장이야."

오래된 블록 담장은 그대로였지만 정원을 뒤덮었던 잡초나 나무는 다 제거해서 정글 같던 과거의 모습은 사라진 뒤였다. 부지 안에는 작업복 차림의 남자들이 부지런히 돌아다녔고 그 너머에서 오렌지색 중장비가 커다란 소음을 내고 있었다.

어젯밤 유즈루가 어머니에게 전화를 걸어 물어보니 그날 아침 대형 굴착기가 도착했고, 이제 본격적인 철거가 시작될 예정이라고 했다. 그런데 예상보다 공사가 빠르게 진행되었는지, 건축된 지 80년이 되었다는 단층 주택은 이미 반 넘게 허물어져 있었다.

"오랫동안 사람이 살지 않은 낡은 빈집이야. 목재가 다 썩어서 집이 무너질 수도 있으니까 최근에는 사람이 드나들지 않았을 거야. 내가 초등학생 때만 해도 담력 시험을 하려는 아이들이나 커플, 노숙자 같은 사람들이 멋대로 들어가곤 했지."

"이 집에 지카의 구두가 있어요?"

"그럴 거야."

그 외의 가능성은 생각할 수 없었다. 사건이 일어난 37년 전부터 지금까지 줄곧 그대로 서 있던 폐가, 그 흉물스러운 건물이 마침내 철거된다는 어머니의 연락을 받은 게 바로 이번 여름이었다. 죽은 친구의 구두를 찾던 지코 역시 바로 그때 과거에서 타임슬립을 했다. 그리고 유즈루와 만나 가족처럼 여름 한 철을 보낸 뒤 마지막 추억 만들기를 선언한 그날, 중장비를 동원한 철거 공사가 시작되었다.

이 모든 일이 과연 우연일까? 유즈루는 그렇게 생각하지 않았다. 요시이케 지카가 살해된 현장은 시내에 있는 범인의 집이었다. 그러나 그곳은 최종적으로 범죄 행위가 이루어진 곳일 뿐이었다. 범인이 지카를 자기 집으로 끌고 가기 전에 다른 은신처를 들렀을 가능성이 있고, 경찰이 그 사실을 밝혀내지 못했을 수도 있다. 예를 들어 지카가 마지막으로 목격된 공원과 가까운 곳에 있는 바로 이 빈집 같은 곳.

요시이케 지카를 유괴한 시점에 범인은 이미 여러 명을 살해한 뒤였다. 범행을 거듭하면서, 거리를 지나다니는 사람이 많은 저녁 5시쯤 피해자를 자기 집까지 데려가기에는 부담이 크다고 생각했을 것이다. 그에 비해 누구나 자유롭게 드나들 수 있지만 사람이 살지 않는 이 폐가를 꽤 괜찮은 은신처라고 여기지 않았을까? 혹시 비명이 밖으로 흘러나가도 담력 시험을 하는 아이들이나 은밀한 곳에서 데이트를 하는 젊은이들이겠거니 하고 넘어갈 테니까. 그 점을 잘 아는 범인은 이 장소에서 소녀를 유린한 뒤, 밤늦은 시간에 사람들 눈을 피해 자기 집으로 이동했을 것이다.

상상만으로도 분노로 손이 떨려왔다. 이미 사형을 선고받은 범인이지만 용서할 수가 없었다. 유즈루는 그 범인이 지옥의 뜨거운 화염에서 백 년이든 2백 년이든 불타기를 바랐다.

"파파, 나 다녀올게요!"

유즈루는 지코의 목소리에 퍼뜩 정신을 차렸다. 지코는 어느새 공사용 펜스 사이로 달려가고 있었다.

"함부로 들어가면 위험해!"

"어이, 위험해! 들어오면 안 돼."

마침 공사장에서 나오던 인부와 유즈루의 목소리가 동시에 겹쳤다.

"아저씨, 여기서 빨간 구두 못 보셨어요? 제 친구의 아주 소중한 구두예요. 여기에 있을지도 몰라요!"

지코가 인부의 작업복 소매를 붙잡고 절박하게 호소했다.

"빨간 구두? 그런 건 못 봤는데? 집 안에 있던 짐은 전부 다 꺼내서 버렸다."

남자는 차갑게 대답했으나 지코는 포기하지 않고 해체한 목재들을 트럭에 옮겨 싣던 다른 인부들에게 계속 말을 걸었다.

"혹시 빨간 구두 못 보셨어요? 제발요. 꼭 찾아야 해요. 아주 소중한 구두예요."

유즈루도 할 수 없이 인부들에게 고개를 숙였다. 딸이 친구를 위해 필사적으로 노력하는데 부모가 모르는 척할 수는 없었다.

여기에서 엎어지면 코 닿을 거리에 본가가 있다. 유즈루를 아는 이웃 사람이 지나갈 수도 있었다. 여름방학인데 노란색 통학 모자를 쓴, 처음 보는 초등학생 여자아이와 같이 있었다며 이상한 소문이 날 수도 있다. 당장에라도 부모님이 나타나서 지코가 누구냐고 꼬치꼬치 캐물을지도 모른다. 하지만 그럼에도 창피고 체면이고 상관없이, 유즈루는 지코를 두고 이 현장을 떠날 수 없었다.

동쪽에서 비치던 햇빛이 이윽고 머리 꼭대기에 이르렀다. 반쯤 남아 있던 집은 이제 거의 다 해체된 상태였다. 작업 중인 인부들은 이제 유즈루와 지코 부녀의 존재를 완전히 무시하고 폐자재 운반 작업을 계속했다. 그중 한 사람이 얼빠진 소리를 지른 것은 태양이 살짝 서쪽으로 기울기 시작할 무렵이었다.

"응? 이게 뭐지?"

공사장 한복판에 서서 고개를 갸웃거리던 인부가 말했다.

"천장 안쪽에 숨겨져 있던 건가? 전부 다 꺼낸 줄 알았는데."

그 인부는 한 손에는 썩은 목재를, 다른 한 손에는 비닐봉투를 들고 있었다. 봉투 속에 든 빨간 구두를 본 지코는 숨을 헐떡이며 인부에게 달려갔다.

"그거, 빨리 주세요!"

그러자 인부가 공이라도 던지듯 비닐봉투를 휙 던졌다. 불친절한 궤도를 그리며 바닥으로 떨어지는 그 봉투를 지코가 넘어지면서 두 손으로 받아냈다. 인부는 그 광경을 수상쩍은 눈길로 쳐다보다가 미련 없다는 듯 손을 털고 가버렸다. 서둘러 지코에게 다가간 유즈루가 "괜찮니?" 하고 물었으나 지코는 고개를 숙인 채 손에 든 낡은 비닐봉투만 내려다보았다.

그리고 풀썩 주저앉아 봉투 입구를 천천히 열었다. 유즈루도 숨을 멈추고 그 안을 들여다봤다.

"아……."

그만 탄식이 흘렀다. 몇 시간 동안 애타게 찾던 물건이 거기에 있었다. 지코에게 사준 흰색 메리제인 구두와 비슷한 모양의, 먼지를 뒤집어쓴 빨간 구두 한 켤레가.

갑자기 소리가 되지 못한 분노와 슬픔이 지코의 목에서 솟아나왔다. 봉투를 가슴에 안은 채 그대로 땅에 풀썩 엎드렸다. 이윽고 끅끅거리는 울음소리가 들려왔다.

"지카야, 지카야, 지카야! 지카야, 지카야, 지카야. 지카야, 지카야."

지코는 꼭 쥔 주먹으로 한낮의 뜨거운 아스팔트를 몇 번이고 내리쳤다.

"파파, 나 생각났어요. 지금 전부, 생각났어요."

지코는 격렬히 흐느끼며 빠르게 말했다.

"지카가 죽었어요. 불러도 전혀 움직이지 않았어요. 내가, 옷을 가져와서 입혀줬어요. 그렇지만 구두는 다른 걸 신겨줄 수 없었어요. 반드시 이 구두여야 했어요. 왜냐하면 지카가 항상 말했으니까요. 돌아가신 엄마가 마지막에 사주신 구두라고. 그래서 밖으로 뛰어나갔어요. 울면서 찾으러 다녔어요. 시설 근처도, 길도, 공원도, 학교도. 하지만 어디에도 없는 거예요. 계속 찾았는데도 없었어요. 장례식 때까지 못 찾으면 지카의 발에 신겨줄 수가 없는데."

37년의 세월이 지나 폐가에서 발견된 빨간 구두가 단편적이었던 지코의 기억을 마침내 완전한 형태로 회복시켰다.

"지카는 '사랑의 집'에서 저랑 제일 친한 친구였어요. 나는 시설에 늦게 들어왔는데, 지카만 나한테 따뜻하게 대해줬어요. 다른 애들은 저를 괴롭혔거든요. 어떻게 해야 구두를 찾을 수 있을지 모르겠고, 너무 슬퍼서 무작정 걸었어요. 근데 정신을 차려 보니 다리 위에 있는 거예요. 다리 아래 강물이 흐르고, 그걸 멍하니 들여다보다가……."

"떨어졌구나, 강에."

"네."

지코가 눈물을 닦으며 고개를 끄덕였다. 이제야 드디어 알게 되었다. 빌라 앞에서 처음 만났을 때, 지코의 온몸이 흠뻑 젖고 옷과 모자까지 진흙투성이였던 이유도 두 다리에 붉은 찰과상이 난 이유도 타임 슬립 직전 강에 빠졌기 때문이었다.

지코는 물에 떨어진 순간 의식을 잃었다고 한다. 그리고 눈을 떴을 때는 2021년 요코하마에 와 있었다. 요시이케 지카의 죽음에 대한 기억을 잃은 상태에서 유즈루를 만났던 것이다.

'그런 것이었나.'

지코는 여전히 훌쩍거리고 있었다. 하지만 울면서도 비로소 안심한 듯 쓸쓸한 미소를 지었다.

"잘됐다. 정말 잘됐어요. 내가 미래로 타임 슬립을 한 데는 다 이유가 있었어요. 지금이라면 지카의 구두를 찾을 수 있으니까. 그게 내 역할이었어요."

지코는 비닐봉투에서 꺼낸 빨간 구두를 가만히 가슴에 안았다.

"이제야 알았어요. 내가 미래로 와서 파파와 만난 건 여기에 데려와 달라고 부탁하기 위해서예요. 지카의 구두를 찾아줄 사람은 유즈루밖에 없으니까. 왜냐하면 유즈루 군, 아니 파파는 다정하고 의지가 되는 사람이니까."

"그래? 정말이면 좋겠다."

유즈루는 쓴웃음을 지으며 머릿속으로 다른 생각을 했다. 이를 테면 타임 슬립한 미래에서 지코가 유즈루와 만나게 된 또 다른 이유에 대해. 그것도 하나의 정답이겠지.

"그런데 나……."

지코가 불안한 듯 고개를 숙이고 말했다.

"좀…… 걱정이 돼요."

"뭐가?"

"아까 강에 떨어졌다고 했잖아요. 물에 빠져서 괴로워한 기억이 있는데 그 뒤에 어떻게 됐는지 모르겠어요. 혹시 나는 이미 죽은 걸까요? 그러면 파파가 힘들게 찾아준 지카의 구두를 가지고 돌아갈 수 없는데……."

유즈루는 아, 하고 중얼거렸다.

'지코는 자신이 이미 죽었을지도 모른다고 걱정하고 있구나.'

"그건 걱정 마. 지코는 살아 있으니까."

"그걸 어떻게 알아요?"

'왜냐하면 너는…….'

"네 이름 알려줄래?"

유즈루는 계속 묻고 싶던 질문을 던졌다. 그 말이 단호하게 들렸는지 지코가 고개를 갸웃거리며 눈을 깜빡였다. 물론 유즈루는 대답을 예상하고 있었다.

"안녕하세요, 나카이 사유리라고 합니다."

지코는 마치 칠판 앞에서 자기소개를 하는 전학생처럼 예의 발랐다. 유즈루는 하늘을 올려다보았다. 지코가 유즈루의 표정을 보지 못하게 눈이 부신 척하면서 한 손으로 눈가를 가만히 가렸다.

"근데 갑자기 왜 이름을 물어봐요?"

"실은 2021년 현재, 지코, 아니 나카이 사유리는 이 세계에 살아 있어."

"네? 파파랑 미래의 나하고 아는 사이예요?"

"그래, 그러니 걱정 말고 그 구두를 가지고 돌아가. 지금이라면 친구의 관에 넣어줄 수 있을 테니까."

지코가 눈을 반짝였다. 유즈루와 나는 계속 친구로 지냈구나. 초등학교는 달랐지만 어쩌면 중학교를 같이 다니게 될까? 아니면 고등학교? 이렇게 시간이 지났는데 지금까지도 계속 친구로 지내다니.

아직 겪어보지 못한 미래를 상상하며 흥분 가득한 얼굴로 설레어 하는 지코 앞에서 유즈루는 흐뭇한 마음과 외로움을 동시에 느꼈다.

'지코가 사유리 아닐까…….'

그런 생각을 하게 된 건 어젯밤부터였다. 지코가 요시이케 지카가 아니라는 결론에 이른 다음 제일 먼저 뇌리에 떠오른 장면은 며칠 전 지코가 악몽으로 잠꼬대할 때의 모습이었다. 그때 마스크가 벗겨진 얼굴을 보고 유즈루는 왠지 마음이 흔들렸다. 방이 어두워서 그때는 이유를 확실히 알지 못했다. 하지만 다시 한번 자신의 감정을 돌아보고서야 겨우 그때의 마음이 무엇인지 풀어낼 수 있었다.

지코의 천진난만한 얼굴이 자신이 옛날부터 잘 아는 누군가와 꼭 닮았다는 느낌과 사고가 과거로 거슬러 올라가는 듯한, 너무나 소중한 것을 잃어버린 듯한 그런 이상한 감각을 느낀 건 사실 그때가 처음이 아니었다. 서로의 얼굴을 바라보며 초상화를 그릴 때도 똑같은 기분이 들었다. 지코의 옆모습이, 딸 미쿠와 겹쳐 보인 적도 몇 번이나 있었다. 지코가 항상 큰 마스크를 쓰고 있어서 그저 막연하게 비슷하다고 짐작했을 뿐이지만.

지금은 잘 알고 있다. 생각해보면 전처인 사유리와 지코 사이에는 공통점이 많았다. 37년 전에 죽은 소녀가 현대로 타임 슬립을 했다고 믿었기 때문에 지금까지 깨닫지 못했을 뿐. 직장에서는 유즈루보다 3년 선배였지만 2년제 대학을 졸업한 사유리와 취업 낙방 끝에 회사에 입사한 유즈루는 같은 나이였다. 유즈루는 가나가와현, 사유리는 도심에 가까운 가와사키시 출신으로 주소지는 달랐지만 아동보호시설은 현 단위로 나뉘기 때문에 '사랑의 집'은 가와사키 지역의 돌봄이 필요한 아이들까지 수용했을 터였다.

물론 사유리에게 시설에서 지냈다는 이야기는 한 번도 들어본 적이 없었다. 다만 어릴 적 경제적으로 어려웠고 일찍부터 어머니와 단둘이 살았다는 사실은 알고 있었다. 그리고 어릴 때 어머니가 큰 병을 앓으셨고 1년 정도는 매우 위독했다는 이야기도 들었다. 그때의 정황을 생각하면 앞뒤가 맞았다. 유일한 가족인 어머니는 위독해서 장기 입원을 해야 하는데 의지할 친척조차 없는 상황, 아이는 당분간 시설에 맡겨질 수밖에 없었을 것이다. 사유리가 자기 어린 시절 사진이 적어서 너무 아쉬웠다면서 미쿠의 앨범 만들기에 열을 올린 데도 아마 그런 성장 배경과 관련이 있었을지 모른다.

그뿐만이 아니었다. 지코가 초등학교 4학년인 사유리라고 가정하면 그간 석연치 않았던 부분들도 딱 들어맞았다. 지코가 하고 싶다고 한 놀이는 어쩐지 유즈루에게 후회로 남은 일들과 일치했다. 예를 들어 수채화 그리기나 콘솔 게임기는 유즈루가 딸에게 해주지 못했기에 더 깊게 후회로 남았던 일들이었다. 미쿠가 죽고 나서 부부는 몇 번이고 그 이야기를 같이 나누면서 깊이 아쉬워하고 공감했다. 사유리가 생각하는 '딸과 하고 싶던 일'이 지코가 생각하는 '부모와 하고 싶은 일'과 겹친 우연은 그 두 사람이 동일 인물이라면 어떤 의미에서 당연했다. 이 답을 끌어낸 이는 유즈루 자신이지만, 지코의 입에서 진짜 이름을 들은 지금도 아직 온전히 받아들이기가 쉽지 않았다.

어른이 되어 처음 만났다고 믿었던 사유리, 우연히 같은 지점에 근무하면서 사귀기 시작한 동갑의 선배는 열 살 유즈루가 태어나서 처음 사랑했고 영원히 잃은 줄만 알았던 소녀였다.

지코, 사유리, 유즈루 세 사람, 아니 도모나가 유즈루와 나카이 사유리, 두 사람을 묶은 실은 과거와 미래에 걸쳐 얼마나 복잡하게 얽혀 있던 것일까? 그리고 사유리는 무엇을 어디까지 알고 유즈루와 사귀고 결혼해 미쿠를 낳은 걸까? 유즈루는 머릿속에 연달아 떠오르는 의문을 떨쳐내며 아직은 미래를 알지 못하는 눈앞의 소녀를 향해 돌아섰다.

"마지막으로…… 하나만 더 묻고 싶은데."

"뭔데요?"

"이름은 사유리인데 왜 별명이 지코*야?"

"키가 작아서요!"

역시 유즈루의 짐작대로였다.

"사실은 '사유리'나 '사유'가 좋은데, 시설에 이름이 같은 아이가 있었어요. 그래서 남자아이들이 저를 '땅꼬마'라고 부르면서 놀리니까 지카가 귀여운 별명으로 바꿔줬어요."

그제야 유즈루는 천천히 고개를 끄덕였다. 불현듯 "우리는 꼬맹이 가족이네." 하던 미쿠의 말도 떠올랐다. 키가 작아 항상 제일 앞에 앉는 게 싫다고 딸이 불만을 털어놓을 때마다 "파파도 마마

* '작은 아이'라는 뜻.

도 그랬어"라고 별 위로도 되지 않는 말을 건넸던 기억도.

유즈루는 이번 여름, 지코와 둘이 쌓은 수많은 추억을 돌아보며 다시 생각했다. 지코는 왜 37년의 시간을 넘어 유즈루에게 찾아왔을까? 유즈루에게 오면 요시이케 지카의 구두를 찾을 실마리를 얻을 수 있어서? 그럴 수도 있다. 유즈루는 지코와 똑같은 나이의 딸을 잃었고 지코는 아버지 없이 자랐으니 두 사람이 함께 지내며 아버지와 딸로 서로의 빈자리를 채울 수 있으니까? 물론 그런 이유도 있을지 모른다.

그러나 타임 슬립까지 하면서 지코가 유즈루의 앞에 나타난 제일 큰 이유는 다른 데 있었던 게 아닐까? **두 사람은 결혼할 운명이니까.** 지코에게는 '언젠가'. 유즈루에게는 '예전에'.

아마도, 아니 분명 그럴 것이다.

빨간 구두를 소중하게 안고 있던 지코가 모래를 털고 일어섰다. 눈가에 눈물 흔적이 남아 있지만 비로소 응어리가 해소된 듯 한층 밝아진 얼굴이었다. 유즈루는 이별의 시간이 다가왔음을 깨달았다.

"파파."

등을 똑바로 편 지코가 한 손으로 살짝 마스크를 내린 채 미소를 지었다. 밝은 곳에서 처음 보는 맨얼굴. 유즈루는 그 얼굴에 눈길을 빼앗겼다.

어른이 된 지금과 달리 매일 밖에서 놀아 볕에 그을린 얼굴, 양갈래로 땋아 내린 긴 머리, 조금 둥근 코, 윤곽선이 예쁜 분홍빛 입술, 뺨에 팬 보조개. 이렇게 하나하나 뜯어보니 틀림없는 사유리였다.

괴로운 직장 생활의 버팀목이 되어주었던 사유리. 처음 사귀기 시작한 때부터 20년 이상의 시간을 함께 보내며 같이 미쿠를 키웠던, 유즈루 인생의 유일한 파트너.

"정말 고마워요. 잠깐이었지만 미쿠 대신 파파의 딸이 될 수 있어서 무척 행복했어요. 나, 석 달 전부터 엄마랑 떨어져서 시설에서 살기 시작했거든요. 매일 외로웠어요."

"그랬다면 다행이야. 나도 즐거웠어. 정말."

"어제 파파를 절대 잊지 않겠다고 말했지만, 원래 세계로 돌아가면 잊어버릴 수도 있어요. 미안해요. 잊고 싶지 않은데 왠지…… 전부 다 잊어버릴 것 같아요."

"그래도 돼. 미래를 다 기억하는 상태로 과거로 돌아가면 역사가 바뀔지도 모르잖아? 너무 빨리 스마트폰을 발명하거나, 두 번이나 대지진을 예언해서 아주 유명한 점술사가 된다든가."

'그리고 지점 선배 사무원과 후배 영업사원으로 만난, 자신들의 관계가 달라진다거나.'

"에이, 내가 그런 걸 어떻게 해요. 기억해도 어차피 못 해요."

지코가, 아니 어린 시절의 사유리가 쾌활하게 웃었다.

"마지막으로 파파와 하고 싶었던 일 하나 부탁해도 돼요?"

"하고 싶은 일이 아직 남아 있었어?"

"꼭 안아주세요."

그 말에 문득 유즈루의 심장이 뛰었다. 유즈루는 지코를 진짜 딸처럼 여기고 있었다. 그건 한 치의 거짓도 없는 진실이었다. 그러나 지코의 진짜 정체를 안 지금, 전과 같은 마음으로 지코를 안아줄 수 있을까?

"저기요. 나도 부끄럽다고요. 하지만 미쿠라면 마지막 순간에 파파를 안아주고 싶다고 생각했을 거예요. 그러니까……."

어느새 지코의 뺨이 붉게 물들었다. 그 모습을 보자 가슴 안쪽에서 여름 한 철을 함께 보낸 지코를 향한 사랑스러운 마음이 넘쳐흘렀다. 이상한 감정 따위가 끼어들 리가 없다는 확신이 들었다.

유즈루는 한 손으로 지코의 머리를 안고, 다른 한 손을 등에 둘렀다. 친구의 빨간 구두를 가슴에 안은 채 지코는 어색하지만 기쁜 기색으로 작은 몸을 기대어왔다.

그 순간, 유즈루는 마지막으로 한 번 더, 아버지가 되었다.

"안녕, 파파. 이 구두 빨리 가져다줘야 해요."

몸을 떼어낸 지코가 초승달처럼 가늘게 휜 눈을 하고 웃었다. 그러고는 유즈루를 향해 손을 흔들며 걸음을 옮겼다. 교차로를 지나 이웃집 담 너머로 사라졌다.

"지코!"

유즈루는 뒤늦게 지코의 뒤를 쫓았다. 그리고 교차로를 내려다볼 수 있는 위치에 멈추어 섰다. 나란히 늘어선 집들 위로 태양이 밝게 내리쬐고 있었다. 아스팔트에서 뜨거운 열기가 올라왔다. 목에 땀이 흘렀다. 해체 공사를 하는 중장비 소리가 들려왔다.

하지만 그 한여름의 주택가 어디에도, 지코의 모습은 없었다. 유즈루는 한동안 멍하니 길 한가운데 서 있었다. 이윽고 뒤에서 말소리가 들려왔다.

“어머? 유즈루? 무슨 일이야, 왜 이런 데서 있니! 한동안 못 온다고 하지 않았어?”

유즈루는 돌아보기 전 꼼꼼히 눈가를 닦았다. 갑자기 마음이 변했다고, 효도는 할 수 있을 때 하는 게 좋겠다고. 머릿속에 떠오른 그 말을 간신히 내뱉으려고 노력하면서 한 손에 에코백을 든 어머니와 마주했다. 언제부터 자신이 고독하다고 착각했을까? 오늘 오후는 오랜만에 여기에서 보내자고 다짐하면서 본가의 하얀 대문을 통과해 어머니와 나란히 걸었다.

지코. 한 달 동안, 정말 고마웠다. 꼭 다시 만나자.

살아만 있으면. 살아서, 살아서.

사귄 지 8년째 기념일에 찾은 에노시마 전망대.

“우와, 노을이 엄청나다. 봐, 저기!”

유즈루가 부르자 사유리는 여전히 들뜬 기색으로 검은 머리를 찰랑거리며 돌아보았다. 사유리를 향해 내민 두 손이 덜덜 떨렸다. 여기에 오면서도 몇 번이고 확인했던 재킷 주머니에 든 작은 상자를 당장이라도 떨어뜨릴 것만 같았다.

“결혼해줄래?”

준비한 말의 채 절반도 다 하지 못했다.

‘이렇게 기다리게 해서 미안해. 평생 행복하게 해줄게. 행복한

가정을 만들고 싶어. 이런 나라도 괜찮다면 결혼해줘.'

사유리는 두 눈을 크게 뜨고 유즈루를 바라봤다. 하늘과 바다를 물들인 감색빛이 검은 눈동자 가득 선명하게 비치고 있었다. 유즈루는 손에 배어난 땀을 바지춤에 닦은 뒤 신중하게 작은 상자를 열었다. 사유리가 손을 내밀어 은색 약혼반지를 건네받았다.

"예쁘다……."

사유리는 반지를 석양빛에 비춰보더니 곧 왼손 약지에 끼웠다. "딱 맞네." 하고 만면 가득 웃음을 지어 보이는 사유리에게 유즈루는 문득 맥 빠진 소리로 말했다.

"남자가 여자 손가락에 끼워주는 거 아니었나?"

"어머? 앗, 그러네. 미안해! 나 때문에 계획이 틀어졌지?"

"대답만 해주면 그런 건 상관없어."

"내 대답은 당연히 '예스'야."

평소처럼 사유리가 장난스럽게 웃자 긴장으로 굳어 있던 온몸의 힘이 갑자기 풀렸다. 안도하는 마음이 7할, 사랑스러운 마음이 3할. 유즈루는 자리에 주저앉을 뻔했다.

"그런데 할 말이 있어."

"뭔데?"

"다이아몬드 엄청 작은 거야."

"내가 그런 걸 신경 쓸 것 같아?"

"그러지 않을 것 같기는 한데."

"그럼 됐어!"

사유리가 반지 낀 왼손을 유즈루에게 보여주었다. 조금도 걱정할 필요 없다는 듯, 작은 다이아몬드도 은색의 링도 매장 진열장에 있을 때보다 사유리의 손 위에서 한층 더 맑게 빛났다.

가와사키 시내에 있는 한 맨션.

식탁 건너편에 사유리의 유일한 가족인 어머니가 앉아 있었다. 나이는 아직 예순 전이라고 들었지만 등이 굽고 머리도 거의 다 세었다.

유즈루는 차가 반쯤 남은 찻잔을 내려놓고 두 손을 무릎에 올리며 각오를 다지듯 말을 꺼냈다.

"사유리와 결혼하고 싶습니다. 결혼식은 내년 봄에 올리기로 둘이 이야기했습니다. 부디 허락해주세요."

프러포즈할 때와 달리 이번에는 준비한 대사를 제대로 다 할 수 있었다. 상대가 어머니 한 분이라서 가능한 일이었다. 사유리의 아버지까지 있었다면 지금의 수백 배는 더 긴장했을 것이다.

사유리의 어머니는 안심했다는 듯 입가에 미소를 띠었다.

"내가 옛날부터 이 아이한테 정말 고생을 많이 시켜서, 사유리가 부디 행복해지기를 언제나 바라고 있었어. 유즈루 같은 사람을 만나서 다행이야. 내 딸을 잘 부탁하네."

딸과 이인삼각으로 걸어온 지난 30년 시절에 대해 사유리의 어머니는 자세히 말하지는 않았다. 남편과의 이혼을 비롯해 분명 여러 가지 어려움이 있었을 거라고 유즈루는 짐작만 해볼 따름이었다.

"좁은 집이지만 가끔은 놀러 와주게. 언제라도 기다릴 테니까."

"그런 말씀 마세요. 가와사키와 요코하마는 전철로 10분 거리밖에 안 되니까 자주 오겠습니다."

"아, 그래. 전근을 간다고 해도 어차피 현 내에서만 이동하니까 멀리 가지는 않겠군."

유즈루 옆에서 사유리가 쓴웃음을 지었다. 사유리의 어머니는 애써 웃음 지으며 천장을 올려다봤다. 말은 담담하게 했지만 표정은 못내 서운해 보였다. 유즈루는 그 얼굴을 가슴 깊이 새겨두었다. 이렇게 어머니 곁을 떠나는 사유리를 불행하게 하는 일만큼은 결코 있어서는 안 된다는 각오와 함께.

30명이 겨우 모일 만한 작은 예배당.

사유리 쪽에는 어머니 말고는 친척이 아무도 없었다. 유즈루도 친구가 많은 편이 아니어서 결혼식과 피로연은 적은 인원으로 오붓하게 진행되었다.

웅장한 오르간 연주와 함께 새하얀 웨딩드레스를 입은 사유리가 커다란 문을 통과해 입장했다. 사유리의 어머니는 눈가에 눈물을 매단 채 버진 로드를 같이 걸었다.

마침내 다가온 사유리에게 유즈루는 손을 내밀었다. 그러자 사유리가 베일 너머로 웃으며 흰 장갑을 낀 손을 마주 잡았다. 사유리의 어머니는 곧 자리로 돌아가고 유즈루와 사유리는 신부님을 향해 돌아섰다. 두 사람은 성서의 말씀에 귀를 기울이며 영원한 사랑을 맹세한 후 반지를 교환했다. 그리고 천천히 베일을 벗었다. 부드럽고 얇은 천을 걷어내고 얼굴을 드러낸 사유리는 숨이 멎을 만큼 아름다웠다. 두 사람은 입을 맞췄다. 입술을 떼고 본 사유리의 얼굴은 사과처럼 붉었다. 유즈루도 민망해 시선을 피했다. 작은 예배당을 가득 채운 음악은 차츰차츰 클라이맥스를 향해 갔다.

의사와 조산사 몇 명이 모여 있는 분만실.

진통이 절정을 맞은 듯했다. 진통이 파도처럼 밀려올 때마다 사유리는 괴로움에 몸을 비틀었다. 꽉 잡은 손에 실려오는 힘은 사유리가 지금 이 순간 감내하고 있는 고통을 짐작하게 했다. 유즈루는 필사적으로 그 손을 잡고, 아내가 느끼고 있는 아픔을 조금이라도 나누려 했다.

"배꼽 봐! 힘주고, 지금이야! 숨 멈추지 말고, 계속 내뱉어!"

나이 지긋한 조산사의 엄격한 지시에도 사유리는 짜증 한번 내지 않고 충실하게 따랐다. 바싹 마른 입술을 오므려 필사적으로 숨을 잘게 내뱉었다.

"이제 힘주지 않아도 돼. 나왔어!"

그 순간 사유리의 손에서 스르르 힘이 빠졌다. 그리고 곧 사유리의 무릎 위에 걸쳐두었던 커다란 타월 너머로 조산사의 손에 들린 무엇인가가 튀어나왔다. 그와 동시에 흥건한 피가 눈에 들어와 유즈루는 홱 눈을 돌렸다. 그 직후, 힘차고 격렬한 울음소리가 분만실에 울려 퍼졌다.

"끝났다……."

울 것 같은 목소리로 사유리가 말했다. 드디어 아기가 태어났다는 실감보다 열여섯 시간 동안 계속되어 온 진통이 마침내 끝났다는 사실에 더 안도감을 느끼는 듯했다. 그건 유즈루도 마찬가지였다. 아기는 의사와 조산사에게 처치를 받고 있었다. 그들의 팔 사이로 잠깐씩 아기가 보이고 울음소리도 들려왔지만 아직 부모가 되었다는 실감은 들지 않았다.

"고마워. 정말 고마워. 사유리, 정말 고생했어."

"유즈루도 고생했어."

"아니야, 나는 아무것도 한 게 없어."

서로의 손을 잡고 이야기를 하던 중에 조산사가 깨끗한 흰 타월에 아기를 싸 안고 다가왔다. 사유리가 먼저 아기를 가슴에 안았다. 가볍게 감긴 눈, 꼭 쥐고 있는 동그란 손, 쌀알만큼 보이는 작디작은 손톱. 이렇게 약하고 작은 존재가 어엿한 한 사람으로 세상에 나왔다는 사실에 유즈루는 이루 말할 수 없이 감동했다.

두 사람은 제대로 말도 나오지 않을 정도로 감격해서 아기를 보며 감탄사를 내뱉었다. 그런데 갑자기 사유리가 눈물을 펑펑 흘리기 시작했다. 그 모습을 보고 있자니 유즈루도 덩달아 눈물이 날 것만 같았다. 그렇다. 우리는 이제 부모가 되었다.

"귀여운 딸이네요. 이름은 정하셨어요?"

잠시 후 유즈루가 아기를 안고 있을 때 젊은 조산사가 말을 걸었다.

"'미쿠'로 하려고요."

"미쿠요? 어떤 한자인가요?"

"아름다울 미美에, 옥돌 구玖……."

"보석같이 아름다운 아이라는 뜻인가요? 멋있는 이름이에요!"

조산사가 눈을 반짝이며 두 손을 가슴에 모았다. 그걸 본 사유리가 부끄럽다는 듯 덧붙였다.

"이렇게 주름투성이라 미쿠라는 이름이 어울릴지 좀 걱정이 되지만요."

"무슨 말씀이세요. 진짜 잘 어울려요. 퇴원할 때가 되면 모두가 홀딱 반할 만큼 귀여워질 거예요. 제가 장담해요."

조산사가 자기만 믿으라는 듯 가슴을 탕탕 쳤다. 유즈루와 사유리는 그 앞에서 서로를 마주 보며 웃었다. 사람들 앞에서는 소리 내서 말하지 못했다. 하지만 유즈루는 타월 너머로 전해지는 딸의 온기를 느끼며 마음속으로 중얼거렸다.

'아무 걱정할 필요 없어. 사유리가 낳았다는 그 사실만으로도 이 아이는 틀림없는 보물이야.'

선선한 바람이 부는 가을날 저녁, 10년 가까이 함께 살았던 단독주택 앞.

"됐어, 배웅은."

"그런 말 하지 마. 이제 마지막인데."

현관에 있던 샌들을 꿰어 신고 나서는 유즈루를 따라 사유리도 밖으로 나왔다. 마지막이라는 말이 생각보다 날카롭게 가슴에 와 박혔다. 헤어지자는 말을 먼저 꺼낸 사람은 자신인데, 결심이 흔들릴 것 같아 유즈루는 가방 손잡이를 잡은 손에 힘을 주었다. 미련이 남지 않은 건 아니지만 아무리 발버둥 쳐도 이 집에 더 있을 수가 없었다. 미쿠가 없는 집, 그렇게 사랑했던 사유리와도 결국 엇갈리고 만 집. 여기에 더 머무는 건 마음을 망가뜨리는 짓이었다. 행복했던 과거에 짓눌려 허물어질 수밖에 없었다. 무엇보다 자신이 자신으로 있을 수 없었다.

"그럼, 갈게."

유즈루는 가볍게 손을 흔든 다음 등을 돌렸다.

"지금까지 고마웠어, 유즈루."

사유리의 부드러운 목소리가 뒤에서 들려왔으나 마음이 약해질 것 같아서 굳이 대답하지 않았다. 유즈루는 빠른 걸음으로 역을 향해 걸어갔다. 주택가 모퉁이를 돌기 직전, 이대로 가면 너무 후회가 될 것 같아 마음을 고쳐먹고 겨우 뒤돌아보았다.

그리고 놀라서 그 자리에 멈춰버렸다.

사유리가 두 손에 얼굴을 묻고 어깨를 떨면서 격렬하게 울고 있었다. 미쿠가 병에 걸려도, 시한부 선고를 받아도, 목숨이 허무하게 꺼져간 그 순간에도 결코 눈물을 흘리지 않던 사유리가…….

'왜 지금?'

유즈루는 동요하며 그 자리를 벗어났다. 미쿠를 낳은 뒤로 사유리가 우는 모습을 보는 건 처음이었다. 소슬한 가을바람이 얼굴에 와닿았다. 유즈루는 숨을 길게 내쉬며 하늘을 올려다보았다.

두 사람의 '마지막 날'을 아름답게 채색하려는 듯 먼 하늘이 꼭두서니 빛으로 선명하게 물들고 있었다.

제7장

내일로

자고 가라는 어머니의 권유를 사양하고 요코하마의 빌라로 돌아왔다.

오랜만에 혼자 있는 집. 책상 연필꽂이에서 은색 볼펜을 꺼냈다. 형광등 불빛 아래에서 미키와 미니 마우스 무늬를 보며 침대에 앉았다. 아침에 세 번 접어 개어놓은 이불은 바닥에 그대로 놓여 있었다. 오늘 밤에는 오랜만에 바닥이 아닌 침대에서 잘 수 있다. 다만 이 좁은 집에 저 이불을 넣어둘 만한 수납공간이 없다는 게 문제였다. 그리고 설령 있다 해도 지코가 이곳에 존재했던 흔적을 곧바로 지워버리고 싶지 않았다.

사실 오늘 본가에서 자고 올 수도 있었다. 하지만 그렇게 하지 않은 이유가 있었다.

유즈루는 볼펜을 들지 않은 다른 손으로 바지 주머니에서 스마트폰을 꺼냈다. 통화 내역을 거슬러 올라가 사유리의 이름을 찾았다. 마지막으로 연락을 주고받은 게 거의 1년 전이었다. 그때만 해도 두 사람은 법적인 부부였다. 통화 내역이 아직 남아 있다는 사실과 지난 한 달간 겪은 일들이 휘몰아치면서 유즈루는 불현듯 정신이 아득해질 정도의 고독을 느꼈다.

몇 초간의 망설임 끝에 떨리는 손가락으로 전처의 이름을 눌렀다. 목이 바짝 조이는 듯한 긴장 속에서 통화 연결음이 울리기 시작했다. 벨이 세 번 울리자 신호가 뚝 끊어졌다.

유즈루는 문득 등을 똑바로 폈다.

"유즈루?"

놀란 목소리가 들려왔다. 높지도 낮지도 않고 차분하면서도 온화한 사유리의 목소리. 지코와는 분명히 달랐지만 지금 전화기 너머에서 들려오는 목소리는 오늘 낮까지 함께 있던 소녀의 높고 맑은 톤과 겹쳐졌다.

"여보세요? 유즈루?"

유즈루는 자신이 전화를 걸어놓고는 아무 말도 하지 않았다는 사실을 깨닫고 황급히 입을 뗐다.

"아아, 갑자기 미안해. 지금 집이야? 통화 괜찮아?"

"아까 퇴근하고 돌아와서 엄마랑 저녁 먹는 중이야."

"그래, 장모님과 있구나."

이혼 이야기가 나왔을 때, 사유리는 어머니를 모시고 그 집에서 계속 살고 싶다고 했다. 결코 적지 않은 대출도 같이 떠맡아야 할 텐데, 연금 생활을 하는 장모님과 살겠다는 말이 그냥 핑계 같았다. 다른 남자와 재혼해서 살려는 목적이 아닐까 의심했는데, 오해였을까.

"어머, 유즈루 전화니?"라는 장모님 목소리가 들려서 유즈루는 뒤늦게 그런 오해를 했던 게 미안해졌다.

"사유리는 아직 그 집에 사는구나."

"그럼."

건축업자가 분양한 작은 단독주택. 역에서 멀기도 하고 최소한의 설비만 갖춘 집이라 비교적 낮은 가격에 구입했다. 불편한 점도 허술한 점도 많았지만 이상하게도 그 집에서는 늘 마음이 편했다. 사유리, 미쿠와 셋이 살던 때의 추억이 가득한 집이었다.

빨리 말을 꺼내야 했다. 하지만 마음이 초조할수록 혀가 더 뻣뻣해지는 것 같았다. 오늘 사유리에게 전화한 이유, 사유리에게 직접 묻고 싶은 아주 많은 질문들.

"식사 중인데 미안해. 나중에 다시 걸까?"

"괜찮아. 거의 다 먹었어."

"얘기가 조금 길어질지도 몰라."

"무슨 일인데?"

직설적으로 묻는 말에 말문이 막혔다. "잠깐 전화 좀 받을게요." 하고 사유리가 어머니에게 양해를 구하는 소리가 들렸다. 거실에서 다른 방으로 이동했는지 배경으로 들리던 텔레비전 소리가 잦아들고 전화기 너머가 갑자기 조용해졌다.

"실은……."

유즈루가 용건을 말해야 했지만 먼저 말문을 연 사람은 사유리였다.

"나, 유즈루가 오늘 왜 전화했는지 알 것 같아."

"뭐?"

"요즘 왠지 불안했거든. 말도 안 되는 망상일지 모르지만 조만간 유즈루에게서 연락이 올 것 같아서 계속 안절부절못했어."

사유리의 말에 유즈루는 숨을 삼켰다.

"혹시…… 기억해?"

가까스로 그렇게만 물었다. 유즈루와 함께 지낸 여름 한때를, 쇼핑몰과 스파 리조트, 해수욕, 디즈니랜드에 가고, 같이 요리를 하고 쿠키를 굽던 나날을……. 그리고 바로 오늘, 빨간 구두를 안고 주택가를 걸어서 사라졌던 작별의 순간을.

전화기 너머로 사유리가 살짝 웃는 것 같았다.

"기억하냐고 묻는다면, 분명 기억해. 하지만 기억 못 하느냐고 물으면 정확하게 기억은 안 나. 백 퍼센트 자신은 없어. 아주 오래전에 생생한 꿈을 꾼 것 같은 그런 느낌이야. 그런데 진짜 일어난 일이 맞다고 마음속에 있는 또 다른 내가 알려줬어."

사유리가 생각났다는 듯 말했다.

"유즈루, 내 이름 불러봐."

뜬금없는 요구에 유즈루는 고개를 갸웃거리며 '사유리'라고 말하려다가 멈칫했다.

"지코."

유즈루는 긴장하며 소중한 그 이름을 불렀다.

몇 초간 조용하던 전화기 너머로 곧 "그래." 하는 사유리의 목소리가 울렸다. 이로써 전부 분명하게 깨달았다는 듯 눈을 감은 채 벽에 등을 기대는 사유리의 모습이 유즈루의 눈앞에 선명히 떠올랐다.

"사유리는 전부 알고 있었어?"

전화는 걸었지만 선뜻 꺼내지 못했던 질문이 드디어 봇물 터지듯 흘러나왔다.

"전부 알고도 나와 결혼한 거야? 딸을 낳고, 그 아이를 겨우 10년 만에 잃게 되고, 이혼까지 한다는 사실을 다 알면서? 그런 슬픈 운명을 알면서도 피하지 않고 나와 결혼한 거야?"

"아니, 그건 아니야."

유즈루의 추측을 부정하며 사유리가 대답했다.

"결혼하기 전에 점술사한테 이상한 말을 들은 적이 있어. 지금 상대와는 행복한 미래가 안 보이니까 헤어지라는 거야. 그래도 나는 전혀 신경 쓰지 않았어. 미래는 아무도 알 수 없고, 중요한 건 내 마음이라고 믿었으니까. 에노시마 전망대에서 프러포즈 받았을 때 유즈루와 인생을 함께하면 행복할 거라고 확신했어, 진심으로. 그래서 결혼한 거야."

"그럼 왜?"

"삶과 죽음, 현실과 꿈, 과거와 미래. 아이를 낳는 건 그 다른 차원으로 발을 내딛는 체험인 것 같아."

사유리의 말을 이해하는 데는 시간이 필요했지만 마침내 이해했다. 사유리는 지코로 살았던 여름의 기억을 원래 시대로 돌아간 순간 깨끗이 잊어버렸다. 다만 그 기억이 완전히 사라지지 않고 평소에는 의식할 수 없는 깊은 곳에 새겨져 있다가, 몸이 찢기는 듯한 출산의 아픔을 겪던 그때 갑자기 되살아난 것이다. 격렬한 진통과 피로로 의식이 몽롱한 가운데 마치 꿈과 환상을 보는 것처럼.

사유리에게 헤어지자고 말한 날, 식탁 옆 선반으로 다가가 가족사진을 들고 물끄러미 바라보던 사유리의 모습이 떠올랐다. 그때 사유리가 손에 들고 있던 것은 미쿠가 태어나던 날 찍은 사진이었다.

—그동안 고마웠어, 유즈루.

그 사진을 보면서 사유리는 그렇게 말했다. 두 사람이 사귀기 시작한 후 지금까지 20여 년을 정리하는 말이라고 짐작했다. 그런데 지금 이제 와 되짚어보니 아니었다. 그때 사유리가 떠올린 장면은 출산을 계기로 기억하게 된, 더 멀고 밀도 짙은 '과거'의 한때였다.

"지금 생각해도 정말 이상한 감각이었어. 진통이 잠시 가라앉았을 때 완전히 지쳐서 눈을 감으면 어느새 내가 열 살짜리 여자아이가 되어 있는 거야. 내 옆에는 지금보다 나이 든 유즈루가 있고……. 이상하지? 망상이라고 해야 할지도 모르겠네. 하지만 그때 내 안의 무엇인가가 영원히 달라졌어. 미쿠를 낳기 전의 나와 지금의 나는 다르다는 점을 분명히 알 수 있었어. 태어난 아기를 보고 순수하게 기뻐해야 하는데, 동시에 너무 슬퍼서 눈물이 멈추지 않았어. 앞으로 10년, 앞으로 10년, 그런 말이 몇 번이나 머릿속에 떠올라서."

미쿠를 낳은 직후, 평소와 달리 눈물을 펑펑 쏟던 사유리의 모습이 불현듯 떠올랐다. 그때 유즈루는 너무 놀라서 왜 우는지 묻지도 못했다. 기쁨의 눈물인 줄 알았던 그것은, 그러니까 그것은.

"처음에는 받아들일 수 없었어. 그냥 진통하면서 이상한 꿈을 꿨다고 여겼어. 하지만 마음 어딘가에서 그때 본 게 전부 진짜라는 확신이 들더라. 미쿠를 키우면서 그 확신은 점점 강해졌고."

사유리의 목소리가 잠깐 떨렸지만, 금세 다시 원래의 차분한 말투로 돌아왔다.

"그래서 생각을 바꾸기로 했어. 그건 신이 나에게 보내준 메시지라고…… 딸과 지낼 수 있는 시간이 10년밖에 안 되니까 후회하지 않도록 최선을 다해라, 그런 감사한 계시라고 말이야."

"그래서 항상 뭔가를 하려고 했구나."

사유리의 고백을 듣고서야 이해가 되었다.

"방학마다 캠핑이나 등산을 가는 계획을 세우고, 바다에 수영하러 가는 일정을 짜고…… 사유리가 별로 좋아하지 않던 일들을 그렇게 열심히 하는 게 좀 의아하긴 했어."

"맞아. 미쿠가 병이 나기 전에, 부모로서 해줄 수 있는 일은 다 해주자고 결심했으니까. 역시 이상해 보였어? 내가 너무 적극적이었나?"

"아니야, 그런 생각은 전혀 안 했어. 나는 원래 집에 있는 걸 좋아했잖아. 그래서 아이랑 어디 가서 뭐 하고 놀아야 하는지 아무것도 몰랐는데, 그때마다 사유리가 다 알아서 해주니까 고마웠지. 덕분에…… 우리 미쿠, 그렇게 빨리 천국에 갔는데도 추억을 많이 쌓을 수 있었잖아."

"나도 그럴 줄 알았어. 열심히 노력했으니까 그걸로 위안이 될 거라고 생각했거든. 그런데 이상하지. 막상 미쿠가 떠나고 나니까 더 많이 해줬어야 했다는 후회가 드는 거야. 예를 들면……."

"수채화 그리기 같은 거?"

"어머? 잘 아네."

"가끔은 같이 귀여운 옷을 사러 가고, 밸런타인데이가 아닌 평일에도 쿠키를 구웠어도 좋았겠지. 아니면 디즈니랜드에 한 번 더 가거나?"

"유즈루, 굉장히 의욕적이네?"

"그래?"

"응, 목소리만 들어도 알 수 있어."

만약 그렇다면 올여름 한 달, 어린 사유리가 유즈루를 바꾼 것이다. 잠시 정적이 찾아왔다. 과거 두 사람이 부부였을 때 그랬듯이 결코 마음이 불편하지 않은 침묵이었다. 스마트폰을 귀에 댄 채 유즈루는 미쿠가 태어나서 죽을 때까지 사유리가 노력했던 10년을 되새기며 새삼 고마움을 느꼈다.

끝이 있음을 알면서 살아가는 일. 긍정적으로 받아들이려고 노력했다고 사유리는 말했지만 그건 얼마나 괴로운 결단이었을까. 사유리는 항상 미쿠를 즐겁게 해주려고 온 힘을 다했다. 유즈루와 함께 참 부지런히 미쿠를 데리고 다녔다. 작은 후회는 있을 수 있겠지만 사유리가 딸에게 행복한 10년을 선사했음은 분명하다. 어쨌든 그건 모두 미래의 기억이라는 무거운 짐을 홀로 짊어지고 부모로서 강해지려고 노력한 사유리 덕분이었다.

그런 줄도 모르고 유즈루는 사유리를 내내 오해했다. 미쿠가 시한부라는 선고를 듣고도 울지 않는 아내를 매정한 사람이라고 몰아세웠다. 심지어 딸이 천국으로 떠났을 때도 눈물을 보이지 않는 사유리를 유즈루는 절대 이해할 수 없었다. 딸에 대한 아내의 사랑이 부족하기 때문이라고 곡해했다. 미쿠가 죽지도 않았는데 앨범을 만드는 데 열중하는 아내와는 더 이상 희망이 없다고 판단해 결국은 이혼 서류를 들이밀었다.

유즈루가 이해할 수 없었던 행동들이 전부 사유리의 굳은 각오가 아니었을까? 딸 앞에서 흐트러지거나 불안한 기색을 내비치지 않고, 마지막까지 '평소와 같은 마마'로 있으려 했던 것. 미쿠의 병이나 죽음 앞에서 유즈루보다 쉽게 포기한 사람처럼 보인 이유가 그 때문이었는지도 모른다. 사유리는 미쿠를 낳은 뒤 10년간, 줄곧 작별을 의식하면서 미쿠를 위해 그 마지막 순간을 어떻게 맞이해야 할지 진지하게 고민하며 살았을 테니까.

"미안해."

"뭐가?"

"나는 지금까지 사유리를 전혀 이해하지 못했어."

"당연하지. 유즈루는 아무것도 몰랐으니까. 이런 황당한 말을 믿을 리 없다고 속단해서 유즈루에게 아예 의논도 하지 않은 나도 잘못했어."

"그래도 미안해."

몰랐지만 사과를 해야 했다. 전화기 너머의 사유리에게 유즈루의 모습이 보일 리 없지만 자연스럽게 고개를 떨어뜨렸다.

잠시 후 겨우 고개를 들었다. 왼손에 쥔 은색 볼펜에 문득 시선이 머물렀다.

"그렇구나."

동시에 안도의 한숨을 내쉬었다. 타임 슬립을 한 기억이 처음으로 되살아난 시점이 미쿠를 낳을 때였다는 말은…….

"나와 사유리가 사귄 건 역시 우연이었구나. 다행이야. 사유리가 열 살 때 나한테 신세진 일을 은혜라고 생각해서 내 고백을 거절하지 못한 건 아닐까 걱정했는데."

"그럴 리 없잖아."

전화 너머로 웃음소리가 들려왔다.

"이런 상황을 두고 기적이라고 하는 거겠지."

말하고 나니 왠지 유치하게 들려서 유즈루는 서둘러 다음 말을 덧붙였다.

"아니, 운명의 장난이라고 해야 하나. 초등학생 시절에 만났던 일을 서로 기억하지도 못했는데 어른이 되어 다시 만나 결혼까지 했다니."

"잠깐만 유즈루, 그건 우연이 아니야!"

사유리의 지적에 허를 찔려 유즈루는 그만 "어?" 하고 얼빠진 소리를 냈다.

"우리 둘이 같은 회사에 들어가고 같은 지점에 배치된 건 우연이 맞아. 하지만 우리가 사귄 건 기적 같은 게 아니야. 내가 오래전에 말한 적 있지? 첫눈에 반했다고."

"첫눈에 반했다고? 내가 사유리한테?"

"아니, 그 반대. 내가 유즈루한테."

초등학생 때 좋아했다는 사실을 들켰나 싶었는데, 아무래도 그건 아닌 듯했다.

두 사람이 사귀기 시작한 지 얼마 지나지 않았을 때, 직장에서 인기가 많은 사유리가 왜 자신 같은 사람에게 관심을 가졌냐고 물어본 적이 있었다. 왜 자기한테 따로 만나자는 말을 했느냐고. 그때 사유리는 농담처럼 이렇게 말했다.

—첫눈에 반했어.

그때 유즈루는 그럴 리 없다고 생각했다. 다른 사람에 비해 외모가 뛰어난 것도 아니고, 능력이 없어서 실적도 제대로 채우지 못하고 매일 점장에게 깨지는 신입사원한테 첫눈에 반할 리가 없지 않나.

그때 사유리가 이상하다는 듯 말했다.

—정말이야. 유즈루는 좋은 사람이니까. 누군가에게 좋은 사람이라고 말하기는 쉽지만 정말 좋은 사람은 흔치 않아. 유즈루처럼 진심으로 타인에게 친절한 사람은 더더욱 흔치 않지.

갑자기 머릿속에 전류가 흘렀다.

"혹시 사유리, 그때……."

"이제 알겠어? 나는 똑똑히 기억하고 있었어. 4학년 때 공원에서 딱 한 번 만났던 첫사랑, 짓궂은 아이가 빼앗아 간 친구의 소중한 빨간 구두를 되찾아준 다정하고 멋있는 남자아이의 이름이 '도모나가 유즈루'였다는 걸."

타임 슬립을 했을 때 40대의 유즈루와 만난 일은 잊어버렸다. 그러나 열 살 유즈루와 처음 만났을 때의 기억은 선명하게 남아 있었다. 사유리는 그날 그 공원에서 유즈루에게 첫눈에 반했던 것이다.

"설마, 그런."

유즈루는 그 말이 믿기지 않아 당황했다. 다만 몇 가지 단서로 짐작할 수 있었다. 같이 마블쿠키를 만들면서 밸런타인데이 이야기를 할 때 좋아하는 사람을 언급하며 들뜬 기색을 보였던 모습이나 마스크로 얼굴을 가린 이유를 묻자 부끄러워서라고 애매하게 설명하던 모습, 철거 중인 폐가에서 빨간 구두를 찾아온 직후 유즈루가 아주 다정하고 믿음직스럽다며 칭찬하던 모습도. 유즈루가 미래의 나카이 사유리를 안다고 말하자 설레며 눈을 반짝이고 마지막으로 포옹하자고 하면서 빰이 붉어지던 모습까지.

"그건, 어, 그러니까."

혼란스러워하면서 유즈루는 스마트폰을 꽉 쥐었다.

"내가 신입사원으로 들어왔을 때, 사유리는 나를 알아봤다는 말이야?"

"응, 맞아."

"그럼 왜 지금까지 가르쳐주지 않았어? 초등학생 때 고향에서 같이 논 적 있다고 말했으면 나도 기억이 떠올랐을 텐데!"

"그걸 말하는 게 도움이 될지 알 수 없었으니까."

전화 너머의 사유리가 웬일로 우물거렸다.

"그럼 유즈루는 나를 '시설에 살던 아이'로 볼 테니까. 나는 거기에 1년 살았는데, 엄마는 그 일을 너무 걱정하셨어. '사랑의 집'에서 살았다는 사실을 다른 사람에게 말하면 안 된다고, 우리는 불행하지 않지만, 사람들은 시설에서 살았다고 하면 불우한 가정에서 자랐다고 편견을 가질 거라고, 나중에 결혼하기도 힘들지 모른다고 옛날부터 입이 닳도록 말씀하셨어."

"나는 전혀 그렇지……."

"물론 유즈루가 그런 사람이 아니라는 건 알아. '사랑의 집' 이야기를 아무한테도 하지 않은 이유는 내가 원해서가 아니라 지나친 죄책감을 갖고 있는 엄마를 위해서였어. 또 그때 지카 사건도 있었으니까. 혹시 유즈루가 나를 기억한다 해도 안 좋은 추억을 같이 떠올리지 않을까 싶어서 불안했어."

하긴 그랬다. 요시이케 지카 유괴살인사건은 유즈루뿐 아니라 많은 아이들의 마음에 깊은 상처를 남겼다. 반 아이들 사이에서도 사건에 대한 언급은 금기였고 '사랑의 집' 아이들과도 자연스럽게 멀어졌다. 꺼림칙한 기억이었다. 예를 들어 사유리와 유즈루가 과거에 만난 적 없고 그냥 '사랑의 집' 출신이라는 사실만 밝혔다면 사유리의 걱정처럼 두 사람 관계가 어색해졌을 수도 있다. 그러나 그 상대가 지코라면, 사유리라면 얘기가 달라진다.

"말해줬으면 좋았을 거야. 나도 지코가 첫사랑이었거든."

"뭐?"

예상치 못한 얘기였는지 사유리는 잠시 말을 멈췄다.

"정말이야? 그럼 '나는 그때 같이 놀았던 지코야!' 하고 제대로 말할 걸 그랬네. 그럼 유즈루가 나를 1년씩이나 기다리게 하지 않고 더 빨리 사귀었을까?"

"잠깐! 그건."

유즈루가 당황하자 사유리가 즐거운 듯 웃었다. 쑥스러운 마음을 감추려고 유즈루를 놀린 모양이다. 그래, 사유리는 이런 성격이었다. 그동안 잊고 있었다. 사유리와 이렇게 밝게 대화를 나눈 게 언제였더라. 적어도 미쿠가 아프기 시작한 뒤로는 한 번도 없었던 것 같다.

유즈루가 마지막으로 본 사유리는 울고 있었다. 작년 가을 해 질 녘, 세 사람의 추억이 가득 담긴 집 앞에서 그녀는 얼굴을 두 손에 묻은 채 격렬하게 흐느꼈다.

"뭐 하나 물어봐도 돼?"

"뭔데?"

"내가 집을 나갈 때, 그때…… 왜 울었어? 미쿠가 병에 걸린다는 사실도, 짧게 살고 떠날 거라는 사실도 이미 알고 있었으면 당연히 이혼하는 것도 알았던 거 아니야?"

"아, 그건."

사유리가 쓸쓸한 목소리로 대답했다.

"미쿠의 병은 돌연변이 뇌세포 때문이었잖아. 내가 아무리 노력해도 막을 수 없는 병이었어. 하지만 이혼은 부부의 마음에 달린 일이니까, 내가 더 노력하면 유즈루와 헤어지는 결말만은 피할 수 있지 않을까 내심 기대했어."

상처가 아물도록 곁에서 노력해서 반드시 마음을 돌려야겠다고, 미쿠가 없는 제2의 인생을 둘이 같이 걸어가자고. 앞으로 찾아올 미래를 그렇게 함께.

"하지만 결국 실패했지. 셋이 살던 이 집에 둘만 남았다는 사실이 유즈루를 무너뜨리는 것 같았어. 대화는 헛돌 뿐이고 점점 더 거리가 벌어졌어. 결국은 헤어지자고, 여기에 나와 둘이 있는 게 너무 힘들어서 집을 나가고 싶다고……. 그러니까 난 결국 운명을 하나도 바꾸지 못한 거야. 그게 너무 슬퍼서 울었어."

"그렇구나. 내가 잘못했어."

정말 어리석었다. 아내와 헤어져서 그 집을 나와도 결국 자신이 망가진다는 사실은 달라지지 않았다. 그날 지코와 만나지 않았다면, 나는 지금…….

"내가 열 살이었을 때 이야기를 잠깐 해도 될까?"

사유리의 목소리에 유즈루는 상념에서 빠져나왔다. 사유리가 천천히 말을 이었다. 아마 유즈루에게는 올해 여름 뒷이야기가 될 것이다.

"지카의 시신을 발견한 날, 나는 시설에서 뛰쳐나와서 반은 미쳐서 돌아다녔어. 지카가 아끼던 빨간 구두, 그걸 찾을 수가 없었으니까. 있을 만한 곳을 아무리 뒤져도 안 나와서 자포자기하는 심정이었는데, 정신이 들고 보니 내가 강가에 웅크리고 있었어. 그리고 내 손에 지카의 빨간 구두가 들려 있는 거야. 그걸 찾아낸 기억이 없는데, 정말 깜짝 놀랐어. 게다가 11월이라 아주 추운 날씨였는데 그 구두는 조금 전까지 한여름 햇볕을 쬔 것처럼 뜨거웠어. 그 온기에 이상하게 마음까지 따뜻해졌지. 그렇게 나는 지카의 소중한 구두를 무사히 관에 넣어줄 수 있었어. 경찰한테서 시신을 돌려받기까지 한참 걸렸지만 같이 화장도 해줄 수 있었고. 분명 지카도 천국에서 기뻐했을 거야."

"참 잘됐다."

얼굴도 기억나지 않는 요시이케 지카의 죽음에 다시 마음이 아파왔다.

"그 당시 나는 정신적으로 너무 불안했어. 엄마가 아파서 갑자기 낯선 시설에 맡겨진 일도, 전학 간 초등학교에서 시설에 사는 아이라고 괴롭힘을 당한 일도, 제일 친한 친구 지카가 그렇게 죽은 일도 전부 다 충격의 연속이었어. 어쩌면 극복하지 못했을지도 몰라. 하지만 그날, 구체적인 건 하나도 기억이 안 나지만, 친구가 아끼던 구두를 돌려주고 났더니 비로소 나 자신을 조금은 좋아하게 됐어. 내가 강에 떨어지고, 빨간 구두를 안고 웅크려 앉아 있다는 사실을 깨달을 때까지 그 사이에 있었던 그 꿈같은 시간 덕분에 나는 지금의 내가 될 수 있었던 거야. 그러니까 유즈루도 그러면 좋겠어. 당신을 더 좋아하면 좋겠어. 유즈루는 충분히 그럴 만한 가치가 있는 사람이니까."

꿈같은 시간. 하긴 그랬다. 유즈루는 지코와 만든 수많은 추억을 떠올렸다. 지난 한 달간 유즈루가 '딸'에게 쏟은 애정은 결코 헛되지 않았다. 지금도 사유리 안에 그 사랑이 살아 있었다. 돌고 돌아, 이렇게 이어져서.

역시 사유리는 당해낼 수 없다. 사유리 앞에서 유즈루의 마음은 언제나 이렇게 쉽게 간파되고 드러났다.

"이제 기운이 좀 나?"

사유리가 물었다.

"미쿠가 죽은 뒤 유즈루는, 유즈루가 아닌 것 같았어. 기분 탓인지 모르겠지만 이제야 겨우 나를 똑바로 봐주는 것 같아."

"이런 중요한 이야기를 전화로 해서 미안해."

오늘 통화에서만 사과를 벌써 몇 번째 하는 걸까? 유즈루는 아무 상관도 없는 눈앞의 텔레비전을 향해 깊이 고개를 숙였다.

"혹시 괜찮으면 다음에는 만나서 이야기할까?"

"좋아."

한결 마음이 편해졌는지 전화기 너머의 목소리가 통통 튀는 듯 발랄하게 들렸다.

"집으로 와도 돼. 파파가 오랜만에 집에 오면 미쿠도 분명 좋아할 거야."

"그래. 그럴게."

"게다가 유즈루가 가끔이라도 와주면 나도 대출 갚는 보람이 있을 것 같으니까."

사유리는 익살스럽게 덧붙였지만 그 집에서 살겠다고 한 진짜 이유를 깨닫고 나니 가슴이 뜨거워졌다. 가족의 추억은 아직 사라지지 않았다. 추억을 잘 간직하려고 노력한다면 영원히 사라지지 않을 수 있다. 유즈루는 오늘 사유리와 대화하면서 깨달았다.

자신들이 사는 세계는 지금까지 알고 있던 것보다 훨씬 복잡하고 깊다는 걸, 그 세계에서 유즈루와 사유리의 관계가 과거에서 미래로, 짐작도 할 수 없는 형태로 연결되어 있다는 것을……. 그리고 그 관계는 아직 끝나지 않은 듯하다.

"오늘 고마워. 또 연락할게."

"나도 고마워. 연락 기다릴게."

연인이었을 때 주고받던 말들을 건네며 유즈루는 긴 통화를 끝냈다.

침대에서 일어나 왼손에 쥐고 있던 볼펜을 연필꽂이에 꽂았다. 그러고는 책상 끝에 쌓아둔 옷을 하나씩 펼쳐봤다. 전부 지코가 남기고 간 옷들이었다. 미키와 미니 마우스 티셔츠 세 벌, 데님 미니 스커트와 반바지, 꽃무늬 원피스, 속옷과 양말, 물방울무늬 파자마, 비키니 수영복.

옷 아래에서 종이도 몇 장 발견했다. 두 사람의 초상화를 그린 달력 뒷장이었다. 유즈루는 책상 위에 그림을 늘어놓다가 그만 웃음이 터져버렸다. 지코가 시키는 대로 유즈루가 그린 졸작 초상화 두 장이 거기 있었다. 그때는 미처 깨닫지 못했지만 이제 보니 그림 속 사유리와 지코의 얼굴은 붕어빵이라고 해도 좋을 만큼 비슷했다.

'힌트는 여기에도 있었구나.'

지코는 유즈루의 그림 솜씨가 엉망이라고 놀렸지만, 자기도 모르게 두 사람이 같은 사람임을 알아보고 비슷하게 그린 걸 보면 의외로 그림에 재능이 있을지도 모른다. 유즈루는 자기 재능에 은근히 자부심을 느끼면서 그림과 옷을 원래대로 정리했다. 적당한 봉투가 없나 방 안을 둘러보니 유니클로 쇼핑백이 눈에 들어왔다. 유즈루가 바로 버리려던 걸 지코가 10엔이나 주고 샀는데 버리기 아깝다고 말려서 일단 보관했다.

그 쇼핑백 안에 지코와의 추억이 담긴 물건들을 넣었다. 그림이 접히거나 옷이 주름지지 않도록 조심스럽게. 현관에 있는 흰색 구두도 정성스레 신문지로 싸서 같이 넣었다.

그런 다음 옷장 속 선반 위에 있던 미쿠의 유품 상자를 꺼냈다. 상자 안에는 마침 쇼핑백을 넣을 만한 공간이 있었다. 상자에 쇼핑백을 넣던 유즈루는 문득 이상한 느낌에 사로잡혔다. 바로 그 상자에서 옷과 속옷, 여름용 파자마를 꺼내는 유즈루를 보고 지코가 천진난만하게 말했었다.

—신기해요. 뭐든지 다 있네요. 꼭 내가 올 걸 알고 준비한 것 같아요.

이혼 후 이삿짐을 싸면서 유즈루와 사유리는 각자 어떤 유품을 가지고 갈지 의논했다. 어쩌면 그때 사유리는 열 살짜리 지코가 유즈루의 집에 오게 되리라는 사실을 알고 미리 미쿠의 여름 옷을 챙겨 넣었던 게 아닐까?

유즈루는 소중한 물건이 가득 담긴 상자를 바라보며 상념에 잠겼다가 한참 후에야 정신을 차렸다. 상자를 원래 있던 곳에 올려두려고 선반 위로 쭉 밀었지만, 아무리 밀어도 상자가 끝까지 들어가지 않았다. 뒤쪽에 있는 물건들 때문인 것 같았다. 할 수 없이 일단 상자를 바닥에 내려두고 발돋움해서 선반 위를 더듬었다. 그리고 손에 잡히는 것을 모조리 다 꺼냈다.

"아."

그리고 그 물건들을 보는 순간, 탄식이 새어 나왔다. 유즈루는 그 물건들을 완전히 까맣게 잊고 있었다.

빌라 앞에서 지코를 만났던 그날, 지코가 샤워하는 동안 서둘러 치우느라 옷장 안쪽으로 급히 밀어 넣었던 물건들. 휴대용 가스버너와 번개탄, 흰색 편지봉투, 그리고 만년필. 봉투 겉에는 '유서'라는 두 글자가 쓰여 있었다. 읽는 사람의 마음이 불편하지 않도록 최대한 깔끔하게 쓰려고 노력한 흔적이 엿보이는 글씨였다.

한 달 전, 비 오던 날 아침의 장면이 머릿속에 되살아났다.

유즈루는 그날 아침 아무것도 먹지 않았다. 그 전날도, 그리고 그 전전날도. 마지막 기력을 짜내 편지를 쓰고 봉투에 넣었다. 집주인과 첫 번째 발견자에게 미안하다는 말을 썼고, 봉투에는 '유서'라고 적었다. 그리고 그날 아침에 사 온 번개탄 봉지를 뜯으려고 가위를 집어 들었다. 그때 그가 쇼핑하면서 빠뜨린 물건이 떠올랐다. 점착테이프. 가능한 한 빠르고 확실하게, 또 누구에게도 민폐를 끼치지 않고 일을 끝내려면 가스가 새 나가지 않도록 테이프로 문틈과 창틈을 완전히 막아야 했다.

마지막의 마지막까지도 허술하기 짝이 없는 자신을 지긋지긋하게 여기면서 유즈루는 어쩔 수 없이 다시 집 밖으로 나갔다. 점착테이프는 근처 드럭 스토어에 가면 살 수 있을 것이다. 다시 빗속으로 나갈 생각을 하니 마음이 내키지 않았는데 마침 비가 그쳤다. 묘한 타이밍에 운이 좋다고 자조한 건 그런 이유에서였다.

그리고 그 직후 빌라 앞에서 지코를 만났다. 지코와 만나지 않았다면…….

'나는 지금 이 세상에 없겠지.'

지코에게는 재택근무를 한다고 둘러댔지만 그건 거짓말이었다. 초등학생인 지코는 의심하지 않았을지도 모르지만, 아무리 재택근무라고 해도 세 시간 만에 하루치 업무를 다 처리할 수 있을 리 없다. 게다가 유즈루는 자동차 회사의 딜러였다. IT 기업이면 몰라도 이 코로나 시국에도 자율 근무제나 완전 재택근무는 아직 먼 이야기였다. 거짓말을 해서 미안하다고, 유즈루는 뒤늦게 지코에게 사과했다.

휴직을 결심한 건 여기로 이사 온 뒤 6개월 정도 지났을 무렵이었다. 어느 날 아침, 침대에서 몸을 일으킬 수 없었다. 출근을 해야 한다고 아무리 자신을 다독여도 도저히 몸이 말을 듣지 않았다. 그날 유즈루는 상사에게 전화로 의논하고 바로 병원에서 진단서를 받아 무기한 병가를 받았다. 그때부터 좁고 낡은 빌라에서 홀로 지내며 아무도 만나지 않는 은둔형 외톨이 생활을 시작했다.

하지만 일을 쉬어도 마음이 회복될 기색은 없었다. 오히려 더 깊이 진창에 빠져들었다. 고독했다. 딸은 죽었고 아내도 곁에 없었다. 더 이상 밝은 미래가 보이지 않는 유즈루에게 백세시대는 너무 길었다. 앞으로 50년……. 그저 오래 살기 위해 음식이나 돈을 탐하지 말고 그냥 여기에서 끝내는 게 편하지 않을까, 그런 생각을 했다.

지코는 어떤 이유로 유즈루에게 왔을까? 친구의 구두를 찾을 단서를 얻기 위해? 딸을 잃은 유즈루에게 딸과 하지 못했던 일들을 함께 해주기 위해? 미래에 결혼할 운명인 유즈루를 만나기 위해? 아니면 스스로 생을 포기하려던 유즈루와 친구를 잃은 충격으로 강물에 뛰어들었던 지코의 마음이 37년의 세월을 넘어 공명했기 때문에?

무엇이 옳고 무엇은 옳지 않다고 단언할 수 없고 그럴 필요도 없다. 그러나 유즈루는 알고 있었다. 자신을 죽음의 늪에서 구한 이는 딸이자 아내이자 또 다른 '딸'이었다고.

—사유리는 달라진 것 같아. 우리가 결혼했을 때랑.

—달라진 건 유즈루겠지. 나는 아니야.

이혼하자는 말을 꺼냈던 날, 사유리는 그렇게 말했다. 사유리는 이미 다 알고 있었다. 미쿠의 죽음 이후 유즈루 주변의 모든 것이 회색빛으로 퇴색하기 시작했음을. 전부 끝내버리고 싶다는 어두운 절망감이 나날이 커지고 있음을. 사유리는 그걸 알기 때문에 유즈루의 매정한 제안을 조용히 받아들이고 물러났던 것이다. 아까 전화로 한 말도 그런 의미였을 터였다.

"이제 좀 기운이 나?"

이젠 괜찮다고, 조금 전 사유리가 한 질문에 유즈루는 이제야 진심으로 대답했다. 자신이 자신의 생명을 끊는 행위가 옳은지 아닌지 시비를 논할 만큼 훌륭한 사람도 아니고 그 문제에 적합한 답을 갖고 있지도 않았다. 다만 그때 죽지 않기를 선택했고, 그래서 지금 여기에 있었다.

미쿠의 장례식에 문상을 왔던 한 조문객은 말했다. 미쿠의 짧은 생은 처음부터 신이 정해둔 거라고. 그러나 유즈루는 미쿠가 맞이하지 못한 미래에 대한 미련, 부모로서 해주지 못한 일들에 대한 후회를 그런 간단한 말로 떨쳐낼 수 없었다. 좀 더 함께 있고 싶었다. 함께 미래를 걷고 싶었다.

그것이 살아 있는 자의 역할이자 특권이었다. 이 세계를 떠난 소중한 사람을 그리워하고, 기억을 통해 재회의 자리를 계속 지켜나가는 것. 모래밭에서 신나게 뛰어놀던 미쿠의 얼굴이나 나무에 오르던 요시이케 지카의 모습. 죽은 이들뿐 아니라 이 집에서 여름을 보내고 떠난 지코의 모습까지도 전부. 그저 자신이 살아만 있다면.

유즈루는 그렇게 생각하기로 했다. 그리고 옷장 맨 위 선반에 상자를 고이 올려놓았다. 아직 뜯지 않은 번개탄은 유서와 함께 쓰레기봉투에 담아 현관 바닥에 던져두었다. 휴대용 가스버너도 버릴까 했지만 "새것인데 왜 버려요! 아까워요!"라는 지코 목소리가 생생하게 들리는 것 같았다. 언젠가 집에서 전골 요리를 할 수도 있으니 보관하기로 했다.

정리를 마치고 나니 바닥에 그대로 놓여 있는 이불을 제외하면 썰렁하기 그지없는, 중년 남성 혼자 외롭게 살아가는 집으로 돌아갔다.

그렇지만 이전과는 모든 것이 달랐다. 여기에 지코가 있었다. 이 침대에서 자고 일어나고, 리모컨으로 텔레비전 채널을 돌리고, 저 주방에서 쿠키 생지를 반죽했다. 그렇게 생각하기만 해도 싸구려 월세집이 수십 배의 가치가 있는 귀한 집으로 느껴졌다.

지코 덕분에 앞으로는 이 집에서도 기쁘게 지낼 수 있으리라. 앞으로 며칠만 '여름방학'의 여운에 잠겨 있다가 회사에 연락을 하자. 원래 일을 아주 좋아하지는 않지만 이렇게 오래 손을 놓고 있으니 조금은 일이 그립기도 했다. 다시 제대로 살면서, 사유리와의 관계도 바로잡자. 서둘지 말고 천천히……. 우선은 사유리가 살고 있는, 세 식구가 살던 집에 가서 미쿠의 불단에 향을 올리는 것부터 시작하자.

—미래는 그렇게 되는 건가요?

문득 언젠가 지코가 했던 말이 귓전에 되살아났다. 힘든 시대였다. 사람들은 항상 마스크를 쓰고 있어야 하고, 지진 피해를 복구한 뒤 개최한 도쿄 올림픽은 여론의 비판을 받고, 백신을 맞아야 한다, 맞으면 안 된다는 말들로 시끄러운 시대. 앞으로 더 좋은 미래가 올 거라고 누구나 믿어 의심치 않던 1980년대의 기대와 희망은 더 이상 존재하지 않았다. 그래서 처음 이곳에 왔을 때, 지코는 크게 실망했고 유즈루도 어쩔 수 없다고 생각했다. 그런 부정적인 생각의 악순환에서 벗어날 기력조차 없었다.

하지만 그런 상황에서도 눈 감지 않고 똑바로 일상을 응시하고 살아간다면 행복해질 수 있는 조각을 찾을 수 있다고 가르쳐준 사람, 그 사람이 바로 지코였다. 아무리 괴로워도, 더는 버틸 수 없다고 자포자기하고 싶은 순간이 오더라도.

'지금'은 영원하지 않다. 깨닫지 못했을 뿐 시대는 계속 변하고 있다. 그저 하루하루를 살아가는 데만 급급해서는 안 된다. 의식적으로라도 미래의 자신을 바라봐야 한다. 편협한 시간의 틈바구니에 끼어 멈추어서는 안 된다.

이번 여름. 유즈루는 알게 되었다. 과거가 지금의 자신을 만들고, 지금의 자신이 과거를 긍정하며 미래로 나아가는 거라고. 사유리와 미쿠를 위해서라도 우선은 자신을 긍정해야 한다고. 소중한 추억이 그 길로 갈 수 있는 원동력이 되어줄 거라고. 너와 함께 있던 그날, 그 후의 시간들을 위해.

방 한가운데에 서 있던 유즈루의 눈길이 텔레비전 장식대에 머물렀다. 갈색 원목 액자 안에 한여름 모래밭에서 눈부시게 웃고 있는 사유리와 미쿠의 사진이 들어 있다. 그 옆 책상에는 연필꽂이가 놓여 있다. 거기에 지코가 준 귀여운 은색 볼펜이 반짝거리며 꽂혀 있다. 마치 나 여기에 있다고 자신의 존재를 힘차게 외치듯이.

유즈루는 스스로를 북돋우듯 "좋았어!" 하고 소리 내어 중얼거렸다.

잘 살아보겠다고 결심하고 나니 급격하게 시장기가 느껴졌다. 본가에서 저녁을 먹었지만 어머니도 이제 여든 가까운 나이라 그런지 식사량이 줄어든 느낌이었다. 늦은 시간이지만 편의점에 가서 야식을 사와야겠다. 지코가 1980년대로 가져가고 싶다고 했던 '기간 한정 치즈치킨카츠 주먹밥'을 아직 팔고 있을까.

유즈루는 스마트폰을 주머니에 넣고 밖으로 나갔다. 일본에서 태어나 살아온 47년 동안 익숙해진 여름 무더위가 온몸으로 밀려들었다.

철제 계단을 내려가면서 유즈루는 난간을 잡은 채 하늘을 올려다봤다. 반짝반짝 별이 빛나는 밤하늘이 지나가는 여름을 아쉬워하듯 요코하마 거리를 내려다보고 있었다.

네가 있던 나날, 그 후

초판 1쇄 인쇄 2023년 10월 27일
초판 1쇄 발행 2023년 11월 6일

지은이 쓰지도 유메
옮긴이 이현주

편집인 이기웅
책임편집 한의진
교정·교열 윤은주
편집 안희주, 주소림, 김혜영, 양수인, 이원지, 오윤나, 이현지
디자인 studio forb
책임마케팅 김서연, 김예진, 박시온, 김지원, 류지현, 김찬빈, 김소희, 배성원
마케팅 유인철
경영지원 박혜정, 최성민, 박상박
제작 제이오

펴낸이 유귀선
펴낸곳 ㈜바이포엠 스튜디오
출판등록 제2020-000145호(2020년 6월 10일)
주소 서울시 강남구 테헤란로 332, 에이치제이타워 20층
이메일 odr@studioodr.com

ISBN 979-11-93358-18-4(03830)

모모는 ㈜바이포엠 스튜디오의 출판브랜드입니다.